MEURTRE
EN DIFFÉRÉ

WILLIAM HARRINGTON

MEURTRE
EN DIFFÉRÉ

Une enquête inédite du lieutenant Columbo
d'après la série télévisée d'Universal « Columbo »
créée par Richard Levinson et William Link

*Traduit de l'américain
par Jean-Louis Sarthou*

belfond
216, boulevard Saint-Germain
75007 Paris

Cet ouvrage a été publié sous le titre original
Columbo Book I : The Grassy Knoll
un roman de William Harrington
d'après la série télévisée d'Universal « Columbo »
créée par Richard Levinson et William Link.

Si vous souhaitez recevoir notre catalogue
et être tenu au courant de nos publications,
envoyez vos nom et adresse, en citant ce livre,
aux Éditions Belfond,
216, bd Saint-Germain, 75007 Paris.
Et, pour le Canada, à
Édipresse Inc., 945, avenue Beaumont,
Montréal, Québec H3N 1W3.

ISBN 2-7144-3040-6

© 1993 by MCA Publishing Rights,
   a division of MCA, Inc.
     Tous droits réservés

© Belfond 1993 pour la traduction française

I

1

    Malgré toutes les mesures destinées à dépolluer l'atmosphère de Los Angeles, le mercredi 2 juin, fumées et brouillard recouvraient la ville. Aucun nuage n'atténuait l'intense clarté du soleil qui frappait la couche de *smog*. Une lumière crue, accablante, la transperçait. Propagée par la brume, elle se répandait de toutes parts. Pas une ombre ne permettait d'échapper à l'écrasante blancheur. Sur chaque chaîne de télévision des voix funèbres avertissaient des risques encourus pour la santé. Elles recommandaient inlassablement aux habitants de rester autant que possible chez eux, d'éviter tout effort, de laisser les voitures au garage, et ainsi de suite. Agacés par la situation, les gens devenaient irritables. Ce ne fut qu'en milieu d'après-midi qu'une brise se leva du Pacifique et parvint à déchirer le voile blafard. A 16 h, le soleil surgit au milieu du ciel enfin bleu et la population commença à respirer.
    La nervosité générale subsista. La limpidité de l'air ne suffit pas à rétablir la bonne humeur chez ceux qui avaient eu les yeux, le nez et la gorge en feu depuis le matin. On enregistra une notable recrudescence des accidents de

voiture, non pas à cause de la mauvaise visibilité, mais parce que l'exaspération rendait les conducteurs agressifs. Le nombre des vols sur la voie publique connut la même augmentation, ainsi que celui des meurtres. Ils dépassèrent de loin la moyenne quotidienne.

Mais ni la présence du *smog* ni les statistiques ne purent expliquer le meurtre perpétré ce soir-là dans Hollyridge Drive.

A 18 h 30, le producteur, l'assistante et le réalisateur du magazine de Paul Drury conversaient dans une salle de KWLF, une des télévisions locales de Los Angeles. Assis autour d'une table de conférence, ils s'efforçaient de surmonter leur mauvaise humeur persistante. Ils avaient eu beau réduire le son du récepteur de contrôle accroché au mur du fond, l'énumération des crimes et des accidents imputables au *smog* continuait d'alimenter largement le journal du soir.

— Kennedy, Kennedy, Kennedy..., soupira Alicia Graham Drury.

— Personne ne m'a fait de remarque là-dessus, répliqua Tim Edmonds.

Tim Edmonds produisait le magazine de Paul Drury depuis trois ans. En revanche Alicia Graham Drury était déjà assistante de production à l'époque où elle ne s'appelait qu'Alicia Graham. Durant ses deux années de mariage avec Paul Drury, et depuis leur divorce, elle n'avait cessé d'assurer cette fonction.

Marvin Goldschmidt, le réalisateur, prit soudain la parole.

— J'ai compté : c'est le quarante-huitième numéro que Paul consacre à l'assassinat de Kennedy. Je suis allé voir les archives et je les ai passées en revue. Quarante-huit, ça commence à bien faire !

— Parles-en à Paul, répliqua Edmonds. Et parles-en aux responsables de l'audimat.

— D'accord, je me tais, admit-il. Qui est Blake Emory ?

— Un fouilleur d'assassinat.
— C'est quoi, un « fouilleur d'assassinat » ?

Goldschmidt réalisait l'émission depuis un mois. Il ne maîtrisait pas encore bien le vocabulaire de l'équipe.

— Un fouilleur d'assassinat, reprit Tim, ça peut aller du détective obstiné qui continue à se croire capable de résoudre le mystère de l'assassinat de Kennedy et qui y consacre le plus clair de son temps, jusqu'au couillon qui a lu trois bouquins sur l'affaire.

— Et Emory se situe où ?
— Aucune idée. Mais Paul doit le savoir.
— Je parie que le nom d'Emory est dans son ordinateur, commenta sèchement Alicia.
— L'ordinateur de Paul, expliqua Tim, contient la plus grande collection mondiale de détails sur l'assassinat.

Marvin Goldschmidt surenchérit :
— Pas uniquement sur l'assassinat, sur n'importe quoi ! Je n'en revenais pas, hier soir, en l'entendant contredire Tommy Lasorda sur les scores de tous les matchs de base-ball joués cette année. Et en plus il sortait la composition des équipes !

— Ce n'est pas un hasard, répliqua Alicia. La technique de Paul consiste à dénicher des faits et des données statistiques, puis à orienter le débat de telle sorte qu'il puisse les caser.

Tim s'amusa à parodier l'animateur :
— La « re-cet-te » ! La « re-cet-te » ! Ne jamais dévier de la re-cet-te !

— Je ne me le permettrais pas, assura Goldschmidt.

Marvin Goldschmidt était âgé de trente-quatre ans. Paul Drury l'avait fait engager en remplacement du précédent réalisateur de son émission, dont il s'était lassé au bout de dix-huit mois. « Il s'encroûtait », avait déclaré Drury. Goldschmidt réalisait alors sur une chaîne locale une émission de jeux le matin. A la surprise générale de son entourage, Drury, séduit par son talent, lui avait confié un magazine d'actualité diffusé sur plusieurs réseaux.

Petit et chauve, Goldschmidt témoignait envers lui d'un respect mêlé de crainte. Les premiers jours il avait débarqué sur le plateau en costume, mais la tenue des autres membres de l'équipe l'avait vite convaincu de s'habiller en sweat-shirt. Celui qu'il portait aujourd'hui, avec un jean comme la plupart du temps, lui avait été offert par Drury : un sweat-shirt gris, dont le dos était barré du mot RÉALISATEUR en gros caractères noirs.

Alicia Graham Drury, une très belle femme, mesurait environ un mètre quatre-vingts. Ses yeux bruns, que surmontaient de longs sourcils noirs, demeuraient son atout le plus impressionnant. La froideur reptilienne de son regard foudroyait son interlocuteur. A quarante-trois ans, elle s'était mariée deux fois mais n'avait jamais eu d'enfant. Le monde de la télévision connaissait sa compétence et sa passion pour son métier. Des débuts dans le bulletin météo lui avaient permis d'accéder à la rubrique des faits divers puis de présenter le journal local. Elle était finalement devenue assistante de production, après avoir bourlingué de station en station, d'émission en émission, comme le voulait la coutume de la profession. Depuis six ans qu'elle travaillait pour KABC, elle entretenait avec la chaîne des liens privilégiés. Arrivée lors de la création du magazine de Paul Drury, elle se targuait d'y participer depuis aussi longtemps que l'animateur-vedette.

Tim Edmonds avait quarante-cinq ans. Ses cheveux blonds commençaient à blanchir. Ancien footballeur à l'université de Californie de Los Angeles dans les années soixante, il conservait la musculature et l'imposante carrure d'un arrière. Faute de contrat au sein d'une équipe professionnelle, il avait poursuivi ses études dans les métiers de l'audiovisuel. Une fois ses diplômes obtenus, un coquet héritage lui avait permis de fonder les Tim Edmonds Productions.

Les TEP, comme on disait, avaient produit nombre d'émissions à succès, consacrées particulièrement à des sports comme le volley et le billard dont l'audience spécialisée n'intéressait pas les grands réseaux nationaux.

Celle de Paul Drury n'était pas une production des TEP mais de Wulf Network. Tim l'assurait néanmoins grâce à un accord passé entre sa société et Wulf.

— Qui y aura-t-il à côté de ce Blake Emory ? demanda Goldschmidt.

— Un homme qui défendra le rapport de la commission Warren, lui répondit Alicia. John Trabue, professeur à l'université du Texas. Il soutient qu'Oswald était l'unique assassin et n'en démord pas. Il y aura également Jackson McGinnis, qui prétend avoir assisté aux faits et avoir vu un homme tirer sur Kennedy depuis la butte gazonnée de Dealey Plaza.

Le réalisateur s'inquiéta :

— Aucun risque de dévier de la « recette » ?

— Non, assura Tim. L'émission, c'est Paul. Veille à ce que les caméras prennent ses réactions. Pour le téléspectateur, le plus important n'est pas d'écouter ce que dit l'invité, mais de regarder Paul lever les sourcils ou contracter la bouche. Guette bien ses codes.

Tous ses collaborateurs connaissaient les signaux. Quand Paul Drury était hors champ et s'effleurait le lobe de l'oreille gauche avec l'index, le réalisateur devait aussitôt braquer sa caméra sur lui. Dès qu'il se voyait sur l'écran de contrôle, Drury jouait alors de ses sourcils, de la commissure de ses lèvres, opinait ou bien hochait la tête avec scepticisme, bref, mettait en jeu toute sa panoplie d'expressions.

Il existait un autre repère. Quand l'animateur se touchait le menton avec l'index droit, il fallait réduire le micro de l'invité, cela signifiait que Drury allait empiéter sur sa déclaration. On ne coupait jamais complètement un micro, mais on le réglait suffisamment bas pour que la voix de Drury couvre celle de son interlocuteur.

Il en allait de même pour le volume sonore des appels téléphoniques en provenance des téléspectateurs.

L'émission prétendait présenter un libre échange d'opinions, mais Paul Drury ne perdait pas un seul instant le contrôle de ce qui était dit, même en cas de débat diffusé en direct jusqu'à l'autre bout du continent. Maître en la matière, il semblait toujours laisser parler les autres et respecter leurs idées. En réalité toute son attention se portait sur le contenu de ce qu'il devrait répliquer et sur le ton de son intervention.

Goldschmidt leva les yeux vers l'écran du moniteur. Le journal du soir était terminé. Toujours branchées, les caméras envoyaient dans la salle de rédaction l'image des ouvriers qui démontaient le décor du studio et commençaient à y installer celui de Paul Drury.

Une heure et demie avant de prendre l'antenne, Goldschmidt bouillait déjà.

— Bon, je crois qu'il vaut mieux que j'aille activer les choses.

Sa méticulosité lui permettait de trouver aisément de quoi occuper son temps jusqu'au début de l'émission.

Une fois la porte refermée sur lui, Alicia se tourna vers Tim.

— Quarante-huit ! Quarante-neuf ! Cinquante ! Tôt ou tard...

— Pas ce soir, intervint Tim. Ce n'est pas le moment.

La jeune femme s'approcha de la fenêtre et contempla La Cienega Boulevard. Le blanc des phares et le rouge des feux arrière des voitures se reflétaient sur son visage.

— Peut-être que si, justement, reprit-elle. Je crois que c'est le moment.

— Soit.

Tim la rejoignit. Bien que plus petit qu'elle, il posa les mains sur ses épaules et la fit pivoter vers lui. Elle l'enlaça, et l'embrassa avec ardeur.

2

Paul Drury s'isolait toujours durant l'heure et demie précédant son émission. Il s'enfermait dans son bureau, où il n'acceptait de recevoir aucun coup de fil. Ses collaborateurs pensaient généralement qu'il s'accordait un petit somme, mais Alicia savait de quoi il retournait. Leurs deux ans de vie commune lui avaient appris qu'il se remettait alors à compulser chacun de ses dossiers, formulait et reformulait questions et commentaires qui lui serviraient au cours du débat. Il se préparait psychiquement à affronter le public en se concentrant sur une opération délicate : devenir Paul Drury, la vedette que les téléspectateurs attendaient. Il devait se glisser avec aisance et naturel dans la peau de ce populaire personnage.

Ce soir-là, il introduisit une cassette dans son magnétoscope et coupa le son. Le récit ne l'intéressait pas. Ce qu'il verrait sur l'écran, il l'avait déjà vu des centaines de fois, et chaque nouvelle vision le bouleversait autant. L'événement que retraçaient ces couleurs bien trop vives ne pouvait pas avoir eu lieu pour de vrai, c'était impossible. Et pourtant les faits s'étaient effectivement déroulés ainsi. Drury visionna sa copie personnelle du film pris à Dallas par Abraham Zapruder le 22 novembre 1963.

La cassette comportait deux repiquages consécutifs : le premier à vitesse normale, soit pendant une vingtaine de secondes, et le second image par image, chacune d'elles restant une seconde sur l'écran.

La Lincoln progressait lentement dans Elm Street. Sur la banquette arrière de la limousine découverte, le jeune Président saluait en souriant. Le vent faisait ondoyer son épaisse chevelure châtain. Plus longue, celle de la jeune et belle Jacqueline Kennedy flottait amplement sous son chapeau rose. Heureusement surpris de recevoir à Dallas un accueil si cordial, les époux exprimaient leur joie sans réserve.

Le sourire du président Kennedy disparut brusquement. Ses deux mains se crispèrent sur sa gorge. La limousine continuant d'avancer, des panneaux de signalisation routière se glissèrent entre elle et la caméra de Zapruder, mais la séquence restait bien assez explicite.

Mme Kennedy comprit que quelque chose n'allait pas. Elle se tourna vers son mari. Une expression d'horreur remplaça son sourire. Le Président s'affaissa dans sa direction. Puis sa tête s'agita convulsivement. Une partie de son crâne vola en éclats.

Impossible. Cela ne pouvait pas être arrivé pour de bon. On avait avancé dix mille hypothèses pour tenter d'expliquer les faits, mais ils demeuraient inconcevables. Il s'agissait d'un cauchemar. Un cauchemar dont Paul Drury, comme la nation entière, s'acharnait à sortir. Le président Kennedy était vivant ! Il était à Washington ! Il était...

Trente ans, presque. Bientôt trente ans !

Drury arrêta la cassette alors qu'elle montrait le film image par image. Il inclina sa chaise en arrière et contempla le plafond pour tenter de faire le point. Puis il se leva et alla frapper sur le clavier de son ordinateur. Une idée... Il voulait voir si ses fichiers contenaient autre chose...

Il était fatigué. Nom d'un chien, ce qu'il se sentait fatigué ! Il atteindrait bientôt les cinquante ans. Le succès couronnait ses efforts mais il l'avait chèrement payé.

3

Peu d'animation régnait parmi les spectateurs présents dans le studio. Personne pour les distraire au cours de la demi-heure où il fallait attendre, patiemment assis, le début de l'émission. Ils n'avaient d'autre loisir que se regarder les uns les autres et observer l'installation des caméras sur le plateau. Les techniciens tiraient les câbles et réglaient les projecteurs aussi nerveusement que s'ils accomplissaient ces opérations pour la première fois. Aux yeux d'un novice, le travail de préparation était fascinant. Mais une telle fascination s'émousse vite : une fois qu'on a vu bouger une caméra, on sait comment ça se passe. Au moment fatidique l'assistance semblait d'humeur ombrageuse, irascible.

Ce fut alors que...

— Mesdames et messieurs ! KWLF Los Angeles et Wulf Network sont fiers de vous présenter le mille cent seizième numéro du magazine de Paul Drury ! Et maintenant, mesdames et messieurs, Paul Drury !

Un rideau noir s'ouvrit, et dans le faisceau d'un projecteur surgit Paul Drury. Après avoir salué une quinzaine de secondes en réponse aux applaudissements du public, il rejoignit sur sa droite son profond fauteuil de cuir noir, face au canapé assorti où viendraient s'asseoir les trois invités.

Tandis que l'ovation des spectateurs continuait, Alicia Drury s'avança vers l'animateur pour accrocher un micro au fin revers de sa veste gris sombre. Cela faisait partie de la re-cet-te : que la technologie mise en œuvre au cours de l'émission apparaisse au grand jour. Le public devait voir les micros-cravate portés par les intervenants.

Le voyant lumineux destiné à solliciter les applaudissements s'alluma, et les acclamations de la salle redoublèrent à l'intention de la sculpturale Alicia. Ancienne épouse de la vedette et amie de longue date, elle demeurait sa fidèle collaboratrice, chacun le savait. Elle lui tendait toujours son micro personnel et non un autre. Dès qu'il eut levé la main droite, elle la frappa d'un léger coup de poing, et leurs visages s'illuminèrent d'un large sourire complice. Ce rite appartenait également à la re-cet-te.

Un grand verre sur une petite table ronde à côté du fauteuil contenait un whisky-soda, et non du ginger ale ou du thé glacé, secret de polichinelle partagé avec le public. On poserait également des verres sur la table basse devant le canapé, à l'intention des invités. Des accessoiristes pénétreraient sur le plateau pour les renouveler avant même qu'ils les aient vidés, et ce pendant le déroulement du débat, sans attendre les coupures publicitaires.

Face au siège de Drury, un pupitre à pied central soutenait, à environ soixante-dix centimètres du sol, un dossier relié par des anneaux. Sur les pages blanches était posée la paire de demi-lunettes dont il se servait pour lire.

Paul Drury mesurait près de un mètre quatre-vingt-quinze. Sa silhouette autoritaire avait beaucoup joué en faveur de son succès. Il faisait teindre sa chevelure en brun, et la maquilleuse du studio fonçait ses sourcils avant qu'il affronte les caméras.

L'opérateur cadra le visage de Drury.

— Bonsoir, mesdames et messieurs, lança-t-il de la voix mélodieuse qu'affectionnait son public. Bienvenue à cette mille cent seizième émission. Nous bouclerons bientôt notre cinquième année à raison de cinq émissions par semaine, ce qui voudra dire que nous aurons tenu quatre ans et onze mois de plus que ce que les pronostics nous accordaient le premier jour.

L'assistance s'acquitta du rire que réclamait l'évidente boutade.

— Pour la quarante-huitième fois nous apporterons ce soir des informations sur l'interminable controverse soulevée par l'assassinat du président John Fitzgerald Kennedy en 1963. Comme je l'ai déjà déclaré à plusieurs reprises, j'ai été témoin de ce drame, depuis Dealey Plaza. J'avais alors dix-neuf ans et je suivais mes études à l'université. On me dit obsédé par cet événement. Si cela est vrai, vous êtes apparemment aussi obsédés que moi puisque les émissions que nous lui avons consacrées jusqu'ici se sont révélées les plus populaires. Il est difficile de nous faire à l'idée que cette année marquera le *trentième* anniversaire de ce jour maudit. Il est difficile, n'est-ce pas, de concevoir que, si le président Kennedy vivait encore, il aurait aujourd'hui *soixante-seize ans* !

Ni les téléspectateurs ni le public du studio ne purent deviner où se dirigèrent soudain les yeux de Drury. Mais Tim et Alicia, derrière la vitre de la régie, le surent fort bien. Drury foudroyait du regard son réalisateur, dont les mains tournoyaient désespérément pour l'inciter à présenter au plus vite ses invités, avant la coupure publicitaire prévue. Le pauvre Marvin Goldschmidt témoignait d'une bonne volonté incontestable, mais il ne connaissait pas encore les habitudes du magazine : Drury tenait à assurer la majeure partie du travail de réalisation, afin de rester maître de tout, y compris de son débit, quitte à sauter une ou deux publicités. Survivre à la suppression de certains spots nécessitait une trempe de monstre sacré de la télévision, mais Drury se l'était déjà permis à plusieurs reprises.

Jusqu'ici il avait improvisé et n'avait jeté qu'un coup d'œil furtif aux notes de son classeur. Il fit le signe convenu pour qu'on déroule le téléprompteur et attaqua la lecture de son texte.

— Nous accueillons ce soir trois personnes qui possèdent des points de vue intéressants sur l'assassinat de Kennedy. Je présenterai tout d'abord M. Blake Emory. Il a consacré d'innombrables heures à étudier les divers aspects des événements du 22 novembre 1963. Alors lieutenant de police à Kansas City, il a éprouvé depuis ce funeste jour, et surtout depuis sa retraite, une véritable vocation pour cette enquête. Auteur de six articles sur le sujet, il va publier cette année un livre exposant ce qu'un détective professionnel peut conclure d'un examen approfondi de l'ensemble des données. Monsieur Blake Emory, soyez le bienvenu parmi nous !

Emory entra sur le plateau. Petit mais charpenté, le visage rougeaud, il avait manifestement été autrefois un homme rude et peu commode. Ses cheveux blancs étaient coupés en brosse. Son nez épaté témoignait des coups qu'il avait dû recevoir. Il se dirigea vers le canapé et s'y assit. Quand la jeune femme vint lui accrocher son micro, il se renfrogna.

— M. Jackson McGinnis, reprit Paul, se trouvait sur Dealey Plaza le 22 novembre 1963, comme moi. Il a assisté à l'assassinat, et n'a encore jamais livré publiquement son témoignage. Veuillez vous joindre à nous, monsieur Jackson McGinnis !

Presque aussi grand que Drury, le second invité, qui devait avoisiner les soixante-dix ans, portait un costume café au lait et des chaussettes jaunes. Il bondit sur le plateau avec le dynamisme d'un boxeur surgissant sur le ring. Les mèches blondasses qui lui retombaient sur le front avaient tout l'air d'une perruque. Il gardait la bouche ouverte pour respirer, tout en souriant constamment au public.

— Et enfin, mesdames et messieurs, M. John Trabue, docteur en histoire, professeur à l'université du Texas, à Austin, et collaborateur de l'institut Lyndon Johnson pour les Affaires publiques. M. John Trabue enseigne cette année à l'université de Californie du Sud à titre d'invité. Professeur Trabue, entrez, je vous en prie !

Armé d'une pile de dossiers, le professeur se dirigea d'un pas timide vers le canapé, sans jeter le moindre regard à Drury ni au public. Il réprimait un petit sourire. Ses rares cheveux noirs laissaient son crâne presque dénudé. Il portait des lunettes cerclées d'or, teintées en vert, un costume trois-pièces bleu sombre et des chaussures marron.

— Mesdames et messieurs, chacun de ces trois hommes possède sa propre expérience sur les mystères qui entourent l'assassinat du président Kennedy. Ils nous la livreront. Nous recevrons également vos appels téléphoniques aussitôt après cette... pause... publicitaire !

Drury fit signe à Marvin Goldschmidt de s'approcher et lui transmit ses instructions avec force gestes. Il avait serré les mains de ses invités et discuté avec eux dans la salle d'attente, mais maintenant il les ignorait complètement. Intimidés, tous trois n'échangeaient pas un seul mot. Ils se contentaient de tourner les yeux alternativement vers Drury, vers les projecteurs et vers les caméras.

Assis dans la cabine de la régie, Tim et Alicia observaient le plateau à travers la baie vitrée.

— Qu'est-ce que tu en penses ? demanda le producteur à son assistante en se tournant vers l'écran de contrôle qui montrait le spot actuellement à l'antenne. Ford ! Une idée géniale, se faire sponsoriser par une marque de voitures !

— Ça peut être très bon pour nous.

— Oui...

La porte s'ouvrit et Charles Bell pénétra dans la régie. Il accapara le troisième tabouret métallique revêtu de Skaï noir. Il était actionnaire majoritaire des Paul Drury Productions, mais son pouvoir sur le magazine restait théorique. Les PDP n'auraient plus représenté grand-chose si Paul Drury les avait quittées.

Il donna un coup de coude à Alicia.

— Ce soir?

Il avait murmuré sa question sans un regard à la jeune femme. Celle-ci ne lui répondit pas.

— Ce soir? reprit-il un ton plus haut.

Elle opina de manière presque imperceptible.

— Alors d'accord pour ce soir, acquiesça-t-il.

Personne n'aurait soupçonné de prime abord les origines texanes de Bell. Son allure ne correspondait en rien à la caricature traditionnelle des Texans, et il parlait sans accent. Il était petit, et son visage, au teint coloré, légèrement joufflu. Ses cheveux de quinquagénaire commençaient à grisonner. Il portait un complet bleu nuit seyant admirablement à sa silhouette corpulente.

La voix de Goldschmidt résonna dans la cabine :

— ...trois ...deux ...un ...à vous.

4

Drury reprit la parole.

— Ce soir, mesdames et messieurs, nous recevons trois personnes qu'on peut considérer comme des experts sur l'assassinat de Kennedy. Beaucoup d'entre vous se souviennent du professeur Trabue. Je l'ai déjà invité trois fois dans ce magazine. Vous n'avez pas oublié non plus M. Blake Emory, qui est venu deux fois. En revanche M. Jackson McGinnis fait ce soir sa première apparition sur notre écran.

Monsieur McGinnis, vous étiez sur Dealey Plazza

quand on a assassiné le président Kennedy. Vous dites avoir vu quelque chose qui n'a jamais été mentionné. Voulez-vous nous expliquer ce dont il s'agit ?

McGinnis avala sa salive avant de consentir à s'exprimer.

— Eh bien, monsieur..., attaqua-t-il, je travaillais à l'époque pour la ville de Dallas. En fait j'ai travaillé toute ma vie pour la ville de Dallas. J'étais chef d'équipe, chargé de nettoyer les lieux après le passage du Président. Beaucoup de gens étaient sortis voir le Président, et mes gars devaient ramasser toutes les ordures qu'ils allaient laisser, histoire que tout soit propre après, comme ça se doit. Vous savez, c'est là qu'il y a les services officiels du comté, et puis les monuments et les fontaines, alors nous on essayait toujours que rien ne traîne sur les pelouses.

Enfin, là où j'étais, c'était au sud d'Elm Street, entre Elm Street et Main Street, sur le bord de la pelouse qui a une forme de triangle. Je me trouvais presque au ras du trottoir, y avait seulement une gamine devant moi, je pouvais regarder facilement par-dessus sa tête. J'étais vraiment bien placé pour voir passer le Président.

McGinnis trahissait sa nervosité en frottant constamment ses mains à sa veste, comme s'il voulait essuyer la sueur qui ruisselait dans ses paumes. Il parlait toutefois avec entrain et assurance, et souriait à belles dents aux caméras et au public.

— Juste avant qu'il arrive à mon niveau, reprit-il, je l'ai vu crisper ses mains sur sa gorge, et j'ai entendu un coup de feu. L'endroit d'où on avait tiré faisait pas de doute. C'était du dépôt des livres scolaires. C'est sûr, on avait bien entendu d'où ça venait, il y avait pas à se tromper. J'ai tourné la tête vers l'immeuble, mais on ne voyait personne avec un fusil, le tireur s'était déjà esquivé à l'intérieur. Alors j'ai regardé le Président. Il se tenait la gorge, c'était affreux. A ce moment-là tout le haut de sa tête a explosé, oui, c'est le mot. Et là non plus, y a pas à hésiter sur l'endroit d'où venait le coup. Si la balle avait raté M. Kennedy, elle aurait pu me tuer, ou tuer quelqu'un à côté de moi.

— D'où venait-elle, d'après vous, monsieur McGinnis ?

Jusqu'ici Drury l'avait laissé parler. Son visage avait rempli l'écran pendant la moitié du récit de son invité : il exprimait tout son scepticisme.

— Là-haut, au nord d'Elm Street, il y a ce qu'on appelle la pergola. C'est un de nos monuments, en forme de demi-cercle, fermé derrière, ouvert sur le devant, et tout en béton. Un genre comme un kiosque à musique, mais pas vraiment. Un endroit parfait pour tirer. Près de la rue, et assez en hauteur pour viser par-dessus la foule. Un gars a tiré de là avec un fusil. J'étais juste dans l'alignement, je l'ai vu.

— Après le coup de feu, qu'a-t-il fait ? demanda Drury.

— Deux autres lui ont pris son arme et sont partis. Ils ont quitté la pergola et je pense qu'ils sont descendus dans le parking derrière.

— Monsieur McGinnis, reprit Drury, si la pergola constituait une position si avantageuse pour atteindre le président Kennedy, pourquoi le Service secret et la police de Dallas ne s'en sont-ils pas rendu compte ? Pourquoi n'y ont-ils pas monté la garde ?

— Ils l'ont fait. Ils y ont bien monté la garde, pour que le tueur s'y installe. Ecoutez, j'ai pensé que les types qui avaient pris le fusil et aidé le tireur à s'enfuir étaient de la police ou un truc comme ça. Mais non. On n'a jamais dit un mot là-dessus. Tout a été étouffé.

— Merci, monsieur McGinnis.

Drury prit ses lunettes et avala une gorgée de scotch. Cette attitude marquait son incrédulité, son public habituel le savait, et l'assistance gloussa.

— Monsieur Blake Emory, vous étiez inspecteur de police à Kansas City à l'époque du crime. Vous vous êtes tout de suite intéressé à l'affaire, vous avez lu tous les documents que vous pouviez trouver, vous êtes allé à Dallas examiner les lieux et vous avez interrogé des témoins. Après avoir pris votre retraite, il y a sept ans, vous vous êtes entièrement consacré à enquêter sur l'assassinat du président Kennedy. Vous êtes un professionnel, rompu aux enquêtes criminelles. Vous avez écrit six articles sur les événements du 22 novembre, et cette année, pour le trentième anniversaire, vous allez publier un livre sur le sujet. Après la brève pause qui va suivre nous vous demanderons ce que vous pensez du récit de M. McGinnis.

Toujours dans la cabine, Bell se tourna vers Tim et Alicia :
— Quelles conneries !
— Heureusement, répliqua Alicia.
— Tôt ou tard...
Bell interrompit Tim :
— Non. Ce soir.
— Si on y arrive, acquiesça Tim. Il a mille possibilités de tout foutre par terre.
— J'ai révisé mon rôle, assura Bell.
Tim regarda Paul Drury à travers la vitre. Il hocha la tête.
— La poule aux œufs d'or !

5

Blake Emory donna son avis dès la fin des spots publicitaires.
— Dans toutes mes recherches sur l'assassinat, je n'ai jamais entendu dire qu'on ait tiré de la pergola. Je crois fermement qu'un ou deux coups de feu venaient de la butte gazonnée, et peut-être un ou deux de l'allée en contrebas. Mais, comme vous le laissiez entendre, monsieur Drury, la pergola constituant un endroit idéal pour viser, elle était gardée par des agents du Service secret ainsi que par des officiers en civil de la police de Dallas.

— C'est bien là le problème, intervint McGinnis. Les flics étaient *dans le coup,* le Service secret était dans le coup, et Dieu sait qui d'autre encore.

Drury reprit la parole :

— Professeur Trabue, en tant qu'historien, vous êtes un spécialiste de l'assassinat de Kennedy. Avez-vous lu ou entendu dire quelque chose qui vous inciterait à penser que des coups de feu aient été tirés de la pergola ?

— Comme vous le savez, monsieur Drury, je suis intimement convaincu de la précision et de la perfection du rapport de la commission Warren. Au cours des vingt-neuf années écoulées depuis sa publication, je n'ai jamais rencontré le plus petit indice crédible capable d'étayer une autre hypothèse. Attaquer la commission et échafauder des théories sur une conspiration constitue une activité très lucrative. Je suis prêt à prendre n'importe laquelle des thèses avancées, depuis les accusations de Garrison à La Nouvelle-Orléans jusqu'au film d'Oliver Stone : je vous montrerai qu'elles reposent toutes sur des faits qui n'en sont pas et qu'elles défient la logique. Les gens sont obsédés par l'idée d'une conspiration. Dès qu'un événement leur paraît inconcevable, ils ne veulent pas admettre qu'il puisse être dû à autre chose qu'à un sombre complot. Lee Harvey Oswald a tué le président Kennedy, monsieur Drury. Je suis désolé que cela gâche le plaisir de certains et ruine le gagne-pain des autres, mais c'est la réalité, pure et simple.

— J'ai une question pour le professeur, lança McGinnis.

— Posez-la.

— Où disiez-vous que vous donniez vos cours ?

— A l'institut des Affaires publiques Lyndon Johnson. Cette année je suis invité à enseigner à l'USC.

McGinnis afficha un sourire affecté et se contenta de commenter d'un air satisfait :

— L'institut Lyndon Johnson ! Ceci explique cela !

— Et qu'est-ce que ça explique ? interrogea Drury tout en tendant la main vers son whisky.

— Il travaille pour l'institut Lyndon Johnson. Aucun adulte de ce pays n'ignore que Johnson faisait partie de ceux qui souhaitaient la mort de Kennedy, et qui étaient disposés à la provoquer.

— Monsieur McGinnis, intervint Drury, j'aimerais savoir quelque chose. On a assassiné le président Kennedy il y a trente ans, ou presque, et ce n'est que maintenant que vous dites avoir vu un homme armé faire feu sur lui. Pourquoi ne pas l'avoir déclaré à l'époque à la police de Dallas, au Service secret, au FBI, ou même à la presse ?

— Je l'ai fait. En tant qu'employé municipal, j'en savais suffisamment sur la police de Dallas pour ne pas avoir envie de lui rendre visite. Je pensais que le Service secret était dans le coup. Alors je suis allé au FBI, je me disais que ça intéresserait M. Hoover. L'officier de Dallas a pris ma déposition et j'en ai plus entendu parler.

Drury feuilleta les pages de son classeur et rectifia l'affirmation de son invité.

— En fait, monsieur McGinnis, vous vous êtes rendu à la police de Dallas. Précisément le 4 mars 1964, soit près de quatre mois après l'assassinat. Leurs archives disent, je cite : « Jackson McGinnis, 864 San Diego Street, prétend avoir vu quelqu'un tirer un coup de fusil depuis la pergola au nord d'Elm Street. Déposition en contradiction avec les déclarations de nombreux autres témoins. Le sergent Chaney et les officiers Gilchrist et Temple se trouvaient sur la pergola au moment du meurtre et n'y ont vu aucun homme armé. »

— D'accord, j'avais oublié. J'ai été voir les flics de Dallas, c'est vrai, et je leur ai raconté ce que j'avais vu.

— Pourquoi avoir attendu le mois de mars ?

— Vous vous représentez pas ce que c'était que Dallas juste après l'assassinat...

— Si, parfaitement, interrompit Drury, puisque j'y vivais. J'y suivais mes études.

— Bon... je crois pas que la date marquée sur le rapport soit la bonne. Ce qu'ils ont fait, c'est qu'ils ont maquillé la date pour faire comme si j'étais pas venu tout de suite.

— L'agent qui vous a reçu a noté que de nombreux autres témoignages contredisaient votre déposition.

— Les témoignages de qui ?

Drury se tourna vers Emory pour lui passer la parole.

— Monsieur Emory, d'après vos conclusions, combien de coups ont-ils été tirés sur Dealey Plaza ?

Emory fut tout aussi étonné que McGinnis par le brusque changement de sujet.

— J'en ai dénombré six.

On ne put savoir si le ton indécis de la suite de sa réponse était dû à la surprise ou bien trahissait un doute impossible à révéler publiquement.

— Vous savez, continua-t-il, une balle s'est fichée dans le sol à l'endroit où M. McGinnis dit s'être trouvé. Un policier de Dallas est resté sur place jusqu'à ce qu'un agent du FBI vienne l'extraire du trottoir. Mais la balle a disparu ensuite. Le FBI soutient qu'elle n'est pas en sa possession.

La conversation se poursuivit principalement entre Drury, Emory et le professeur. McGinnis avait perdu son entrain, il paraissait maussade. Emory affirma qu'Oswald ne pouvait avoir tiré les deux balles qui atteignirent Kennedy. Une, peut-être, mais pas deux. Selon lui cela aurait constitué un exploit irréalisable, même pour un tireur d'élite.

— Vous avez changé d'opinion sur ce point, lui fit remarquer Drury.

— Je ne vois pas en quoi.

— Quand vous avez été interviewé par Dan Paccinelli, un journaliste du *Kansas City Star,* en 1968, vous lui avez affirmé, je cite : « Ce serait certes difficile, mais pas impossible. » Alors, monsieur Emory, serait-ce difficile ou irréalisable ?

Dans la régie, Alicia se tourna vers Bell.

— Encore son diable d'ordinateur ! Il peut en sortir tout ce qui a été déclaré par n'importe qui !

Emory ne s'émut pas pour autant. Il sourit.
— Disons : presque irréalisable.
Après la pause suivante, Drury commença à recevoir des appels téléphoniques.
Une femme de Seattle :
— En réalité vous êtes tous complètement à côté de la plaque. Le président Kennedy n'est pas mort. Au cours de l'été 1963 on lui a diagnostiqué une destruction progressive des cellules cérébrales, consécutive à une syphilis contractée vers 1938. Son assassinat a été une mise en scène. On l'a interné dans un hôpital en Angleterre, où il vit toujours. Bien sûr il ne sait plus qui il est ni où il est, et...
— Merci, Seattle.
Drury interrompit la communication avec une sécheresse qui dévoilait son agacement.
Un homme de Baton Rouge :
— J'ai une question pour le professeur Trabue. Ne craignez-vous pas que les travaux d'historiens aussi consciencieux que vous passent inaperçus du grand public ? Rien qu'un film comme celui d'Oliver Stone recueille cent fois plus d'audience que vos écrits. Il se fonde entièrement sur une pure spéculation, mais c'est la seule version de l'assassinat à laquelle la masse des gens ait accès.
— Cela me préoccupe profondément, en effet, reconnut le professeur.
— Une question à notre interlocuteur de Baton Rouge, lança Drury. C'est ce soir la quarante-huitième fois que notre magazine se penche sur cet événement. Nous nous efforçons de laisser s'exprimer chaque point de vue. Pensez-vous que nous aidions la recherche de la solution ou que nous alimentions au contraire le problème ?
— J'ai des doutes, déclara le correspondant. Je crois que le professeur Trabue a raison, la commission Warren était consciencieuse et rigoureuse, mais on peut gagner tellement d'argent en jouant avec les faits...
Drury interrompit sa phrase :
— Puis-je vous demander de continuer à suivre nos

émissions ? Nous n'en sommes qu'à la quarante-huitième. Nous avons d'autres révélations à apporter. Elles risquent de vous surprendre.

Une jeune femme de Columbus, Ohio :

— J'aimerais savoir ce que pensent vos invités de l'idée selon laquelle on aurait tué Kennedy parce qu'il allait ordonner le retrait de nos troupes du Viêt-nam.

Drury fit signe au professeur Trabue de répondre en premier.

— Il n'y a aucune preuve de cela. Absolument aucune. Et en l'absence de preuve je ne suis pas disposé à croire des accusations aussi saugrenues.

Drury passa alors la parole à McGinnis.

— Mon avis est que Lyndon Johnson voulait la mort de Kennedy pour prendre la présidence et continuer une guerre qui lui rapportait, à lui et à beaucoup d'autres, une fortune colossale. C'est aussi simple que ça.

McGinnis retrouva son assurance en énonçant sa conclusion. Il était visiblement très fier de lui. Drury se tourna vers Emory.

— Lee Harvey Oswald, déclara ce dernier, ne ressemblait pas tellement au portrait que la commission Warren en a tracé, il n'y a guère de doute. Par exemple, il a attrapé une blennorragie alors qu'il était marine. Le rapport médical de son régiment spécifie qu'il a contracté cette maladie en service commandé et qu'il ne convient pas de lui en faire reproche. Quel genre de mission risquait de lui donner une maladie vénérienne ? Il s'agissait nécessairement d'un travail d'espionnage. Il était agent secret, et à ce titre on a pu lui ordonner d'assassiner le président Kennedy.

— La commission Warren, intervint Drury, a déclaré sans ambiguïté qu'Oswald n'était pas un agent secret.

Emory continua son raisonnement :

— La commission a fermé les yeux sur beaucoup de preuves. Et de nombreuses autres n'étaient pas à sa disposition.

— La commission Warren ne voulait pas voir la vérité,

tout simplement, intervint McGinnis. Elle a eu sa part de complicité dans l'étouffement de l'affaire. Après tout, qui était Earl Warren ? Un sympathisant communiste, comme chacun sait.

Drury feuilleta les pages de son classeur. Un murmure traversa le public du studio. Les habitués savaient ce que ce geste signifiait : Drury s'apprêtait à coincer un de ses interlocuteurs.

— Je ne comptais pas utiliser cet argument, monsieur McGinnis, mais les archives du personnel municipal de Dallas indiquent que vous ne travailliez pas aux services de nettoiement des rues le 22 novembre 1963. A vrai dire vous n'avez été employé par la ville qu'à partir d'août 1965.

— Ils ont tout mélangé !

McGinnis eut beau s'insurger avec véhémence, son plaidoyer fut noyé dans la vague d'applaudissements qui déferla sur le studio.

Derrière la vitre, Bell fit part de son étonnement à Alicia :

— S'il savait que le gars n'était pas là-bas, pourquoi est-ce qu'il l'a invité ?

— Tu regardes souvent l'émission ? répondit Alicia. C'est une chose que le public adore. Il invite un crétin, et il le descend en flèche. McGinnis est un sacré jobard, mais c'est sa fonction ce soir. Paul l'a laissé lâcher quelques insolences spectaculaires... et vlan !

— Détente comique, soupira Bell avec mépris.

— Délivrance émotionnelle, précisa Alicia.

Les coups de fil reprirent. Ils constituaient un des ingrédients favoris des téléspectateurs. Le téléphone permettait d'exprimer certaines idées auxquelles l'animateur n'aurait pas osé donner son aval. La façon dont il réagissait, ainsi que ses invités, donnait un grain de folie au magazine, une saveur inimitable qui en faisait un divertissement très populaire.

Toronto :

— Ecoutez, Marilyn Monroe représentait cent millions de dollars pour les agents qui rédigeaient ses contrats. Kennedy l'a tuée. N'importe quel gars qui voit une fortune pareille lui passer sous le nez est prêt à liquider le responsable.

Stamford, Connecticut :

— Avez-vous entendu parler de la secte des Illuminés ? On ne fait jamais rien contre ces gens-là, ils échappent à toute sanction. Vous devriez vous renseigner sur eux.

Tampa, Floride :

— Si Bob Kennedy avait été élu président des Etats-Unis en 1968, il se serait servi de tout son pouvoir pour trouver le véritable assassin de son frère et le nom de celui qui avait étouffé l'affaire. C'est pour ça qu'on l'a tué.

Charleston, Virginie Occidentale :

— Quand on met bout à bout la mafia, Wall Street, la CIA, le FBI, le Pentagone, les industriels de l'armement et Fidel Castro... on comprend qu'ils étaient capables de descendre n'importe qui et de s'en sortir indemnes.

La fin de l'heure approchant, Drury marqua une nouvelle pause publicitaire. Après quoi il dressa le bilan.

— M. Jackson McGinnis nous a révélé un point de vue nouveau et intéressant sur l'assassinat, mais malheureusement il ne semble pas crédible. Comme disait un jeune Américain qui préparait sa prêtrise à Rome dans une université où on ne s'exprimait qu'en latin : « *Haec opinio non tenet acquam.* » Nous sommes cependant reconnaissants à M. McGinnis d'être venu nous livrer sa version. Qui sait ? Peut-être nous apportera-t-il un jour des preuves.

Les recherches très poussées de M. Blake Emory nous passionnent toujours autant, et nous le remercions de son intervention, comme nous remercions le professeur John Trabue, qui continue de représenter avec compétence le point de vue officiel sur l'assassinat de Kennedy.

Nous-mêmes travaillons depuis longtemps à l'élaboration d'un documentaire fondé sur tout ce que nous avons appris au cours de nos quarante-huit émissions d'une heure. Nous utilisons un ordinateur qui intègre une énorme quantité de renseignements. Pour le trentième anniversaire du drame du 22 novembre j'envisage de présenter une émission d'un caractère nouveau, avec images et commentaires, capable de changer à jamais le regard que nous portons sur l'assassinat du président John Fitzgerald Kennedy.

Demain soir nous traiterons de la cigarette. Nous nous demanderons si elle est aussi néfaste qu'on le dit, et quelles exigences les non-fumeurs peuvent légitimement manifester envers les consommateurs de tabac. Nos invités seront le médecin responsable des services de la santé publique, M. Stuart Milliken, de l'institut du Tabac, et Renee Laurentan, qui fait mondialement autorité pour ce qui concerne les bons usages sociaux.

D'ici là... n'oubliez pas : VOUS AVEZ UNE TÊTE, SERVEZ-VOUS-EN ! Paul Drury, votre serviteur... BONSOIR !

II

1

A peine le voyant de la caméra éteint, Drury détacha son micro, bondit de son fauteuil et traversa le plateau sans un signe de tête ni un regard pour ses invités et son équipe. Dès qu'il fut sorti du studio, il se précipita dans le couloir aux dalles de béton qui conduisait à sa loge, tout en arrachant sa cravate. Il claqua derrière lui la porte de sa loge et commença aussitôt à retirer ses vêtements. De deux coups de pied il se débarrassa de ses mocassins Gucci, puis retira sa veste. Il jeta toutes ses affaires en vrac, sur le canapé et par terre : costume, chemise, caleçon, chaussettes... Une fois nu, il ouvrit en hâte la porte vitrée de la douche. Son corps luisait de transpiration. La sueur ruisselait. Il régla le robinet de façon à obtenir une eau presque glacée, puis avança sous le jet violent et referma la porte.

Tandis que l'eau le fouettait, il alternait gémissements et hurlements :

— Orrghh !... de Dieu ! Ouuuuaf ! Orrghh !

La porte de la loge s'ouvrit. Une jeune femme de petite taille apporta un grand verre d'eau de Seltz avec des glaçons et un doigt de scotch. Elle se dirigea vers la douche, fit glisser la vitre, et tendit le verre. Drury s'en empara de la main gauche, alors que de la droite il saisit le poignet de la jeune femme. Il l'agrippa pour lui faire franchir le seuil, puis l'embrassa sur la bouche.

— Karen ! Oh, bon Dieu !

Quand il la relâcha, elle était trempée de la tête aux pieds. Une flaque d'eau maculait le sol de la loge.

Drury renversa la tête en arrière, et siffla la moitié de son verre. Après une brève pause, il avala le reste puis rendit le verre vide à Karen.

Elle le posa sur la table à maquillage, décrocha une serviette pendue à côté du miroir et s'essuya le visage et les cheveux. Après quoi elle se mit à ranger soigneusement les vêtements éparpillés. Même le complet gris était trempé de sueur.

Karen Bergman occupait au sein des Paul Drury Productions une fonction imprécise. Les génériques la présentaient comme « assistante de M. Drury ». C'était une sorte de secrétaire tapant peu à la machine, mais préposée aux tâches les plus diverses. En réalité son travail consistait à assurer une présence constante auprès de son patron, et à anticiper le moindre de ses souhaits. Seule avec lui, elle l'appelait Paul. Devant témoin elle disait M. Drury.

Sortie de l'UCLA avec un diplôme d'études théâtrales, elle espérait encore, à vingt-sept ans, décrocher un rôle de comédienne, si possible dans une série télévisée. Ses seules apparitions devant les caméras avaient été pour des figurations, comportant au maximum une ou deux lignes de texte. Quand Drury l'avait remarquée et lui avait offert son emploi, elle participait à une émission de jeux du matin. Elle était ouvreuse de rideau. Vêtue d'une étroite jupe noire et d'un chemisier blanc mettant sa poitrine en valeur, elle devait onduler des hanches en entrant sur le plateau le moment venu, et tirer le cordon du rideau pour révéler le candidat vainqueur. Il lui fallait accompagner cette apparition d'un piaillement de surprise et de joie au cas où le candidat n'exprimerait pas une conviction suffisante. Elle se considérait elle-même comme la mouche du coche. Dans le magazine de Paul Drury elle était la petite blonde qui surgissait au moment d'accrocher les micros-cravate sur les invités. Elle renouvelait également le whisky-soda de l'animateur si nécessaire. Drury se penchait alors vers elle et la gratifiait d'un furtif baiser sur la joue, face à la caméra. Le public semblait voir en ce geste la marque d'un comportement généreux et paternel.

La jupe noire et le chemisier blanc l'avaient suivie d'une émission à l'autre. Drury aimait cette tenue. Karen ne s'en départait pas, et n'y apportait que des nuances, que ce soit sur le plateau ou dans la vie privée. La jupe restait serrée, mais moins que dans l'émission de jeux, où on attendait d'elle une démarche particulièrement sophistiquée. Elle se faisait décolorer les cheveux. Elle avait les yeux bleus et un visage sans la moindre irrégularité. Bien que peu élancée, puisqu'elle ne mesurait que un mètre soixante, sa silhouette était bien sûr ravissante. Drury lui avait dit un jour qu'il ne manquait qu'une petite imperfection, ne serait-ce qu'infime, à son physique pour que sa carrière d'actrice connût un plus grand succès.

Marvin Goldschmidt se contenta de frapper un coup à la porte avant d'entrer.

— Magnifique ! s'exclama-t-il.

— Les projos tapaient trop sur McGinnis, rétorqua Drury depuis la douche. On aurait dit que la lumière des cieux descendait sur lui et qu'il allait gravir l'échelle de Jacob.

— Je le pensais aussi, mais l'éclairagiste a prétendu que non. Je dois reconnaître que sur l'écran ça avait l'air bon. A l'antenne c'est bien passé, cela ne se voyait que sur le plateau.

— Si tu le dis... Jette quand même un coup d'œil à la cassette. Vérifie.

— Je l'ai fait, assura Goldschmidt.

Tim et Alicia débouchèrent sans s'annoncer.

— C'était très bien, lança Tim.

Alicia s'assit sur le divan et resta muette. Elle braqua un regard sévère sur le chemisier mouillé de Karen : sa transparence laissait apparaître son soutien-gorge. Karen répondit à son expression de réprobation en la dévisageant d'un air de défi.

Drury ouvrit en grand la porte de la douche. Il se dressa nu comme un ver, trempé de la tête aux pieds, face à son producteur, son assistante de production, son réalisateur et son assistante personnelle. Karen lui présenta une serviette. Il questionna Tim tout en commençant à s'essuyer :

— Les gars et les filles bossent sur cette connerie de tabac ?

— Oui.

— Assure-t'en. Quand j'arriverai demain après-midi, je veux un topo complet, pas un résumé de branleurs. J'étais sur Dealey Plaza quand on a tué Kennedy, mais j'accompagnais pas sir Walter Raleigh quand il a découvert le tabac. Le type de l'institut aura toutes les données en tête, il sera prêt à faire face à toutes les questions. Il faut que je sois aussi armé que lui. Je veux que l'équipe passe la nuit là-dessus.

— Il y a des limites, Paul, objecta Alicia.

Drury continua à donner ses instructions comme s'il n'avait rien entendu. Il se frottait vigoureusement le dos avec sa grande serviette blanche.

— Ils iront se coucher quand on prendra l'antenne demain soir. Ils dormiront jusqu'à lundi. Vendredi soir je reçois Shirley McLaine, pas besoin de dossier. Je me débrouillerai tout seul, il me faudra juste un petit C.V. sur chaque invité. Mais pour demain j'ai besoin d'une préparation méticuleuse.

Karen lui tendit un caleçon bleu foncé. Il l'enfila, puis jeta sa serviette dans la flaque d'eau qui s'étalait au pied du bac à douche.

— Tu as donné ton accord pour l'émission sur la pilule abortive ? demanda Tim.

— Qu'est-ce que tu veux que je fasse ? Notre boulot,

c'est de trier entre les faits et les boniments. Il faut être absolument certain de rester neutre sur le sujet. Attention, ce jour-là, ne convoque aucun jobard. Deux ou quatre invités, des scientifiques respectables, le même nombre de chaque côté. Okay ?

Tim acquiesça. Alicia fit de même.

— Bon, ça va. Allez grignoter un morceau et rentrez vous coucher. A demain.

Karen tendit à Drury une paire de chaussettes. Il s'assit pour finir de s'habiller.

2

Dans le hall, Tim et Alicia rencontrèrent Bell. Il les accueillit d'un air sinistre.

— Ce soir.

Tim opina.

— D'accord, ce soir. Comme prévu. Nous sommes prêts à partir.

— Seulement, lui, il est imprévisible, rétorqua Alicia. S'il décide de passer la nuit chez Karen, le plan tombe à l'eau. En plus pour ce genre de chose...

— Ce soir ! grogna Bell. On repousse la date depuis trop longtemps.

3

Hollyridge Drive est une rue étroite, grossièrement pavée, qui serpente entre les contreforts des collines de Santa Monica. De luxueuses habitations la bordent. Parmi elles se trouvait à l'époque la villa de Paul Drury.

Quand Tim Edmonds et Alicia Graham Drury l'atteignirent, un peu avant 22 h, ils venaient de parcourir près de un kilomètre et demi depuis l'endroit où il leur avait paru sage de garer leur voiture. Hollyridge Drive était régulièrement sous surveillance. Des policiers de Los Angeles et des miliciens privés, payés par les riverains, y patrouillaient sans cesse. Les uns comme les autres inspectaient tous les véhicules stationnés sur la chaussée et vérifiaient l'identité des gens qui circulaient à pied. Chaque fois que Tim et Alicia avaient aperçu des phares ils s'étaient précipités à l'abri des buissons plantés pour retenir la terre et prévenir les glissements de terrain.

Ils avaient répété et minuté leur trajet. Ils s'étaient également exercés aux différentes façons de pénétrer dans la maison. La propriété n'avait pas de secret pour Alicia qui y avait vécu deux ans. Elle connaissait les moyens de neutraliser le complexe système d'alarme sans déclencher la sirène. Déguisé en boîte aux lettres, un coffret métallique à l'entrée contenait un dispositif semblable à un distributeur de billets de banque. On glissait dans une fente une carte plastique pourvue d'un code magnétique, et on composait un numéro sur le petit cadran rond placé en dessous. Cela déconnectait le système pendant trois minutes, temps suffisant pour s'introduire dans la maison. Parvenu à l'intérieur, on annulait le dispositif grâce à la même carte et à un autre numéro à taper sur une boîte de contrôle dans la cuisine. Mais on pouvait se passer de cette dernière opération : le système détectait les mouvements effectués dehors et tout contact avec les portes et les fenêtres, sans être toutefois sensible à ce qui se passait dans les pièces. Une fois dans la maison on n'avait pas coutume de le débrancher.

Il s'agissait d'un dispositif très coûteux, mais il satisfaisait les exigences de Paul Drury : bénéficier d'une haute sécurité tout en laissant un accès aisé à son entourage professionnel et domestique, ainsi qu'à un petit cercle d'amis. Quand Alicia avait quitté le domicile conjugal, elle avait remis sa carte à son ex-mari en présence de son avocat. Personne ne s'était douté qu'elle en gardait une autre, subtilisée dans un tiroir du bureau quelque temps auparavant. Elle savait que Paul en possédait un bon nombre et qu'il ne les comptait pas régulièrement. Il ne s'était pas donné le mal de changer son code. Après tout, le divorce s'était déroulé à l'amiable.

Un chemin empierré, qui grimpait vers le garage, servait d'accès à la maison. A gauche une grille en fer forgé s'ouvrait sur la pelouse, la piscine et la cabine de bains. Des lampes éclairaient abondamment le sentier, pourtant hors du champ de vision des voisins. Alicia et Tom le gravirent, franchirent la grille et s'avancèrent sur la pelouse. Munis de gants, ils se dirigèrent vers la porte latérale du garage, la déverrouillèrent en glissant la carte magnétique dans la fente prévue à cet effet et s'assurèrent que la voiture de Paul n'était pas là. Ils pénétrèrent alors dans les lieux, afin de gagner la maison par une porte intérieure.

Les goûts de Paul en matière d'ameublement domestique ne différaient pas de ceux qu'il manifestait pour le mobilier de son bureau. Il aimait les lignes sobres de l'esthétique moderne. L'espace également : son salon aurait contenu deux fois plus de canapés et de fauteuils, on l'aurait encore trouvé meublé avec parcimonie. Si la lumière avait été allumée, elle aurait révélé son engouement pour les tableaux, particulièrement les nus d'homme et de femme.

Ils allèrent droit vers le bureau de Paul, à une extrémité du salon. Les tiroirs étaient fermés à clef. Tim, assez familiarisé avec la maison pour savoir où les affaires étaient rangées, retourna dans le garage et décrocha un pied-de-biche pendu à un mur. Il s'en servit pour forcer le bureau. La barre métallique brisa le châssis et le placage du précieux meuble. Quand le tiroir central céda, des éclats de bois jonchaient la moquette.

Les mains toujours gantées, Alicia se mit à vider les tiroirs et à disperser les dossiers par terre.

Tim l'interrompit pour l'étreindre et l'embrasser.

— Alicia, je n'ai jamais aimé personne autant que toi.

Je ne savais pas qu'on pouvait tomber amoureux à ce point-là.

Elle lui rendit son baiser.

— Moi aussi, je suis folle de toi, mon chéri.

Après lui avoir murmuré son amour, elle retourna piller le tiroir. Soudain, elle marqua une pause.

— Tu l'as trouvée ? lui demanda Tim. Réponds-moi, tu l'as trouvée ?

Alicia lui présenta une enveloppe bleue, petite mais épaisse. Tim l'examina dans la pénombre, puis l'ouvrit.

— Quelle banque ? Quelle banque ?

— Qu'est-ce qui est marqué ?

— « MOSLEY », c'est le nom de la société qui a construit ce putain de coffre ! Mais quelle banque ? La clef ne nous sert à rien si on ne connaît pas le nom de la banque !

4

Paul Drury dînait avec Karen Bergman. Ils étaient attablés à La Felicità.

Elle avait troqué ses vêtements mouillés contre un pantalon moulant en lamé argent et un pull en coton blanc. Les mailles en étaient si lâches qu'un œil tant soit peu attentif remarquait vite qu'elle ne portait rien en dessous. Paul aimait beaucoup ce pull-over ; elle le mettait quand ils s'accordaient une sortie intime.

Lui-même avait un pantalon gris et un classique blazer bleu, avec des boutons gravés à ses initiales, sur une chemise polo Ralph Laurent.

Ils avaient fini leur repas. Leur choix s'était porté sur un plat de pâtes fraîches garnies d'une sauce au crabe et aux crevettes et d'une queue de homard. Leur bouteille de vin était vide.

— Je vais chez toi ? lui demanda-t-elle.

— Pas ce soir. Je suis vanné. Cette émission m'a épuisé. J'ai appliqué la recette, mais... c'est pas facile, tu sais !

— Je sais.

Il joignit ses mains sous son menton. Il les serra si fort que ses articulations blanchirent.

— Je n'arrive pas à me concentrer sur quoi que ce soit, avoua-t-il. Je suis de plus en plus obnubilé par le 22 novembre.

— Je ne te demande pas de me donner la réponse, mais sais-tu réellement qui a tué Kennedy ?

Paul Drury soupira.

— Je n'en suis pas sûr. Je sais que quelqu'un a été payé pour le faire, qu'il se trouvait sur place, et qu'il l'a peut-être fait. Il a pu tirer une fois, éventuellement deux. Mais je n'en ai aucune certitude.

— Et Lee Harvey Oswald ?

Il haussa les épaules.

— Je ne crois pas qu'il y ait le moindre doute, Oswald a envoyé une balle, ou bien deux, ou même trois. Et l'une d'entre elles peut avoir atteint Kennedy. Mais les coups de feu ont été plus nombreux. Le problème est là. Il y a eu de nombreux coups de feu.

Ses épaules retombèrent. Il grommela :

— Si encore je savais...

— Paul... je peux t'aider à te détendre ce soir. Mets-toi au lit et laisse-moi faire.

Il posa les mains sur celles de la jeune femme.

— Vendredi soir, dit-il. L'émission de vendredi roulera. Vendredi... samedi... dimanche.

— On ira se baigner ?

— Promis. On prendra du bon temps. Oui, du bon temps.

Drury fit signe au serveur.

— Je suis désolé, ma biche, reprit-il, mais je vais demander à un taxi de te ramener chez toi. Il faut que j'aille me pieuter tout de suite. Je ne me déshabillerai même pas.

— Oh, Paul ! il n'est pas encore 23 h !
— Désolé.

5

Au moment où il s'engagea dans l'allée menant à son garage, Drury remarqua qu'il avait eu de la chance de ne pas s'endormir au volant. Il mit hors tension le système de sécurité et appuya sur le contacteur ouvrant la porte du garage. Il rangea sa large Mercedes vert sombre, éteignit les phares, coupa le contact, puis descendit. Il se dirigea vers la porte qui communiquait avec la maison et glissa sa carte dans la fente.
— Salut, Paul.
— Quoi ? Qu'est-ce que... ?
Drury tourna brusquement la tête sur la droite et reconnut Tim Edmonds.
— Mais enfin... qu'est-ce que tu fais là ?
Il ne vit pas Alicia surgir dans son dos. Elle s'était cachée à l'abri de la vieille Lamborghini qu'il n'utilisait que pour ses loisirs, jamais pour se rendre au studio. Tim se trouvait auprès d'elle, mais il avait bondi au-devant de Drury pour attirer son attention pendant qu'elle contournait la Mercedes et se glissait derrière son ex-mari.
Elle tenait des deux mains un revolver de petit calibre. Elle en appliqua le canon contre la nuque de Drury et appuya sur la détente. L'arme émit un claquement sec, qui résonna dans le garage mais ne franchit sans doute pas les murs. Au moment où Drury s'effondra, elle lui tira une seconde balle derrière la tête. Quand il fut allongé de tout son long sur le sol, inerte, elle s'accroupit, détacha sa montre, glissa la main dans la poche intérieure de sa veste pour en extraire son portefeuille, et ôta de son doigt la lourde chevalière en or où était incrusté un gros diamant.
Tim passa en trombe à côté d'elle, ouvrit la portière de

la Mercedes et se pencha par-dessus la place du conducteur. Il s'empara d'une boîte noire glissée sous le siège voisin.

Alicia ouvrit la porte donnant sur la maison. Tim et elle se précipitèrent dans le salon toujours obscur. Ils restèrent une minute ou deux derrière la vaste baie à scruter les environs. Rien en vue. Tout laissait penser que personne n'avait entendu les coups de feu tirés dans le garage.

Ils déconnectèrent le système de sécurité pour une nouvelle tranche de trois minutes, quittèrent la maison par la porte de la cuisine, se faufilèrent le long de la piscine dans l'ombre de la cabine, puis rejoignirent la grille qui donnait sur l'allée.

Tandis qu'ils redescendaient Hollyridge Drive jusqu'à l'endroit où ils s'étaient garés, des phares les inquiétèrent à trois reprises. Ils quittèrent en hâte la chaussée pour se dissimuler. Une fois à la voiture, une Oldsmobile verte de location qui risquait moins de se faire remarquer que la Porsche noire de Tim, ils se jetèrent littéralement sur les sièges, physiquement éreintés et épuisés par l'émotion.

— C'est pas fini, chuchota Alicia.

6

— J'espère qu'on n'arrive pas trop tard pour dîner, Roberto, dit Tim au propriétaire de la Cocina Roberto. Il est plus de 23 h 30.

— Nous servons jusqu'à 1 h, señor Edmonds.

— Parfait ! Attaquons avec deux margaritas et deux guacamole.

— Bien, señor. Soyez aussi la bienvenue, señora Drury. Nous sommes toujours ravis de vous voir.

Alicia et Tim demeurèrent silencieux en buvant leurs margaritas et en plongeant leurs chips dans le guacamole. De temps en temps Tim regardait sa montre.

— Détends-toi, lâcha finalement la jeune femme. Ça s'est bien passé, mais il reste quelque chose à faire.
— Vas-y. Je veux plus avoir ça en tête.
Alicia quitta la table et se dirigea vers les lavabos. Une femme était en train de se remaquiller devant le miroir. Alicia s'enferma dans les toilettes et attendit. La femme partit une minute plus tard. Alicia alla droit vers le téléphone à pièces près de la porte. Roberto avait la prévenance de le mettre à la disposition des clientes désireuses de passer certains coups de fil à l'insu de leur compagnon de table. Elle composa un numéro et sortit un walkman de son sac tandis que quatre sonneries retentissaient.
— *Bonjour. Ici Bill McCrory. Je ne peux pas vous répondre pour l'instant, mais si vous voulez bien laisser votre nom et votre numéro, je vous rappellerai dès que possible. Merci d'attendre le bip pour parler.*
Alicia enclencha le bouton play de son walkman.
— *Salut, c'est Paul. Faut absolument que tu m'appelles à la prem' du mat', s'il te plaît. C'est important.*
Revenue à la table, elle sourit à Tim Edmonds.
— C'est fait. Fait et bien fait.

III

1

Le jeudi 3 juin à 9 h, il pleuvait sur Los Angeles. Ted Dugan, nouvelle recrue de la police municipale, était de mauvaise humeur. On l'avait chargé ce matin-là de faire le planton au bout d'une allée donnant sur Hollyridge Drive, avec mission d'éloigner les journalistes et les curieux en tout genre qui flânaient dans le secteur. Certains reporters savaient sacrément jouer des coudes.

Et voilà qu'arrivait... sapristi! Un vieux tas de ferraille asthmatique, un objet roulant non identifié, cabossé, plein de raccords de peinture argent où transparaissait la rouille. A l'avant droit, une partie du pare-chocs en acier était tout juste passée au papier-émeri. Un seul essuie-glace marchait, heureusement du côté du conducteur. Dugan s'avança à sa rencontre et leva autoritairement la main. Pas question de laisser...

Mais qu'est-ce que...? Dugan regarda la plaque minéralogique. O44 APD. Ce numéro éveillait quelque chose dans sa mémoire. O44 APD... Le conducteur stoppa, descendit sa vitre et présenta une plaque.

Bon Dieu! Columbo! Le lieutenant Columbo! C'était le numéro d'immatriculation qu'on lui avait dit de guetter : celui d'une vieille Peugeot conduite par Columbo. L'homme assis au volant était petit. Il avait rudement besoin de passer chez le coiffeur. Ses cheveux bruns, ébouriffés, lui tombaient sur les oreilles, sur le cou et sur le front. Ses paupières plissées, cernées de rides, lui donnaient un regard vif et intense. Pourtant il semblait distrait, pas tout à fait certain de se trouver là où il le devait.

— Pouvez me rendre un petit service, Dugan ?

Tout en posant sa question, Columbo avait lu le nom de l'agent sur la plaque accrochée à sa chemise.

— Oui, lieutenant. Bien sûr.

Columbo rangea négligemment sa voiture sur le côté. Elle bloquait la moitié de l'allée, mais le break de police-secours dont les lumières bleues et rouges clignotaient devant la porte du garage avait encore de quoi se faufiler. Il en allait de même des trois autres véhicules de la police stationnés à proximité. Le lieutenant sortit en extirpant de sa banquette arrière une grande feuille plastique qui autrefois avait dû être transparente.

— Dugan, une voiture prend l'eau quand il pleut, expliqua-t-il au grand blond. Mettez cette bâche dessus pour la protéger. Une sorte d'imperméable à voiture. Comprenez ? C'est l'imper de ma voiture. Je veux pas que la pluie dégouline sur les sièges.

Sans le plastique, l'inondation n'aurait pas manqué de se produire. Le toit ouvrant révélait de tels accrocs qu'il pouvait laisser pénétrer des litres d'eau, ce qui avait déjà commencé pendant le trajet. Columbo s'était personnellement prémuni contre les averses. Il portait un imperméable un peu court, froissé et taché. Si râpé qu'il méritait presque le qualificatif de minable. Il lança sa bâche par-dessus le toit puis contourna la voiture pour la faire retomber de l'autre côté.

— Si le vent se lève, Dugan, soyez gentil de veiller à ce qu'elle ne s'envole pas. Mettez deux pierres dessus, ça ira.

— A vos ordres, lieutenant.

Columbo jeta un coup d'œil périphérique. Debout sous

la pluie, il scruta la propriété en fronçant les sourcils. De la rue on apercevait principalement les portes du garage. Un toit de tuiles rouges ornait la maison de style espagnol, enduite de stuc. Erigée derrière le garage, elle le surplombait grâce à la forte déclivité du terrain. Columbo remarqua l'exposition ouest des pièces principales : les fenêtres devaient offrir une vue incomparable sur Los Angeles et sur le Pacifique. Il distingua le toit d'une cabine de bains et en déduisit la présence d'une piscine sur la partie plate du terrain, au sommet du sentier. Il ne convenait pas de qualifier cette maison de manoir ; c'était néanmoins une villa.

— Mince ! Bel endroit ! Quand on pense à tout l'argent qu'il faut pour vivre dans une demeure comme ça ! J'ai vu le gars dans son émission de télé. Son fric, il l'avait bien gagné. Maintenant...

Le lieutenant hocha pensivement la tête.

— Une tragédie ! commenta-t-il.

Dugan avait souvent entendu le nom de Columbo. On lui avait même beaucoup parlé de lui. Pourtant il ne parvenait pas à croire qu'il l'avait ce matin devant les yeux. De l'ourlet de son imper crasseux un fil pendait le long de sa jambe. L'agent éprouva une envie presque irrésistible de se précipiter pour l'arracher.

— Où est-ce qu'ils sont tous ? demanda Columbo.

Son regard parcourut les six voitures officielles rangées dans la rue et l'allée.

— Ils ont déplacé le corps ?

— Non, lieutenant. Il est toujours dans le garage. La plupart des gens sont là-bas, je pense.

Columbo continuait de promener ses regards sur la propriété. Dugan eut l'impression qu'il ne se rendait pas compte de la pluie qui trempait progressivement ses cheveux en bataille.

— Comment on entre ?

Dugan lui indiqua la grille. Ce portail de fer forgé, peint en blanc, ne pouvait prétendre protéger la maison : de faible hauteur, il ne servait visiblement que de décoration.

— Par là, lieutenant. Ensuite vous prenez la porte sur le côté du garage.

2

Columbo se dirigea vers la grille. Il se battit un instant avec la clenche. Une fois qu'il l'eut ouverte, il s'engagea sur le sentier empierré qui grimpait vers le garage.

L'agent en faction sur le trottoir avait raison. Le corps de Paul Drury gisait sur le sol, et une demi-douzaine de personnes s'affairaient autour de lui. Certaines ne le quittaient pas des yeux, d'autres se consacraient à l'examen des voitures et des divers objets rangés ou entassés le long des murs.

— Lieutenant !

Martha Zimmer s'approcha de Columbo. Elle avait le grade de détective dans la police de Los Angeles, et arborait sa plaque sur la poche de son chemisier blanc. Sans cette précaution, les hommes n'auraient jamais accepté l'idée qu'elle pût être détective. Elle était petite, « courtaude », comme on disait la plupart du temps à son propos. Ses cheveux noirs, taillés court, accentuaient la rondeur de son visage aux pommettes rouges, sans maquillage. Son poids n'atteignait pas celui exigé par le règlement, mais on avait consenti une exception pour deux raisons : d'une part son intelligence et son efficacité professionnelles, et d'autre part le fait qu'elle venait de mettre au monde son second enfant et avait gagné quelques kilos au cours de sa grossesse.

— 'jour, Martha, répondit Columbo. Content de vous revoir. On m'a dit que tout s'était bien passé. Comment ça va ?

— A merveille.

— Qu'est-ce qu'on a, ce matin ?

Martha fit un signe de tête en direction du cadavre

affalé face contre terre sur le sol bétonné. Une flaque de sang séché auréolait son crâne.

— Paul Drury, le journaliste qui animait des talk-shows. D'après l'examen préliminaire du médecin légiste on l'a tué peu avant minuit. C'est sa voiture. Apparemment il rentrait chez lui, il a ouvert le garage avec sa télécommande, et il a reçu deux balles derrière la tête avant de pouvoir pénétrer dans la maison. Son portefeuille a disparu et son salon est sens dessus dessous.

— Comment l'agresseur, ou les agresseurs, sont-ils entrés ?

— Aucune idée. Il y a un système d'alarme, mais il n'a pas fonctionné.

Columbo hocha la tête. Il fouilla la poche de son imperméable pour en extraire un bout de cigare froid à moitié fumé.

— Des allumettes ? demanda-t-il à sa collègue.

Elle sourit en lui tendant une pochette d'allumettes en carton.

— Gardez-les.

— Qui l'a trouvé ?

— Une certaine Mme Badilio, expliqua Martha Zimmer. C'est la domestique. On entre dans la maison avec une espèce de carte de crédit qui déconnecte le dispositif d'alerte. Elle en a une et s'en est servie pour ouvrir la porte.

— Vous lui avez parlé ?

— Pas longtemps. Elle n'est pas très en forme.

Columbo alluma son mégot avec une des allumettes en carton, puis tourna le regard vers l'homme posté à côté du corps.

— 'jour, doc. Ce que vous en pensez ?

— Examen préliminaire..., avertit le docteur Harold Culp. Tout à fait préliminaire.

— Oui, bien sûr. Compris.

Le docteur Culp devait avoir près de quarante ans, quarante-cinq au plus. Si la première hypothèse se révélait exacte, sa calvitie était précoce, de même que le grisonnement des cheveux qui lui restaient. Le disque dénudé et hâlé de son crâne n'atteignait pas encore le format d'une tonsure de moine, mais dépassait déjà celui d'une calotte juive. Il portait des lunettes d'écaille à double foyer.

— La nuque présente deux blessures par balle, décrivit-il. Aucune trace de sortie des projectiles. Ils sont restés quelque part dans le cerveau. Un important résidu de poudre entoure le premier point d'impact, alors qu'il y en a très peu autour de l'autre. Un des coups a été tiré presque à bout portant, l'autre à trente ou quarante centimètres. La taille des orifices laisse penser qu'il s'agissait d'un petit calibre, peut-être même un 22.

— Pas très bruyant, remarqua Martha Zimmer.

— Votre idée sur l'heure de la mort? demanda Columbo.

— Avant minuit. Vu l'état du corps. Et celui du sang séché. Au plus tôt à 10 h du soir. Au grand maximum à minuit et demi. Mais c'est une estimation préliminaire, ne l'oubliez pas.

Columbo parcourut le garage du regard avant de s'exclamer :

— Bon Dieu, regardez cette autre voiture qu'il avait ! Une Lamborghini. Une auto étrangère, hors de prix. Un modèle de collection. Moi aussi, j'ai une auto étrangère, vous savez. Une française. C'est pas une japonaise, hein ! Notez que je n'ai rien contre les japonaises, mais... la mienne a été fabriquée en France, et ils s'y connaissent, là-bas, en construction de voitures. Tiens... la porte de la Mercedes est ouverte, mais le plafonnier n'est pas allumé. Pourquoi ça, à votre avis ?

— La batterie est à plat, lieutenant, intervint un policier en uniforme. Agent Rose, lieutenant. C'est moi qui ai répondu à l'appel, j'ai été le premier représentant de la loi sur les lieux. La portière était ouverte quand je suis arrivé, maintenant la batterie est morte.

— Etrange, vous ne trouvez pas ? reprit Columbo. Oui, le gars est sorti de sa voiture, apparemment. Il est allé devant le capot puis vers la porte de la maison. Qu'est-ce qu'il a dans la main, là ? Une carte en plastique ? Une carte de crédit ? Pourquoi... ? Ah, je vois. Une fente : la porte s'ouvre avec une carte, pas avec une clef. Bon, pourquoi il n'aurait pas refermé sa portière ?

Columbo se dirigea vers le bouton qui commandait l'ouverture du garage. Il appuya. La porte se leva en grondant. Des néons s'allumèrent automatiquement au plafond.

— Regardez, il n'avait pas besoin de la lumière intérieure de la voiture. Alors pourquoi serait-il sorti de la Mercedes en la laissant ouverte ?

— Oui, pourquoi ? demanda Martha Zimmer.

Le lieutenant hocha la tête.

— C'est l'assassin qui l'a ouverte pour aller y prendre quelque chose, et il ne l'a pas refermée ensuite. Il était pressé, nerveux. En plus il se fichait de vider la batterie de M. Drury.

Columbo fouilla dans la poche de sa veste et en sortit un petit carnet. Il passa vainement en revue les poches de son imperméable.

— Martha, vous n'auriez pas un crayon à me prêter ? Je veux noter ça. Que recherchait le meurtrier dans la voiture ? Une autre raison peut-elle expliquer que la portière soit restée ouverte, et que la batterie se soit ainsi vidée ?

Columbo inscrivit ses questions avec le crayon de Martha. Il pointa ensuite un doigt vers la maison. Ils y entrèrent tous les deux.

— Bon Dieu, quel endroit ! C'est le grand chic ! s'exclama-t-il en débouchant dans la cuisine.

Il s'émerveilla d'y découvrir deux fours à micro-ondes en plus d'un four traditionnel, un lave-vaisselle, un congélateur, une cuisinière électrique, un gril électrique, une cave à vin en verre...

— Ça ne vous dirait pas, Martha, de préparer un dîner ici ?

Un sergent en uniforme vint interrompre l'inspection de la cuisine :

— Lieutenant, il y a deux relations de M. Drury dehors. Ces personnes aimeraient entrer. L'une d'elles est son ex-femme.

— Oh, bien sûr ! dit Columbo. Ne la laissez pas aller dans le garage, surtout ! Qu'elle ne voie pas ça.

Tim Edmonds et Alicia Drury pénétrèrent dans la cuisine.

— Nous sommes venus dès que nous avons su, attaqua Tim.

Il avait parcouru l'allée sous la pluie, et des gouttes d'eau luisaient dans ses cheveux blonds. Son imperméable, un Burberrys, était trempé.

— Je suppose qu'il n'y a aucun espoir qu'on nous ait mal informés...

— Si on vous a annoncé la mort de M. Drury, on ne vous a pas induits en erreur, répliqua Columbo.

Alicia cacha son visage dans ses mains et sanglota. Elle aussi portait un Burberrys, presque identique à celui de Tim.

— Comment cela est-il arrivé ? demanda Tim.

— Meurtre. Deux balles dans la tête. Aux alentours de minuit, à une heure près.

Tim se tourna vers Alicia.

— Pendant que nous dînions à la Cocina Roberto !

— Mon Dieu ! Dire que nous étions en train de passer une si bonne soirée ! Et lui...

Elle s'interrompit pour sangloter à nouveau, le visage toujours enfoui dans les mains. Columbo s'adressa à Tim :

— La dame est l'ancienne épouse de M. Drury, si j'ai bien compris. Vous, vous êtes quoi par rapport à lui ?

— Je suis... j'étais son producteur.

— Et ami, je parie ? Hein ? Ecoutez, monsieur Edmonds, j'ai besoin que quelqu'un reconnaisse le corps. Je ne veux pas demander à la dame, mais...

— Je ferai tout ce qui est en mon pouvoir pour vous aider, répliqua Tim avec solennité.

— C'est gentil à vous, monsieur Edmonds. Je sais que ce n'est pas facile. Par ici. Enfin, je pense que vous connaissez le chemin. Vous êtes déjà venu dans cette maison, non ?

— Souvent.

3

— Tenez, le voici, monsieur. Un spectacle macabre, je suis désolé. On l'a trouvé comme ça. Allongé là, face contre terre. La portière de la voiture était ouverte. La batterie s'est déchargée, la lumière est restée allumée toute la nuit.

Tim Edmonds porta les mains à son visage et agita la tête avec de telles convulsions que Columbo se demanda s'il n'allait pas vomir.

— Je n'arrive pas à y croire, gémit-il.

— Remarquez-vous quelque chose d'étrange dans son aspect ? Quelque chose de spécial ?

— A quoi pensez-vous ?

— A rien en particulier. Sinon je ne vous le demanderais pas. Dites-moi seulement... si quelque chose vous surprend par rapport à ce que vous vous attendiez à voir.

Tim examina le cadavre avec attention pendant une bonne minute.

— Mais... Où est sa bague ? s'exclama-t-il.

— Voilà une bonne question. Quelle bague ?

— Paul portait une lourde chevalière en or avec un gros diamant. Elle n'est plus là. Et puis... mais oui, sa montre non plus.

— Des objets de valeur ?

— La montre était un bijou de chez Vacherin Constantin.

— Ça coûte cher ?

— Très cher, lieutenant. Plusieurs milliers de dollars.

La bague aussi valait plusieurs milliers de dollars. Vous connaissez le monde du show-biz. La montre était élégante, la chevalière un peu voyante... Mais c'était tout Paul : un mélange de chic et de clinquant. Il était comme ça. Son portefeuille a disparu ?

— Oui. Les policiers l'ont cherché. Avait-il l'habitude de prendre beaucoup d'argent sur lui ?

Tim Edmonds haussa les épaules.

— Pas plus que n'importe qui, autant que j'aie pu remarquer.

— Quel objet susceptible d'intéresser un voleur pouvait se trouver dans la voiture ? demanda Columbo.

— Je l'ignore. Pas la moindre idée.

Ils regagnèrent la maison. Dans le salon, Martha Zimmer tenait compagnie à Alicia. Le contenu du bureau était éparpillé au sol. Le meuble garni de cuir avait volé en éclats lors de l'effraction.

Alicia s'assit sans quitter des yeux les affaires en désordre.

— Mais qu'est-ce qu'on a pu chercher là-dedans ?

Sa question ne semblait s'adresser à personne en particulier.

— Juste dans ce bureau..., fit remarquer Martha Zimmer. On dirait que l'auteur du crime n'a pas visité les autres pièces.

— Ah bon ? commenta Columbo.

Il s'accroupit à côté du bureau. Un beau meuble en bois sombre, pas une antiquité mais une pièce de grand prix. Un modèle doté d'une serrure qui condamnait tous les tiroirs en fermant celui du centre. On avait glissé un levier entre la partie supérieure de ce tiroir et le plateau : une fois le bois cassé, le pêne de la serrure s'était dégagé. Un petit pied-de-biche traînait au sol.

— Etrange, n'est-ce pas ? remarqua Columbo. Pourquoi un voleur laisserait-il son matériel sur place ? Et puis, Martha, avez-vous déjà entendu parler d'un cambrioleur professionnel qui utilise un pied-de-biche ? Ils ont un outil spécial, plus fin, pas si long, plus facile à cacher sous un manteau. Pas vrai ?

— Je crois avoir enquêté sur une cinquantaine d'effractions de domiciles, et je n'y ai jamais vu de pied-de-biche.

— Evidemment... Est-ce que Mme Badilio est en état de parler ?

— Elle est toujours en pleurs, répondit Martha. Mais...

— Je peux répondre aux questions, interrompit la domestique en débouchant spontanément dans le salon.

Elle avait suivi la conversation depuis la cuisine, qui était à portée de voix. Malgré l'émotion et les larmes, elle parlait distinctement.

— Je ne vous ferai pas subir un long interrogatoire pour l'instant. J'aimerais juste avoir un petit renseignement.

— Je répondrai à tout ce que vous me demanderez.

En dépit de son accent hispanique, Mme Badilio maîtrisait bien l'anglais. Agée d'une quarantaine d'années, rondelette et de taille moyenne, elle avait des cheveux noirs tirant sur une sorte de brun-roux, sans doute l'effet de lotions à base de henné.

— Parfait. Asseyez-vous. Si j'ai bien compris, c'est vous qui avez découvert M. Drury.

— Oui, monsieur. Je viens travailler à 8 h. Mon mari me dépose en voiture et vient me rechercher dans l'après-midi. Comme M. Drury n'est presque jamais levé quand j'arrive, j'entre avec ma propre carte. Elle ouvre les serrures. Je passe par la porte de la cuisine. Grâce à ma carte, l'alarme ne se déclenche pas. Dès que je suis entrée, je la débranche. Ensuite je regarde toujours dans le garage s'il y a les deux voitures, pour savoir si M. Drury est à la maison. Des fois il n'y est pas. Ce matin, quand j'ai ouvert, j'ai vu... vous savez quoi.

Mme Badilio baissa la tête et sanglota un moment.

Columbo regarda son cigare. Il était éteint. Il l'enfouit dans une poche de son imper.

— Madame Badilio, avez-vous remarqué quelque chose qui pourrait nous indiquer comment le meurtrier a pénétré dans la maison ? Une porte ouverte ? Une fenêtre ? Avez-vous fermé une porte ou une fenêtre ?

— Si une fenêtre avait été ouverte, répondit-elle en hochant la tête, l'alarme aurait sonné.

— C'est vrai. Bon, le bureau a été forcé avec un pied-de-biche, celui qui traîne ici. L'avez-vous déjà vu ?

La domestique examina soigneusement l'instrument avant de déclarer :

— M. Drury accrochait des outils sur un panneau alvéolé, dans le garage. Je crois qu'il en avait un comme ça. C'est peut-être le même.

Columbo traversa la cuisine pour aller inspecter le garage. Puis il revint dans le salon.

— S'il y avait un pied-de-biche là-bas, il a disparu.

— C'est probablement le sien, alors, intervint Tim Edmonds. Le voleur s'en est servi pour fracturer le bureau.

— Oui... Mais qu'est-ce qu'il pouvait bien chercher ici ? demanda Columbo.

Alicia intervint :

— Des disquettes.

— Comment ça ?

— Des disquettes d'ordinateur. Paul gardait sur disquettes tous les renseignements qu'il recueillait pour ses émissions. Le gros ordinateur de son bureau réunit autant de données que des milliers de livres. Mais il prenait toujours un portable avec lui. Chacune des disquettes qu'il pouvait glisser dans cet appareil contenait autant d'informations qu'un livre de quatre cents pages. Il y copiait parfois des documents enregistrés sur son ordinateur principal et il les étudiait chez lui.

— Et vous croyez qu'il mettait certaines disquettes dans ces tiroirs-là ?

— Je l'ignore mais c'est concevable. Et son assassin a pu vouloir les dérober, précisa Alicia.

— Quels genres de trucs il notait dessus ?

Tim reprit la parole pour répondre à l'inspecteur :

— Eh bien... pour vous donner un exemple, ce soir il

devait faire une émission sur le tabac et la santé. Imaginez qu'il détenait des informations dangereuses pour certains et qu'il comptait les dévoiler. On ne pouvait jamais deviner, il était très mystérieux. Le secret de son succès reposait sur sa façon d'utiliser les informations. Il les accumulait, les mettait dans son ordinateur, et un programme lui permettait d'en extraire n'importe quel élément.

— Bon Dieu, c'est époustouflant ! On pourrait sûrement se servir d'un de ces engins, vous ne croyez pas, Martha ? Notre boulot à nous repose aussi là-dessus : toutes sortes de faits, des petits détails, qu'on essaie de se rappeler, de mettre bout à bout, pour leur donner un sens... Excusez-moi, je bavarde... Bon, où est cet ordinateur portable ?

— Ou bien il est à son bureau, dit Tim, ou bien il était ici et on l'a volé cette nuit. A moins qu'il ne soit dans sa voiture.

— Madame Badilio, reprit Columbo, il faut que je sache si autre chose a disparu. Parmi les objets de valeur. Vous avez regardé partout ?

— Les couverts sont là. Le reste... Le petit poste de télé n'a pas bougé. Mais je ne peux pas être sûre qu'il ne manque rien.

— Nous avons parcouru l'ensemble de la maison, assura Martha. Aucune trace de vol.

Columbo hocha pensivement la tête. Il enfonça la main dans la poche de son imper, en sortit son cigare, l'examina, puis le remit à sa place avant de marmonner :

— « Le meurtre le plus immonde. »

— Pardon ?

— Oh... euh... une expression de Shakespeare. C'est exactement ça. Nous sommes devant un cas de meurtre prémédité, froidement réfléchi et exécuté selon les prévisions.

— Vous croyez donc impossible, dit Tim, que Paul ait été surpris par un cambrioleur ? Après tout, on lui a pris sa bague et sa montre. Et son portefeuille.

— Histoire de maquiller le crime en simple cambriolage. Je ne serais pas étonné que rien n'ait disparu du bureau, et qu'on l'ait simplement fracturé pour faire croire que l'assassin venait dans l'intention de voler. Oui... en fait ça a été ce qu'on appelle un meurtre par guet-apens.

— Qu'est-ce que cela veut dire ? demanda Tim.

Columbo fit de grands gestes destinés à se remémorer la topographie du garage, même si personne d'autre que lui ne pouvait les comprendre.

— M. Drury utilise sa télécommande pour ouvrir le garage, hein ? Il vise sans doute la cellule à travers le toit ouvrant. La porte se referme aussitôt après son passage. Il sort de la voiture et se dirige vers l'accès à la cuisine, sa carte à la main. A ce moment-là on lui tire dans la nuque.

— Mais...

— La lumière s'est allumée en même temps que la porte s'est levée, enchaîna Columbo. Excusez-moi, monsieur, je vous ai interrompu.

— Non, continuez, dit Tim. C'est intéressant.

— Le meurtrier attendait dans le garage. Alors pourquoi M. Drury ne l'a-t-il pas vu en entrant ? Parce qu'il se cachait derrière la Lamborghini. L'individu a profité du bruit de la porte qui se rabaissait pour se précipiter à l'arrière des deux voitures et revenir à gauche de la Mercedes. M. Drury ne songeait qu'à glisser sa carte dans la fente de l'appareil. Il avait peut-être un peu bu et essayait de se concentrer. Le meurtrier est arrivé derrière lui et lui a envoyé une balle dans la tête. Puis, par précaution, il a tiré une seconde fois.

— Et pourquoi ne s'agissait-il pas d'un cambrioleur, quelqu'un qui aurait remarqué les bijoux luxueux que portait Paul ?

— Parce qu'il est entré avec une carte magnétique, intervint Alicia. Sinon le système d'alarme aurait marché. Ce qui met au rang des suspects tous ceux qui le connaissaient assez bien pour disposer d'une carte. J'en fais partie, puisque j'en ai eu une autrefois. On aboutit à un cercle très restreint, n'est-ce pas, lieutenant ?

— Oh non, m'dame. Pas vraiment. Quelle que soit la sophistication d'un dispositif, un criminel intelligent trouve le moyen de surmonter l'obstacle : voler une carte, soudoyer un employé de la société qui l'a installé, ou autre chose. Je dirai au contraire que vous faites partie d'un très large cercle de suspects. Tous ceux qui travaillaient avec lui et risquaient d'avoir des problèmes professionnels...

— Donc moi-même, lâcha Tim.

— Que cela ne vous offense pas, monsieur. Vous savez, il faut que j'envisage toutes les possibilités. Toutes. Si j'en néglige, on me reprochera de ne pas bien mener mon enquête. Ecoutez... cela vous ennuierait-il de me dire où vous étiez hier soir ?

— Alicia... enfin, Mme Drury... et moi dînions à la Cocina Roberto.

— Ah-ah, dit Columbo en notant l'indication. Cocina... Roberto. Un restaurant mexicain, hein ? Je parie qu'ils ont un bon chili.

— Je... je ne sais pas, lieutenant. Je n'en ai jamais commandé.

— Oh ! Bon, eh bien, quand y êtes-vous arrivés et quand en êtes-vous partis ?

— Nous y sommes arrivés un peu après 23 h 30, et nous en sommes partis un peu après 1 h.

Columbo continuait d'écrire.

— « ... un peu après 1 h. » On met combien de temps d'ici à la Cocina Roberto ?

— Vingt minutes, je pense. Une demi-heure au maximum.

— « Une demi-heure... » D'accord, je n'ai pas besoin de vous retenir plus longtemps, m'sieur dame. Je ferai un saut à votre bureau plus tard.

Alicia et Tim redescendirent l'allée, à l'abri d'un même parapluie. Une fois qu'ils furent un peu éloignés, Tim pouffa de rire.

— Quel nigaud ! Si nous avions eu à choisir le flic qui mènerait cette enquête, nous n'aurions pas pu trouver mieux.

— Tu as vu le corps ? lui demanda Alicia avec calme.

— Rien de changé.

— Je suis de ton avis sur cet inspecteur. J'ai regardé s'il n'avait pas mis ses chaussures à l'envers.

— Hep ! Monsieur Edmonds ! Madame Drury !

Ils se retournèrent. Le lieutenant débraillé dévalait l'allée dans leur direction en trottinant sous la pluie. Le temps qu'il les rejoigne, l'eau ruisselait déjà sur son visage.

— Je suis désolé. Je suis désolé de vous déranger, mais j'aurais besoin d'éclaircir un point. Rien... juste une petite chose.

— Je vous en prie, lieutenant, assura Tim avec une patience feinte.

— Merci. Voilà. L'émission se termine à 21 h 30. C'est bien ça ? Et vous êtes arrivés à la Cocina Roberto un peu après 23 h 30 ? Pouvez-vous me dire où vous étiez pendant ces deux heures ? Ça fait partie de ces petits trucs qu'on me demande de mettre dans mes notes.

Tim lança un regard à Alicia avant de lui répondre :

— Eh bien, lieutenant, je peux compter sur votre discrétion, n'est-ce pas ? A la vérité, Mme Drury et moi sommes... comment dire ?

— ... amoureux, enchaîna Alicia en glissant son bras autour de la taille de Tim. Tout le monde le sait, lieutenant. C'est arrivé juste après mon divorce, notre entourage le comprend parfaitement.

— Nous sommes allés en voiture à Bloker Beach, reprit Tim. Vous voyez ce que je veux dire ? C'est un peu intime... alors, nous... euh... vous voyez ?

— Vous, euh...

— Exactement. D'accord ?

— Bien sûr. D'accord. Je ne voulais pas me mêler de votre vie privée. J'ai une réponse, ça me suffit. Je n'aurai sans doute plus besoin de vous déranger.

IV

1

— Il y a quelqu'un en ligne pour vous, lieutenant, dit Dugan.

L'agent en uniforme, toujours posté dans l'allée, héla Columbo alors qu'il regardait partir Alicia et Tim dans une Porsche noire.

Columbo rejoignit la voiture pie chargée des liaisons. Il s'installa sur la banquette et s'empara du micro.

— Vous demandez Columbo ?

— C'est le lieutenant Columbo ? demanda le standardiste.

— Oui.

— Veuillez appeler le 662-2147. Le 662-2147.

— D'accord.

Revenu dans la maison, Columbo décrocha le téléphone de la cuisine et composa le numéro.

— Cabinet Dunn et McCrory, bonjour.

— Oui, bonjour. Ici le lieutenant Columbo, police de Los Angeles. On m'a demandé d'appeler ce numéro.

— Ah oui, lieutenant. Maître McCrory aimerait vous parler. Un instant, je vous prie.

Columbo sortit son cigare froid de la poche de son

imperméable. Il décida de le rallumer, tout en estimant que ce serait la dernière fois. Il lui faudrait en acheter d'autres dans le courant de la matinée.

— Lieutenant Columbo? C'est Bill McCrory. Votre direction générale m'a dit que vous étiez chargé de l'enquête sur la mort de Paul Drury. J'ai une petite information qui pourrait vous aider.

— Une information? Je suis là pour ça, maître. Nous vous serons reconnaissants de tout ce que vous communiquerez.

— Parfait. En deux mots, j'étais l'avocat de Paul. Pas pour l'ensemble de ses affaires, mais pour ce qui concernait les Paul Drury Productions. J'ai appris sa mort ce matin à la radio, dans ma voiture. Quand je suis arrivé à mon bureau, j'ai consulté le répondeur de ma ligne privée. Il y avait un message de Paul, me demandant de le rappeler dès le début de la matinée. Mon répondeur note l'heure des appels : celui-ci date d'hier soir à 23 h 47. A la radio on disait que l'heure de sa mort n'était pas établie précisément. Eh bien... il vivait encore à 23 h 47.

Columbo fronça les sourcils et fit glisser son mégot vers la commissure gauche de sa bouche.

— C'est un renseignement très précieux, maître. Très précieux.

— Paul Drury n'était pas qu'un client, lieutenant. C'était un ami. Si je peux contribuer à la résolution du mystère qui entoure sa mort, je vous en prie, passez me voir.

— Je pourrais me permettre? Ça vous dérangerait que je vous rende visite à votre bureau?

— Non, voyons, pas du tout. Quand voulez-vous venir?

— J'en ai presque fini ici, dans sa maison. Verriez-vous un inconvénient à ce que j'arrive, disons, dans une petite demi-heure?

— Ça ira très bien, lieutenant.

2

Les bureaux de Dunn et McCrory occupaient le dernier étage d'un building de verre à usage commercial situé sur Wilshire Boulevard. A l'arrivée de Columbo, la pluie avait cessé. Le lieutenant se gara juste après l'angle de la rue précédente, laissa sa bâche plastique dans le coffre, et se rua sur un kiosque à journaux pour acheter une petite boîte de cigares susceptible de tenir dans sa poche. Il se présenta à la réception de Dunn et McCrory en tirant avec contentement d'abondantes bouffées de fumée de son cigare tout neuf.

La secrétaire-réceptionniste l'accueillit avec scepticisme :

— Vous êtes le lieutenant Columbo ?

— Oui, m'dame, répondit-il en arborant sa plaque. Columbo, police de Los Angeles. Maître McCrory m'attend.

Elle l'accompagna au bureau de son patron pour faire les présentations.

McCrory travaillait au cœur d'un véritable bosquet. Une douzaine d'arbres en pots décoraient la pièce, ainsi qu'un aquarium d'eau salée de deux cents litres où un poisson multicolore nageait au milieu d'une jungle de coraux blancs. Le bureau était une plaque de verre en forme de haricot reposant sur des pieds également en verre.

— Oh ! c'est magnifique chez vous, maître, attaqua Columbo après un coup d'œil à la ronde. Ça doit être reposant de travailler dans ce genre d'atmosphère... Toutes ces plantes, le poisson... On se croirait dehors, mis à part qu'ici il ne pleut pas.

— Tout à fait, lieutenant, acquiesça McCrory. Cela permet de rester plus détendu.

Columbo traversa les lieux pour aller scruter l'aquarium, sans remarquer le haussement d'épaules dubitatif que McCrory adressa à sa secrétaire. Avant de s'éclipser, elle lui répondit par un geste similaire, puis posa son index au-dessus de son sein gauche pour l'informer que si elle n'avait pas vu sa plaque de policier elle ne lui aurait pas amené un personnage aussi excentrique et d'allure si négligée.

— J'aimerais que ma femme voie cet aquarium. Elle adore ce genre de truc, mais elle n'arrive pas à garder un poisson vivant. Elle n'a pas la main verte, comme on dit.

— C'est peut-être la fumée du cigare, lieutenant, suggéra McCrory.

— Hein ? Oh, pardon !

Columbo se détourna du précieux réservoir et se dirigea vers une chaise.

— Vous voulez dire que je ne devrais pas fumer près du poisson ? Je comprends. Bon. Je ne veux pas vous retenir trop longtemps.

Il écrasa à regret le bout de son cigare dans un lourd cendrier de verre, et glissa le mégot encore chaud dans la poche de son imperméable.

McCrory était un homme joufflu, aux cheveux blonds clairsemés. Il portait une veste à carreaux bleus et blancs, une chemise de sport jaune, et des chaussettes beurre frais. Il ne correspondait pas à l'image traditionnelle de l'avocat. Les photographies sur les murs expliquaient cette anomalie : des portraits dédicacés de vedettes du spectacle. C'était un avocat du show-biz.

— Laissez-moi vous montrer comment fonctionne mon répondeur, proposa-t-il en s'inclinant au-dessus de l'appareil.

Columbo se pencha de même, et regarda l'avocat appuyer sur des touches destinées à mettre en marche le savant dispositif.

— Il est raccordé à ma ligne privée, commenta-t-il. Les clients désireux de me joindre à titre confidentiel évitent ainsi de passer par la standardiste et par ma secrétaire. Peu de gens ont le numéro. Si le téléphone sonne pendant que je reçois un client, je baisse le volume ici, et le message est enregistré sans que la personne assise face à mon bureau entende quoi que ce soit. Je le laisse branché vingt-quatre heures sur vingt-quatre et sept jours sur sept. Voici ce que j'ai entendu ce matin...

La voix de Paul Drury sortit de l'appareil :

— *Salut, c'est Paul. Faut absolument que tu m'appelles à la prem' du mat', s'il te plaît. C'est important.*

Puis le répondeur émit une voix mécanique :

— *Message reçu à... 23... heures... 47... mercredi... 2... juin...*

Columbo hocha pensivement la tête.

— Et c'est sa voix, vous en êtes sûr ?

— Absolument.

— Oui, intéressant. L'examen médical préliminaire a établi que M. Drury était vraisemblablement mort avant minuit. 23 h 47... Ça fait plutôt juste.

— L'appareil est précis, lieutenant. Du moins il l'a toujours été.

— Ecoutez, je sais que ces bandes doivent valoir très cher... Ça vous ennuierait de me confier celle-ci... pour mon dossier ?

— Pas du tout.

Tandis que McCrory tripotait son répondeur pour en extraire la cassette des messages reçus, les doigts de Columbo erraient parmi ses cheveux ébouriffés.

— Imaginez-vous une raison qui aurait poussé quelqu'un à vouloir tuer M. Drury ?

— Beaucoup de gens souhaitaient sa mort, assura McCrory. Je suis pratiquement sûr qu'il n'a jamais exercé de chantage sur quiconque, mais il a divulgué de nombreuses informations que certains voulaient garder secrètes.

— Exemple ?

— Vous souvenez-vous quand Orange International a essayé de racheter Smathers Petroleum ? Orange a offert à chaque porteur de parts de Smathers une action d'Orange en échange d'une action de Smathers, plus une prime de 12,75 dollars par action. Vous vous souvenez ?

— Euh... je ne suis pas régulièrement les cours de la bourse, maître.

— Bon. Paul Drury a animé une émission sur Orange International. Il a montré que recevoir une action d'Orange pour une action de Smathers, même avec la prime de 12,75 dollars, représentait une mauvaise affaire pour les détenteurs de Smathers. En fait, les responsables d'Orange avaient gonflé les salaires, les petits bénéfices et les gratifications diverses. En outre Orange traînait un important passif dû à la chute du pétrole. Paul a démonté l'opération au cours d'une émission sur les manipulations boursières désastreuses des années quatre-vingt. De nombreux actionnaires de Smathers l'ont vue et ont décliné l'offre d'Orange. La manœuvre est tombée à l'eau.

— Intéressant..., commenta Columbo en recevant la cassette que McCrory était finalement parvenu à extraire.

— Cela le devient encore davantage, enchaîna l'avocat, quand on sait qui a alors racheté Smathers. A votre avis?

— Je crains de ne pas en avoir une idée précise.

— Bell Explorations. Vous voyez le lien?

— Non, maître. Hélas! non.

McCrory sourit avec indulgence.

— Charles Bell, expliqua-t-il, le président du conseil d'administration de Bell Explorations, est l'actionnaire principal des Paul Drury Productions.

— Oh! J'y suis. Vous pensez qu'il s'est servi du magazine de Drury pour faire échouer l'offre d'Orange, dans le but d'acquérir Smathers à titre personnel?

— Tout à fait. Je ne suis pas sûr que Paul l'ait compris sur le coup. A mon avis, il croyait sincèrement dénoncer les manipulations boursières en général.

— Mais est-ce que les gars de Smathers lui en voulaient au point d'avoir pu le tuer? demanda Columbo.

— Probablement pas. Toutefois ce soir il devait traiter des dangers de la cigarette. Dans l'industrie du tabac il y a des gens qui ne reculeraient pas devant un meurtre.

— Et en ce qui concerne les choses plus privées, les

mobiles à ma portée ? Mettons... quelle est la raison de son divorce ?

— C'est qu'il n'aurait jamais dû se marier, affirma McCrory. Paul était très égoïste. Et très volage. Il y a donc l'hypothèse du... mari jaloux. Du compagnon jaloux.

— Mais Mme Drury, elle...

— Elle a obtenu un accord avantageux. Et puis elle est avec Tim Edmonds. Alicia n'est pas un ange, lieutenant. Elle a la passion du jeu. Et peut-être de pires défauts encore.

— Excusez-moi, je vais devoir vous demander de m'éclairer sur ce point, maître.

— Certains prétendent qu'elle est, ou qu'elle était, en relation avec le milieu. Des rumeurs, je n'ai aucune preuve. Mais on le dit.

— Le meurtre de Paul Drury risquerait d'être un coup du milieu ? demanda Columbo.

— Je ne peux pas me prononcer. Je me contente de vous suggérer cette piste pour votre enquête.

Columbo se leva.

— Je vous remercie bien, maître. Je ne vous accaparerai pas davantage. Je vous renverrai votre cassette dès que possible.

McCrory contourna son bureau pour venir lui tendre la main.

— Ne vous donnez pas ce mal. Et appelez-moi aussi souvent que vous le souhaiterez.

L'avocat précéda Columbo jusqu'à la porte. Il la lui ouvrit.

— Merci. Merci, répéta Columbo.

A peine avancé dans le hall, le lieutenant se retourna pour ajouter :

— Oh, juste une chose. Une petite chose qui me tarabuste. Pourquoi M. Drury vous a-t-il appelé à 23 h 47 ? Il ne s'attendait pas à vous trouver ici, tout de même ?

McCrory leva les bras au ciel.

— Allez savoir ! Peut-être qu'une idée venait de lui traverser l'esprit et qu'il craignait de l'oublier.

— Hum... Ça lui était déjà arrivé ? Il avait déjà laissé des messages sur votre répondeur au milieu de la nuit ?
— Une fois ou deux, je crois.
— Bon, merci, maître. Merci. J'essaierai de ne plus vous déranger. Je sais que votre temps est précieux. Euh... je vous serais reconnaissant de ne parler à personne de cet appel ni de l'enregistrement.

3

Les bureaux des Paul Drury Productions et des Tim Edmonds Productions se trouvaient dans un building parallélépipédique en verre semblable à celui que venait de quitter Columbo, mais sur La Cienega Boulevard, à deux rues du studio de l'émission. Bien que la pluie eût cessé et que le soleil chauffât à nouveau, le lieutenant portait toujours son imperméable.

Tandis qu'il parcourait la distance séparant le parking de l'entrée principale de l'immeuble, il se mit à fredonner tout bas. Il ne connaissait pas le titre de la chanson dont les paroles lui trottaient dans la tête :

« Le vieil homme gambadait.
Il jouait dans ma main comme un petit pantin.
Pichenette, marionnette,
Je donne un os au chien.
Le vieil homme s'en est retourné. »

Dans l'ascenseur, une tout autre pensée traversa l'esprit de Columbo : il se réjouissait d'appartenir à la brigade criminelle, et de ne pas faire partie de ces bureaucrates cloîtrés dans des édifices anonymes et disgracieux. Une seconde chanson lui revint en mémoire. Comment était-ce, déjà ?

« Ils se ressemblent tous,
Plus tocards les uns que les autres. »

La façade de l'immeuble était recouverte de vitres vertes, comme la moitié de ses voisines. Leur seule différence tenait à la couleur : tantôt vertes, tantôt fumées. Columbo s'était durement démené pour décrocher sa place, mais ses efforts avaient été payants. Au moins il ne travaillait pas dans une de ces cages de verre.

— Nous pensions que vous viendriez plus tôt, lui lança Tim Edmonds en l'accueillant à la réception des Paul Drury Productions.

— Oh, j'avais une autre visite à faire.

— Bon, qui souhaitez-vous voir ?

— Je vous laisse choisir. Je m'en voudrais de trop vous déranger. Je devine que vous devez tous être accablés.

— Il vaudrait peut-être mieux que vous rencontriez Karen Bergman. Elle a sans doute été la dernière personne à voir Paul vivant. Vous pouvez utiliser le bureau de Paul. Je vais l'envoyer là-bas.

Dans la pièce où travaillait Paul trônait un immense bureau, de quelque deux mètres cinquante de long sur un mètre cinquante de large. Le plateau était en marbre vert, ainsi que les parois verticales. Rien n'y traînait. Des classeurs en cuir vert, soigneusement fermés, contenaient vraisemblablement les documents sur lesquels il avait travaillé la veille. A l'avant du bureau étaient posés des crayons et un stylo dans son écrin. Un écran et un clavier d'ordinateur en occupaient chaque extrémité. Columbo s'étonna des trous percés dans le marbre pour laisser passer les câbles reliés à l'ordinateur dissimulé en dessous. Un marbre vert identique à celui du bureau recouvrait le sol. Des divans et des fauteuils reposaient sur des tapis d'Orient. Derrière le bureau, par terre, les dalles restaient nues, pour permettre à Drury d'y faire rouler son fauteuil.

Les murs blancs étaient décorés de portraits dédicacés par une foule de célébrités : tous les présidents de ces vingt dernières années, des sénateurs, des gouverneurs, des juges, des acteurs, des chanteurs, des danseurs et des

« personnalités » diverses. D'autres photos, encadrées, reposaient sur le bahut derrière le bureau. Des nus. Sur l'une d'elles Columbo reconnut Alicia Drury, en noir et blanc. Une lumière très théâtrale modelait ses formes, ce qui donnait un résultat plutôt pudique pour un nu. Qualité totalement absente de certaines photos voisines.

Une statue de Drury, en bois, se dressait à un bout de la pièce. Ses arêtes vives semblaient taillées à la hache. Caricature fidèle et peu flatteuse de son modèle, elle détonnait étrangement dans cet environnement.

L'ensemble du local semblait divisé en deux zones de conférence, équipées chacune d'un sofa et de plusieurs fauteuils en cuir, les uns marron clair, les autres noirs. Deux réunions pouvaient apparemment s'y tenir en même temps, et même trois si des gens se regroupaient autour du bureau de Drury.

— Lieutenant Columbo !

En se retournant il découvrit une petite blonde séduisante.

— Mademoiselle Bergman ?

— Oui. Vous ne voulez pas vous asseoir ?

Columbo choisit un des fauteuils face au sofa marron clair où s'assit Karen Bergman. Son étroite jupe noire se retroussa, découvrant quinze centimètres de ses cuisses. Le lieutenant remarqua le fait, mais porta plutôt son attention sur son visage. Il était boursouflé. Elle avait pleuré.

— Euh... M. Edmonds laisse entendre que vous avez été la dernière personne à voir M. Drury vivant. Mis à part l'assassin, bien sûr.

— C'est possible.

— Si vous voulez bien me raconter... comment vous en êtes venue là.

— L'histoire classique, commença la jeune femme en haussant tristement les épaules. J'ai essayé de faire carrière dans ce foutu métier. J'ai couché avec Paul. Mais il en aurait fallu davantage. J'avais une réelle affection pour lui. Je sais que c'était réciproque, ou presque. Hier soir...

— Oui, parlez-moi d'hier soir.

Columbo sortit son carnet, fouilla ses poches à la recherche d'un crayon, et parvint à en trouver un.

— Nous sommes allés dîner. A La Felicità. Paul était épuisé, vanné. Je ne sais pas si vous comprendrez, mais il perdait près de deux kilos au cours de chaque émission. En une heure. La transpiration. Il les reprenait en buvant aussitôt après, mais au moment de quitter le plateau, il était complètement déshydraté. Hier encore plus que d'habitude. Je lui ai offert de venir à la maison après le repas, je l'aurais aidé à se détendre. Il a refusé, il s'est excusé en me promettant que nous passerions le week-end ensemble. Il ne m'a même pas ramenée devant chez moi. Il m'a appelé un taxi.

— A quelle heure, m'dame ?

Karen fit une petite grimace en s'entendant appeler « m'dame ».

— 22 h 45, à peu près. Je me souviens d'avoir dit : « Mon Dieu, il n'est même pas 23 h ! »

— Et vous ne l'avez plus revu.

Elle hocha la tête.

— Il a prétendu, reprit Columbo, être trop fatigué pour vous reconduire chez vous, trop fatigué pour... comment dire...

— Inutile de préciser, j'ai très bien compris. Il était trop fatigué même pour ça. Et pourtant...

— Le restaurant où vous dîniez se trouvait loin de chez lui ?

— Euh... mettons à vingt minutes en voiture. Me déposer chez moi lui aurait pris vingt minutes de plus dans chaque sens, ce qui lui aurait fait une heure en tout. C'est pour ça qu'il a appelé un taxi.

— Il a donc pu arriver chez lui vers 23 h 5, 23 h 10 ?

— A coup sûr.

— Et, fatigué, comme il disait l'être, il aurait pu se coucher et tomber de sommeil vers 23 h 15, 23 h 20 ?

— Oui.

— Eh bien, mademoiselle Bergman, il a passé un coup de fil à 23 h 47. A son avocat.

— J'ai du mal à le croire.

— Il a laissé un message à un répondeur qui a noté l'heure de son appel. L'appareil dit qu'il a téléphoné à son avocat à 23 h 47.

— D'où ?

— Ça, bien sûr, nous l'ignorons.

— Il y a quelque chose de foireux là-dedans, lieutenant, lança Karen Bergman. Paul était roublard, il avait plus d'un tour dans son sac. Mais je le connaissais assez bien. Il était épuisé ! Il n'a pas pu faire semblant avec moi. De plus il ne refusait pas souvent ce que je lui proposais...

— A moins d'un rendez-vous avec quelqu'un, suggéra Columbo.

— Une autre femme... ?

— Voyons, je n'ai pas dit ça, m'dame. Mais je donnerais cher pour savoir ce qui s'est passé entre, mettons, 22 h 45, quand il vous a quittée, et 23 h 47, quand il a appelé son avocat pour lui annoncer qu'il voulait lui parler d'une chose importante dès le début de la matinée.

— Toute une heure..., calcula-t-elle.

— C'est bien là le problème. Selon le médecin qui l'a examiné, il est mort au maximum quarante-cinq minutes après le coup de fil.

— Vers minuit et demi...

— Et il n'a certainement pas téléphoné de chez lui. On l'a tué dans son garage, alors qu'il avait encore en main la carte qui ouvrait la porte de sa maison. Il venait d'arriver, à ce qu'il semble.

— Entre 23 h 47 et minuit et demi, répéta-t-elle en secouant la tête avec véhémence. Non. Il y a quelque chose de foireux. Ça ne ressemble pas à Paul. Il n'aurait pas...

Elle marqua une pause avant de reprendre :

— Ou alors je ne le connaissais pas du tout !

— Mademoiselle Bergman, je vous demanderai de ne parler à personne de l'appel de 23 h 47.
— D'accord. Mais je vous répète que quelque chose cloche dans cette histoire.

Columbo glissa la main dans la poche de son imperméable. Il en sortit le cigare qu'il y avait laissé refroidir. Il craqua une allumette.

— M'dame... je me demandais si vous seriez au courant d'un petit ordinateur que M. Drury prenait toujours avec lui. Ce qu'on appelle un portable.
— Oui, un *notebook*.
— Où est-il actuellement? Vous le savez?
— La dernière fois que je l'ai vu, il était dans la voiture.
— Quand?
— Hier soir. Quand nous sommes allés dîner, il l'a glissé sous le siège. Il le cachait toujours avant de quitter la voiture. Il l'enfermait parfois dans le coffre, mais la plupart du temps il se contentait de le glisser sous le siège. Le gardien du parking de La Felicità lui inspirait confiance.
— Cet ordinateur contenait des renseignements?
— Je pense bien. Plein de renseignements. Il a un disque dur de soixante méga-octets. Soixante méga-octets représentent à peu près soixante-quinze à cent livres, tout dépend de leur taille.
— Tant que ça? J'aimerais que ma femme voie un engin pareil. Elle a pris des cours du soir à l'université sur les ordinateurs, ça la passionne. Cent livres...! Toutes les informations que M. Drury accumulait sur un sujet pouvaient tenir dans cette petite machine!
— C'était des copies, lieutenant. Rien que des copies. Il gardait les originaux de ses fichiers dans les deux ordinateurs de son bureau. Leurs disques peuvent contenir vingt fois plus de données.
— Vingt fois! Deux mille volumes... C'est-à-dire quatre mille!
— Non. Deux mille seulement. Les deux ordinateurs sont redondants, comme disent les techniciens. Ils font

double emploi, par mesure de sécurité. Si quelque chose arrive à l'un d'eux, l'autre a toujours les données.

— Où sont les dossiers ? Enfin... les papiers qui retracent toutes ces informations ?

— Il n'existe pas un seul papier, répondit Karen en hochant la tête. Oh, quelques notes traînent sans doute ici ou là, et quelques photographies. Mais Paul ne voyait aucune raison d'entreposer un stock de papiers susceptibles de tomber en poussière. Le principe du double ordinateur lui évitait d'en garder. Il se moquait des gens qui emplissent leurs tiroirs avec des dossiers.

— Intéressant... Dites-moi, m'dame, vous savez comment marche cet engin ?

Elle opina.

— J'ai fait beaucoup de recherches pour lui.

Columbo désigna du doigt un des écrans posés sur la plaque de marbre.

— Euh... ça vous ennuierait de me faire une démonstration ?

Karen Bergman se leva du sofa pour se diriger derrière le bureau de Drury. Elle actionna l'interrupteur de l'écran.

— Les ordinateurs restent sous tension vingt-quatre heures sur vingt-quatre. Les techniciens nous ont recommandé de ne pas les allumer et les éteindre tout le temps. La nuit on ne coupe que les écrans, pour qu'ils s'usent moins vite. Ils n'ont pas encore été remis en service ce matin, vous devinez pourquoi.

Columbo contourna lui aussi le bureau pour se poster derrière.

L'écran ressemblait à celui d'un téléviseur, mais possédait une bien meilleure définition. Il commença à diffuser une faible lumière verdâtre, puis afficha des couleurs étincelantes.

La jeune femme tapa CD/FOLIO. L'écran resta vierge pendant plus d'une minute, tandis que l'ordinateur caché sous le bureau émettait un sourd ronronnement. Enfin un message apparut :

ERREUR GÉNÉRALE SYSTÈME LECTURE C :
ABANDON, REPRISE, CONTINUE ?

Karen Bergman décrocha aussitôt le téléphone et composa un numéro.

— Geraldo, venez ! Je suis dans le bureau de Paul. J'ai un message d'erreur sur l'ordinateur numéro un. Je vais lancer l'autre.

Le technicien arriva dans le bureau avant même que le deuxième ordinateur affiche un message identique. Il prit le fauteuil de Drury et se débattit avec les deux appareils à la fois, tandis que la jeune femme ne cessait d'arpenter la pièce.

— C'est grave ? demanda Columbo.

— Le travail de toute sa vie..., chuchota-t-elle. Bon sang ! Toutes les informations sur l'assassinat de Kennedy ! Une vraie bibliothèque pleine de données irremplaçables sur l'assassinat de Kennedy !

Après avoir pianoté nerveusement pendant cinq minutes sur les deux claviers, le technicien s'affaissa contre le dossier du fauteuil. Ses yeux clos avouaient sa défaite. Un long soupir s'échappa de sa bouche grande ouverte.

— Geraldo... ?

— Les disques durs ont été vidés. Vous savez ce que ça veut dire ? S'ils avaient été seulement effacés, on aurait pu reconstituer la majeure partie des données. Mais les disques sont redevenus totalement vierges. La CIA et le ministère de la Défense utilisent cette méthode pour détruire définitivement une information : impossible d'en retrouver la moindre trace. Il n'y a plus un seul octet porteur d'information dans aucun des deux ordinateurs.

V

1

Alicia, Tim et Bell déjeunaient au bar du Topanga Beach Club. Le domaine réservé aux membres offrait un grand nombre d'activités de plein air, mais pas de golf. Il comportait en revanche une piscine de dimensions olympiques avec une zone pour plongée sous-marine, des courts de tennis, des courts de squash et des pistes de bowling sur gazon. La terrasse surplombait la plage publique, dont elle était séparée par un mur. Les tables du bar donnaient sur l'océan. Bell, qui n'était pas passé au bureau, portait un pantalon de sport jaune citron et un polo bleu ciel aux initiales du club, TBC.

— Petit ! Petit ! Viens ici !

Charles Bell claqua les doigts en direction du jeune apprenti-serveur coréen ou vietnamien, qui se précipita vers lui.

— Oui, monsieur ?

— Débarrasse-nous ces verres vides. Et rapporte du pop-corn. Et puis dis au serveur que nous voulons une autre tournée.

— Oui, monsieur.

Bell se tourna vers Alicia et Tim en soupirant :

— Le service se dégrade chaque saison. Il y a quelques années on avait des Blacks, au moins on parvenait à leur apprendre comment servir correctement. Mais maintenant je suppose qu'ils passent tous leur temps à agresser les passants et à vendre de la drogue. Vous trouvez quelque chose d'alléchant sur ce menu ?

L'apprenti-serveur fit comme s'il n'entendait rien et se hâta de desservir la table.

— Charles, il serait plus convenable que tu aies l'air un peu affligé, fit remarquer Alicia. Après tout, notre cher ami est mort.

— Assassiné, ajouta Tim.

— Il est irremplaçable, reprit Alicia. L'émission de ce soir sera tout simplement annulée. Ils vont boucher le trou en ressortant un vieux *sitcom,* ou n'importe quelle série policière.

— Après une annonce de circonstance, enchaîna Tim. Je l'ai enregistrée avant de quitter le bureau.

Charles dressa le bilan.

— Très bien. Tout s'est déroulé parfaitement. Il est mort. Les informations ont disparu. J'ai envoyé l'activation du virus quand j'ai vu que vous n'appeliez pas pour me signaler un problème. Vous avez eu le portable ?

— Oui, oui, répondit Tim.

— Qu'est-ce que tu en as fait ?

— Je l'ai défoncé à coups de marteau. Les disquettes, je les ai mises en miettes de la même façon, sur le sol de mon garage. J'ai glissé les morceaux dans le broyeur à ordures de la cuisine.

Bell sourit.

— Tué et architué !

— Je t'en prie..., murmura Alicia.

— Vous avez trouvé la clef ?

— Oui, mais...

— Mais ?

— Le numéro du coffre est sur l'enveloppe, expliqua Tim, mais pas le nom de la banque. Sur la clef il est juste marqué MOSLEY, c'est la marque du coffre. Nous savons qu'il en avait un, mais nous ignorons dans quelle banque.

— Peu importe, rétorqua Bill. La police n'en devinera pas l'existence, puisque vous avez la clef. De toute façon nous n'aurions pas pu l'ouvrir, il fallait sa signature. Mais maintenant que les données ont été effacées des disques, les photos qu'il contient ne sont plus que de vulgaires instantanés.

— J'espère que tu as raison, soupira Alicia.

— Le revolver ?

— Comme convenu, répondit Tim. On l'a mis dans le coffre d'une Buick sur le point de passer à la presse hydraulique. Je suis retourné à la casse ce matin pour vérifier qu'elle avait bien été écrabouillée. Ce qui reste de l'arme est incrusté dans un cube de métal, au milieu de cinquante autres voitures compressées qui seront fondues dans une aciérie.

— A quelle heure êtes-vous rentrés chez vous ?

— 4 h 15, précisa Tim. C'est la tranche de notre emploi du temps que j'aime le moins. Le flic chargé de l'enquête a déjà demandé où nous étions entre notre départ du studio et notre arrivée à la Cocina Roberto.

— Qu'est-ce que vous lui avez répondu ?

— Sur la plage. A faire... ce que tu penses. Il a semblé le gober. Je ne voudrais pas qu'il nous réclame un alibi entre 1 h 20 et 4 h 15.

— Une randonnée d'amoureux en pleine montagne, suggéra Bell. Vous avez arrêté la voiture et vous avez dormi dans les bras l'un de l'autre. Ce n'est pas à vous de prouver où vous étiez, c'est à eux.

Le serveur approcha avec un plateau contenant trois autres verres.

— Nous allons commander, lui lança brusquement Bell.

— Bien, monsieur.

— Je prendrai des gambas frites sur canapé. Je suppose que c'est servi avec une mayonnaise au gingembre ?

— Oui, monsieur. Désirez-vous un vin blanc bien frais ?

— Certainement. Choisissez pour nous. Un blanc très sec.

— Bien, monsieur.

— La même chose pour moi, dit Alicia.

— Oui, ajouta Tim, moi aussi. Apportez également un plat de courgettes cuites au four avec du yoghourt, nous partagerons.

Le serveur s'inclina avant de s'éclipser.

— Le policier, interrogea Bell, vous dites que c'est un imbécile ?

Un grand sourire éclaira le visage d'Alicia.

— Charles, tu n'en croirais pas tes yeux !

2

Columbo avait demandé un supplément de crackers. Il les écrasa dans son assiette de chili.

— Ecoutez, assura-t-il à Martha Zimmer, il faut savoir où les trouver, les chili comme ça. De cette qualité, y en a pas n'importe où. Je sais pas ce qu'ils mettent dedans, ni comment ils le mettent... Tout ce que je vois, c'est que c'est fantastique. Vous savez, je viens de New York. On trouve pas de chili comme ça à New York. Enfin j'en ai jamais vu. J' pense que c'est l'influence mexicaine. Les Mexicains, ils ont le secret du chili. Impossible d'en manger chez moi. Ma femme a essayé, elle le réussit pas aussi bien. Il faut venir dans ce genre d'endroit pour trouver un vrai chili.

Il attrapa sa bouteille de *root beer* et en siffla une grande lampée.

Martha n'avait pas pris de chili, elle prétextait que les épices lui donnaient des brûlures d'estomac. Elle plongea goulûment les dents dans son hot dog dégoulinant de moutarde, et hocha la tête pour saluer la thèse de Columbo sur le chili.

— L'employé de la société qui a installé l'alarme est passé ?

— Humm... hmm.

— Vous voulez me dire quelque chose, Martha ?

Elle mâchonna sa bouchée pendant une trentaine de secondes avant de l'ingurgiter.

— Il a tout vérifié. Le dispositif fonctionnait parfaitement. Ces gens ne sont pas des amateurs. Il a assuré que personne n'avait pu pénétrer dans la maison sans un exemplaire de la carte magnétique.

— Comment ça marche exactement ?

— On glisse la carte dans la fente de la fausse boîte aux lettres. L'appareil lit le code magnétique puis attend qu'on compose un numéro à quatre chiffres. Si on le fait correctement, ça débranche le système d'alarme pendant trois minutes, ce qui donne le temps d'atteindre une porte de la maison et de recommencer l'opération pour l'ouvrir. Une fois qu'on est à l'intérieur, le système se réactive de lui-même, mais cela n'a pas de conséquence dans la mesure où on ne heurte pas une porte d'accès ou une fenêtre. Pour l'extérieur il y a un détecteur de mouvement, et pour la maison un dispositif périphérique.

— Est-ce que quelqu'un a pu faucher momentanément une des cartes de Drury et en faire une copie ?

— C'est peu vraisemblable, mais pas impossible. Seulement ça ne lui aurait servi à rien s'il ignorait les quatre chiffres du code digital. Il n'existe pas de système de protection parfaitement fiable, mais celui-ci n'en est pas loin.

— Apparemment. Ce gars était un obsédé de la sécurité, on dirait.

— Quand l'agent Rose s'est présenté suite à l'appel de Mme Badilio, il a déclenché l'alarme rien qu'en tapant sur la porte principale avec son bâton.

— A ce point-là ?

— Vous savez, ajouta Martha, ce n'était ni un vol ni un

cambriolage. L'individu venait tuer Drury, purement et simplement.

Columbo hocha la tête en signe d'assentiment.

— Il a pris le portefeuille, la bague et la montre pour laisser croire que le mobile était le vol. Et je me demande s'il n'a pas forcé le bureau et éparpillé les papiers dans la même intention.

— Il voulait quoi, d'après vous ? demanda Columbo.

— Faire capoter une émission que préparait Drury. L'empêcher de révéler quelque chose.

— Votre idée tient debout. Toutes les données de son ordinateur ont été effacées au cours de la nuit dernière. En plus, on a volé un portable dans sa voiture.

— Et maintenant, Columbo ? Je m'occupe de quoi cet après-midi ?

— Contactez le service des immatriculations et prenez tous les renseignements possibles sur trois voitures : celle d'Edmonds, celle de Mme Drury et celle de Bergman. Allez à l'appartement de Bergman et voyez combien de temps on met de chez elle à La Felicità et de La Felicità à la maison de Drury. Voyez aussi en combien de temps on va de la Cocina Roberto à chez Drury. Interrogez Roberto et tâchez de savoir quand M. Edmonds et Mme Drury sont arrivés dans son restaurant et quand ils en sont partis.

— D'accord. Ah ! tenez, Columbo, j'ai un message pour vous. Le capitaine Sczciegel m'a chargée de vous dire qu'il fallait absolument que vous veniez au stand de tir pour repasser votre qualification. Elle est arrivée à échéance depuis six mois.

— La première chose, c'est que je remette la main sur mon revolver. Il doit être quelque part chez moi, je suppose. Je l'ai caché. Je le cache toujours pour que les gosses jouent pas avec. Je crois qu'il est au-dessus de la penderie de la chambre d'amis. Ma femme sait peut-être où je l'ai mis.

— Sczciegel ne plaisante pas.

— Je m'en doute. Ecoutez, Martha, vous voudriez pas

me donner une leçon ou deux ? J'ai pas envie de m'envoyer une balle dans le pied.

— D'accord. On cherchera un endroit où on puisse tirer sur des bouteilles.

— Ce serait gentil à vous, Martha.

— Vous rendez visite au cadavre ?

— Si je savais comment y échapper...

3

Columbo n'aimait pas aller à la morgue. Il détestait voir des corps allongés et nettoyés, prêts pour l'autopsie. Il souffrait déjà assez d'avoir à les regarder sur les lieux des crimes. Les examiner à la morgue lui demandait encore plus d'effort. Mais la pire des choses, c'était de les retrouver ensuite allongés dans leurs cercueils, parés de leurs dernières toilettes.

— Ça vous ennuierait d'arrêter ce truc quelques instants, doc ?

Le docteur Harold Culp tenait une scie à découper les os. Il s'apprêtait à ouvrir le cadavre de Paul Drury, de la gorge jusqu'au pubis. Il répondit avec un sourire désabusé :

— Je ne savais pas que vous aviez le cœur sensible, Columbo.

— Je viens de manger un délicieux chili, et je n'ai pas envie de le laisser sur votre carrelage. Enfin, si vous pouvez m'accorder une minute...

— Bien entendu.

Le médecin mit fin aux couinements de sa petite scie sauteuse.

— Vous avez remarqué quelque chose de surprenant ? Une chose à laquelle vous ne vous attendiez pas ?

Le docteur Culp posa les mains sur ses hanches et considéra le cadavre un moment. Le corps nu était allongé sur le dos. Il était trempé. Le médecin et son assistant venaient de l'arroser au jet, pour le débarrasser du sang et des autres liquides maintenant évacués dans la gouttière de la table d'autopsie. Ils avaient ouvert la tête, et reposé les différents morceaux approximativement à leur place d'origine. Le crâne prenait l'allure d'un melon qu'on aurait reconstitué maladroitement après l'avoir fendu.

Le médecin tendit à Columbo un bol en inox qui traînait sur le chariot roulant :

— Voici vos balles. Du 22 refendu.

Totalement déformés, les petits projectiles ne ressemblaient plus qu'à des morceaux de plomb tordus. Seules leurs extrémités demeurées cylindriques aidaient à distinguer l'avant de l'arrière et à évaluer le calibre. Lors du moulage, les ogives avaient été parsemées de minuscules orifices leur permettant d'accomplir leur mission : s'ouvrir et se distordre en creusant des trous plus larges que ne l'auraient fait des balles lisses et compactes.

— La première a traversé le lobe occipital, s'est glissée entre les pariétaux et a atteint le corps calleux. L'angle était d'environ vingt-deux degrés en dessous de l'horizontale.

— Hmmm..., marmonna Columbo. Cela laisse entendre que la personne qui a tiré n'est pas aussi grande que lui.

— Drury mesurait un mètre quatre-vingt-quinze, précisa le médecin. Peu de gens atteignent cette taille.

— Oui. Le meurtrier semble plus petit, mais pas considérablement. Exact ?

— Je dirais qu'il doit mesurer environ un mètre quatre-vingts.

— Bon. Au moins ça élimine un des suspects, conclut Columbo.

— Ah ?

— Une jeune femme. Une petite mignonne. Atteindre la tête de Drury sous cet angle lui aurait demandé de brandir le revolver au-dessus de ses yeux.

— En effet. Je pense qu'on a tiré cette balle en premier.

La seconde a traversé le lobe temporal, juste en périphérie, et s'est logée dans le lobe frontal. Son angle de pénétration a été de soixante degrés au-dessus de l'horizontale. A mon avis, Drury s'est écroulé au premier coup de feu, mais s'est arrêté un instant la tête contre la porte. Quand il a reçu la seconde balle, sa tête penchait en avant, peut-être le menton rabattu sur la poitrine.

Columbo fit une mine de dégoût et se passa la main dans les cheveux.

— Ces deux balles doivent lui avoir sacrément amoché la cervelle, commenta-t-il en soupirant.

— Je rencontre beaucoup de blessures à la tête, mais je déteste toujours ça. C'est la plus grande merveille du monde, le cerveau. En voir un déchiqueté de cette façon... J'aime pas ça, Columbo. Bon sang, que j'aime pas ça!

— Pas d'autres contusions? Pas d'ecchymoses?

— Rien.

— D'accord... J'ai pas envie de rester pour vous regarder faire, mais une fois que vous l'aurez ouvert, serez-vous en mesure de calculer depuis combien de temps il avait de la nourriture dans l'estomac? L'avancement de sa digestion, quoi. Il a quitté le restaurant où il avait dîné aux alentours de 22 h 45. Pourrez-vous dire où en était sa digestion?

— Oui. Je vous donnerai une estimation assez précise.

Columbo secoua pensivement la tête.

— Je m'en doutais. Je crois que je vais vous laisser accomplir ce merveilleux travail.

Le docteur Culp sourit.

— Comme vous voudrez. Qu'est-ce qu'il avait mangé? Vous le savez?

— Je peux me renseigner.

Le sourire du médecin se prolongea jusqu'aux oreilles.

— Je le saurai avant vous.

— Oui. Bonne chance. Je... oh... Encore une chose. Pouvez-vous établir à quand remontent ses derniers rapports sexuels? Enfin, son dernier orgasme.

— Non. Mais je verrai s'il a éjaculé au cours des dernières heures de sa vie.

— Ça m'intéresserait.

— Attendez, lieutenant au cœur tendre, je vais vous répondre dans deux minutes. Ne bougez pas. Donnez-moi un coup de main, Eduardo.

Aidé de son assistant, le docteur Culp retourna le corps sur le ventre. Columbo resta derrière eux, les yeux au plafond. Le médecin écarta les jambes raides du cadavre et effectua une petite incision, d'un geste précis. Le corps devait déjà être exsangue, car pas une goutte de sang n'apparut.

— Et voilà, Columbo. Les vésicules séminales. Pleines. Une éjaculation les vide, ou presque. Après quoi les testicules les remplissent à nouveau, mais ça prend quelque temps, la plupart d'entre nous l'avons hélas! constaté. Je ne crois pas que M. Drury ait eu une relation sexuelle au cours des dernières heures de sa vie.

— Merci, doc.

4

Columbo regagna les locaux des Paul Drury Productions. Comme précédemment, on lui donna accès au grand bureau de marbre pour y établir son quartier général.

Tim Edmonds l'accompagna.

— Je ne m'attendais pas à vous revoir dès aujourd'hui, lieutenant.

— C'est vrai, je ne voulais pas vous ennuyer deux fois de suite, monsieur. Mais, vous voyez, je suis désordonné, je fais partie de ces gens incapables de s'organiser, je n'arrive pas à réclamer en une seule visite tous les renseignements dont j'ai besoin. Ce matin j'ai oublié de vous demander si vous pouviez me fournir la liste des émissions prévues pour les prochaines semaines, ou même les prochains mois.

— Je comprends. Vous pensez qu'on l'a peut-être tué pour l'empêcher de révéler quelque chose à l'antenne ?

Columbo repêcha au fond de la poche de son imper un cigare à moitié fumé et fouilla ses autres poches en quête d'une allumette.

— C'est une des pistes que je dois suivre, répondit-il. De toute évidence il n'a pas été tué par un cambrioleur. Il faut donc chercher un autre mobile.

— « De toute évidence » ? Est-ce réellement évident, lieutenant ?

— Oh, oui. Je pourrais vous énumérer les raisons qui m'amènent à cette conclusion, mais vous les connaissez déjà. Vous êtes assez intelligent pour l'avoir remarqué tout de suite.

Columbo s'assit. Edmonds resta debout, appuyé contre le plateau de marbre du bureau.

— Lieutenant, euh... vous avez une grande expérience professionnelle, et ce qui est évident à vos yeux ne l'est pas autant aux miens. Mais je vais bien entendu vous donner la liste des émissions en projet. Je suppose que l'effacement de tous les fichiers des deux ordinateurs constitue un argument de poids à l'encontre d'un simple vol ?

— Exact. Quelqu'un l'a-t-il un jour menacé de mort ?

Tim hocha la tête en souriant tristement.

— Il recevait des menaces en moyenne quatre fois par semaine.

— Est-ce qu'il en gardait trace ?

— Oui. Dans l'ordinateur.

— Aucun tirage papier ?

— Paul se moquait des gens qui entassent des dossiers. Il les comparait aux scribes antiques qui gravaient les textes dans la pierre.

— Pourtant ce qui est arrivé... pouvait arriver.

— Bien entendu, lieutenant. Mais s'il avait entreposé ses informations sur du papier, quelqu'un aurait pu verser de l'essence dans ses armoires et craquer une allumette.

— A propos d'allumette...
— Il y a un briquet sur la table.
Columbo alluma enfin son cigare.
— C'est vraiment ce qui s'appelle effacer une vie humaine, commenta-t-il d'un air pensif.
— Pas d'indices, lieutenant ?
— Oh, plein d'indices. Le tout est de les assembler.
— Ai-je un autre moyen de vous aider ?
— Ecoutez, il faut sans doute que je m'entretienne avec Mme Drury. Et également avec Mlle Bergman. Je regrette d'être aussi assommant, mais je...
— Non, pas du tout, lieutenant Columbo. Ne vous imaginez pas cela. Notre temps vous appartient. Tout ce que nous serons capables de faire pour contribuer à découvrir l'assassin de Paul, nous le ferons avec plaisir. Je vais dire à Alicia que vous voulez la voir.

Quand Alicia Drury pénétra dans le bureau, Columbo griffonnait une note personnelle. Sa femme lui avait demandé d'acheter une demi-livre de beurre allégé avant de rentrer à la maison, et il redoutait de l'oublier.

Alicia Drury portait une robe noire. Elle n'était pas habillée ainsi la première fois que Columbo l'avait vue. Il en déduisit qu'elle était passée chez elle pour enfiler un vêtement de deuil. Elle s'assit sur le sofa qu'occupait Karen Bergman lorsque Columbo l'avait interrogée peu avant midi. Elle s'alluma une cigarette.

— Je suis désolé de vous embêter à nouveau, madame Drury, mais il y a certains points que je dois éclaircir.
— Bien entendu.
— Puisque M. Drury n'a manifestement pas été victime d'un cambrioleur, il faut que je trouve une autre raison. En vous remémorant les émissions en préparation, voyez-vous quelque chose qu'il s'apprêtait à dévoiler et qui...
— ... justifierait qu'on l'ait tué afin de le faire taire ? enchaîna-t-elle pour terminer sa phrase.
— Voilà.
— Regardons la réalité en face, lieutenant. Paul n'était

pas de ces reporters qui mènent personnellement les enquêtes sur le terrain. Toutes les informations qu'il utilisait avaient déjà été révélées. Si certains éléments nouveaux surgissaient, ce n'était qu'exceptionnel, quand il recevait une lettre ou un appel téléphonique. Le propre de son émission résidait dans la façon dont il traitait l'information, dont il la ressortait de l'ordinateur en face de telle autre, pour créer un relief différent sur des faits connus auparavant. Il accomplissait un travail de... clarificateur. Et ensuite de divulgateur.

— Tiens donc? Vous estimez par exemple que M. Drury n'avait pas de compétence personnelle au sujet de l'assassinat de Kennedy?

— Il établissait un catalogue des données. Il ne menait pas de recherche lui-même.

— Mais il se trouvait sur place au moment de l'assassinat.

Alicia afficha une moue restrictive.

— Sur le trottoir de Houston Street, à l'angle de Houston Street et d'Elm Street. Il voyait très bien le Président quand sa voiture a ralenti pour prendre le virage à angle aigu qui menait dans Elm Street. Mais au moment où les coups de feu ont été tirés, il y a eu des arbres entre la voiture et lui. Il n'a rien vu. Il a entendu les déflagrations mais il n'a rien vu. Le temps de courir à travers la foule pour atteindre Elm Street, la limousine s'était déjà engagée sous le pont du chemin de fer pour se diriger vers l'hôpital. Je ne doute pas que l'événement l'ait bouleversé et lui soit resté à jamais en mémoire, mais il n'a pas été témoin de l'assassinat. Bien qu'il ait fait toute sa carrière en le prétendant, ce n'était pas le cas. Les hommes avouent la vérité sur l'oreiller, lieutenant.

— Vraiment? Enfin... mon travail est de chercher quelqu'un dont le mobile...

— Il y a tellement de dingues, lieutenant! Il a reçu un tas de menaces. Un dingue...

— Non, m'dame, l'interrompit-il en hochant la tête.

— Comment?

— Il ne s'agissait pas d'un dingue, m'dame. Le crime a été préparé avec soin, et le plan a été respecté méticuleusement. Le meurtrier possédait une carte qui déconnectait le système d'alarme et déverrouillait les portes.

— J'en ai eu une, je vous l'ai dit. Demandez à McCrory, l'avocat de Paul : je l'ai rendue en sa présence le jour où j'ai quitté l'ancien domicile conjugal.

— La personne qui a tué M. Drury connaissait la maison, déclara Columbo. Elle savait où trouver le pied-de-biche. Voyons, on cherche plutôt des outils dans une cave, non ? Pas dans un garage.

— Je ne sais pas, lieutenant. J'ai tendance à juger votre conclusion un peu hâtive.

— Ah bon ? Peut-être, peut-être.

Alicia Drury tira nerveusement sur sa cigarette, puis l'écrasa dans un cendrier. Elle ne l'avait portée à ses lèvres qu'à quatre ou cinq reprises.

— Pour simple information, lieutenant, mon divorce avec Paul s'est déroulé à l'amiable. Nous avons reconnu que notre mariage était une erreur. Nous ne nous sommes pas chamaillés, et nous n'avons pas envisagé de nous traîner mutuellement devant les tribunaux. Demandez à qui vous voudrez. Paul m'a proposé un accord généreux, il m'a gardée comme assistante de production et a continué de promouvoir ma carrière.

— M'dame, je ne vous demande rien sur votre vie privée.

— Mais maintenant vous êtes au courant, et vous pouvez vérifier. Si vous cherchez qui possédait une carte donnant accès à sa maison, je vous suggère de poser la question à Karen Bergman. Il en distribuait à ses petites amies.

— Mlle Bergman ne l'a pas tué, m'dame.

— Pourquoi en êtes-vous sûr ?

Columbo ponctua sa réponse de son hochement de tête coutumier :

— Il lui aurait fallu grimper sur un tabouret ou un

escabeau. Mlle Bergman est trop petite pour avoir envoyé la balle sous l'angle où elle a pénétré le crâne.

Alicia regarda le lieutenant un long moment.

— Alors adressez-vous à Bobby Angela. Ses rapports avec Paul se sont mal terminés.

Columbo prit son carnet au fond d'une de ses poches. Il nota ce nouveau nom en gardant un visage inexpressif. Mais il fronça soudain les sourcils :

— Bobby Angela ? La chanteuse *country* ?

— Elle-même. Bobby Angela. Une gosse, lieutenant.

— Elle est passée dans le magazine de M. Drury.

— Oui. Elle y a accusé son père d'inceste. Paul l'avait invitée avec trois autres gamines. Une de nos plus mauvaises émissions. C'était sordide. D'habitude Paul ne s'abaissait pas de cette façon. Dire qu'il a prétendu aborder un grand problème de société !

— Comment ça s'est déroulé ?

— La discussion a tourné à l'orage. Elle s'est terminée dans des invectives ordurières, dignes de la presse à scandales. Si la fille avait une carte magnétique, je parie qu'elle ne la lui a pas rendue comme je l'ai fait.

Columbo grimaça tout en continuant d'accumuler des notes. Il reposa finalement dans son écrin le stylo qu'il avait pris sur le bureau.

— Je vous remercie beaucoup de me suggérer cette piste. Si je n'y vois pas plus clair, il me faudra rencontrer Bobby Angela. Quand je vais raconter ça à ma femme !

— J'espère que mon conseil se révélera utile, lieutenant.

— J'en suis persuadé, m'dame. Je ne vais pas vous déranger plus longtemps. Je vous suis très reconnaissant.

Alicia se dirigea vers la porte du bureau.

— Si je peux vous rendre un autre service, appelez-moi.

Columbo s'apprêta à lui présenter ses respects.

— Oh... En réalité, il y a une petite chose... Ça a très peu d'importance... C'est histoire de compléter le dossier, vous comprenez ?

— Oui, lieutenant.

Alicia éprouvait une difficulté croissante à masquer son impatience.

— Euh, eh bien... Aimez-vous les jeux d'argent, m'dame ?

— Qu'est-ce que ça vient faire là-dedans ?

— Oh, rien, j'en suis sûr. C'est juste pour aligner le plus grand nombre de données. Alors... vous aimez jouer ?

— Je fais de temps en temps un saut à Las Vegas.

— Las Vegas. Seulement de temps en temps.

— Seulement de temps en temps, lieutenant.

— Ouais... Remarquez, je vous comprends. Moi, je joue à la cagnotte. Et un peu au Monopoly. Je mise un dollar par partie. Chacun a besoin d'aventure. Et puis ça détend, hein ? Vous avez déjà perdu des sommes au-dessus de vos moyens, m'dame ?

— Je ne peux pas me permettre de gaspiller quoi que ce soit, lieutenant. Alors la moindre perte est au-dessus de mes moyens. D'accord ?

— Bien sûr. C'est pareil pour moi. Ma femme, ça la rend folle quand je perds dix dollars. Je vous comprends. Je suis bien placé pour vous comprendre.

— Autre chose, lieutenant ?

— Non... 'videmment, vous n'avez jamais eu à quitter Las Vegas avec des dettes ?

— Certainement pas. Ces gens-là vous font payer des intérêts trop lourds.

— C'est vrai.

VI

1

— Ça vous ennuierait que je vous demande quelque chose ? interrogea Bobby Angela. Pourquoi diable portez-vous cet imperméable ?

— Excellente question, m'dame, répondit Columbo.

Il jeta un coup d'œil à la ronde. Il avait rejoint la célèbre chanteuse *country* au bord de la piscine d'un hôtel, au moment où elle finissait de poser pour un photographe de *Playboy*. Vêtue d'un bikini blanc, elle se faisait maintenant bronzer tout en sirotant un gin-tonic. Au milieu des gens en maillots de bain réduits parfois à leur plus simple expression, la tenue du lieutenant produisait un étrange effet.

— A vrai dire, j'ai toujours plein de trucs sur moi, mon carnet, un crayon, des cigares... C'est un sacré problème de transvaser tout ça dans d'autres poches. La loi du moindre effort, si vous voulez. Oui, c'est ce que dit ma femme : je suis un partisan de la loi du moindre effort.

La chanteuse sourit. Columbo savait qu'elle n'avait que dix-neuf ans, mais cela lui semblait difficile à croire. C'était une femme, pas une adolescente. Ses boucles noires s'enroulaient sous ses oreilles et revenaient à la hauteur de ses pommettes. Elle avait les yeux bruns, et portait un rouge à lèvres grenat assez criard. Ses jambes étaient longues et minces.

— Quel honneur que de recevoir la visite d'un inspecteur enquêtant sur un homicide ! reprit la jeune fille. Vous voulez mon alibi pour hier soir ?

— Oh... pas nécessairement. Bien sûr, si vous en avez un, ça ne gâtera rien.

Bobby Angela leva le doigt pour héler un serveur.

— Que voulez-vous boire, lieutenant ?

— Je suis en service...

— Que boiriez-vous si vous ne l'étiez pas ?

— Peut-être une bière.

— Peut-être un scotch ?

— Oh, m'dame... A vrai dire, j'aime beaucoup le scotch. Le bourbon aussi. En fait, je...

— Un Chivas avec glaçons pour mon ami, lança-t-elle au serveur. Et un autre gin-tonic pour moi.

Assis jusqu'ici sur l'extrémité d'une chaise longue, Columbo se releva pour prendre place dans un fauteuil en aluminium à lanières plastiques.

— Ma foi, c'est une belle piscine. Elle est tentante. Je regrette de ne pas avoir de caleçon de bain.

— Ils en ont en papier, répliqua Bobby Angela. On les met une fois et on les jette.

— Ah ? Euh... peut-être pas aujourd'hui. Dites... vous connaissiez bien M. Drury ?

— Intimement. Un vrai salaud. Et je n'ai pas d'alibi, je suis incapable de prouver que je ne l'ai pas tué.

— Possédez-vous une de ces cartes qui déconnectent l'alarme de sa maison et ouvrent les serrures ?

— C'est exact. Vous la voulez ?

— Revenons à ce que vous disiez, mademoiselle. Vous l'avez qualifié de « vrai salaud ».

— Un égoïste, lieutenant. S'il ne se prenait pas pour Dieu le Père, c'était uniquement parce qu'il s'estimait supérieur à Lui. Il pensait qu'il n'avait qu'à claquer les doigts pour que la Providence se plie à sa volonté. Il prétendait faire la pluie et le beau temps. Ce n'était pas un gars bien, lieutenant Columbo. Je ne l'ai pas tué, mais je ne prétendrai pas que sa mort m'afflige.

— Vous dites ne pas avoir d'alibi. Où étiez-vous quand on l'a tué ?

— Quand l'a-t-on tué ?

— Bonne question. Mettons entre 22 h et minuit et demi.

— Chez moi. Je me suis couchée vers 23 h.

Columbo glissa la main dans une de ses poches, y tâta un mégot, puis jugea qu'allumer un cigare ici, au bord de cette piscine, n'aboutirait qu'à parachever l'incongruité de son allure.

— Je ne vous ai pas mise sur la liste des suspects. J'aurais dû ?

La jeune fille poussa un profond soupir.

— Il était brutal. Quand je l'ai rencontré, j'avais dix-huit ans. Si mon père avait vu sa façon de me traiter, il l'aurait tué. Et pourtant mon père ne s'était pas gêné à mon égard ! D'un autre côté, je dois reconnaître que Paul m'a aidée à me faire une place dans le show-biz.

— Je suppose que vos relations avec lui se sont nouées après son divorce.

— L'année dernière. Juste un an. Je vous raconte ?

— Oh, euh... inutile d'entrer dans les détails, si vous voyez ce que je veux dire.

— D'accord. Je l'ai connu à Las Vegas. Je donnais un tour de chant, dans un bar du Piping Rock Hotel, pas sur la grande scène. Vous m'avez déjà vue chanter ? Tant pis. Paul est entré, il a écouté deux chansons et il m'a transmis sa carte. Vous parlez d'une surprise ! Il me demandait de venir le trouver après le spectacle. Je n'ai pas hésité, j'y suis allée. J'ai deviné ce qu'il voulait, et il a sans doute deviné ce que je voulais.

— M. Drury était-il joueur ? Fréquentait-il beaucoup les tables des casinos ?

Bobby Angela hocha la tête.

— Ça ne le passionnait pas vraiment. Je l'ai vu jouer

au blackjack une fois ou deux. Ce n'était pas un mordu. En réalité... il s'intéressait au jeu d'un autre point de vue. Il envisageait d'animer une émission sur la façon dont les gogos étaient condamnés à se faire avoir. Mais quelqu'un l'en a dissuadé.

— Qui donc ?

— Alicia. Elle a soutenu que moins d'un Américain sur cent mettait les pieds dans un casino une fois dans sa vie, et que les quatre-vingt-dix-neuf autres se fichaient de ce qui s'y passait. Elle était son assistante de production, il respectait souvent son point de vue.

— Vous pensez qu'il a changé d'idée à cause d'elle ?

— Absolument. C'est lui qui me l'a dit. Ça m'a contrariée, parce que j'ai pensé qu'il ne reviendrait plus à Las Vegas, et je devais continuer d'y travailler un bout de temps. Mais il est revenu, certains week-ends. Elle l'accompagnait chaque fois. C'était bizarre, ils arrivaient ensemble, comme un couple uni, mais à peine franchie la porte de l'hôtel ils se séparaient et ne se retrouvaient qu'au moment de reprendre l'avion.

— Et elle, elle jouait ?

— Je...

Bobby Angela s'interrompit quand le serveur apporta les boissons. Columbo inspecta les alentours de la piscine. Il reconnut trois vedettes. Il en conclut qu'il devait y en avoir bien davantage. Sur le bord opposé il pensa identifier Barbra Streisand, tout en admettant ses risques d'erreur. Un homme grand, aux cheveux gris, très ridé, lui évoqua James Arness, mais il n'en aurait pas mis sa main au feu. L'assistance comportait autant de gens venus pour être vus que de gens venus pour voir. Prétendues vedettes et célébrités réelles alternaient avec de simples touristes qui les couvaient des yeux. Mais les uns et les autres braquaient maintenant leurs regards vers Columbo. Il avait dû arborer sa plaque pour pénétrer dans l'établissement, et la rumeur semblait courir qu'un officier de police de Los Angeles enquêtait sur Bobby Angela.

— Paul disait qu'elle jouait, reprit la chanteuse. Je ne

l'ai personnellement jamais vue à une table, mais il prétendait qu'elle jouait trop et perdait plus d'argent qu'elle n'en avait.

— Tiens donc ? Elle perdait plus d'argent qu'elle n'en avait ? C'est intéressant.

— Elle fait partie des suspects ?

— Oh... mademoiselle, dans ce genre d'affaire tout le monde fait partie des suspects. Si je pose des questions sur une personne, cela ne signifie pas qu'elle soit plus suspecte que les autres.

Columbo se tut le temps de boire une gorgée de scotch. Un whisky ambré et chaleureux, comme il les aimait.

— Si je ne me trompe, vous vous accompagnez à la guitare quand vous chantez.

Elle plongea la main dans un grand sac noir, tout rond, posé au pied de la table, et en sortit une cassette vidéo.

— Tenez, lieutenant, cela vous donnera une idée de mon tour de chant.

— Oh, merci ! C'est très gentil à vous. Je la regarderai dès ce soir. Ma femme aussi sera ravie.

— Vous pourrez y voir la tenue que je portais à Las Vegas. Un petit short de Skaï noir, brillant. Un chemisier transparent. Des bas résille. Des chaussures à talons hauts.

— Ah ? Et vous jouez de la guitare ?

— Je joue de la guitare.

— Revenons-en à Mme Drury. Non pas qu'elle soit le suspect numéro un, bien entendu. Comment occupait-elle ses week-ends à Las Vegas pendant que M. Drury était avec vous ?

— Elle rencontrait des amis. A plusieurs reprises je l'ai vue dîner avec un homme.

— Le même ? Toujours le même homme ?

— Presque jamais le même. Mais toujours des paniers percés, si vous comprenez ce que je veux dire.

— Vous insinuez qu'elle draguait ? Elle se laissait plutôt draguer, non ?

— Ça, c'était l'interprétation de Paul. Il n'appréciait pas. Elle avait un ami qu'elle retrouvait plus particulièrement. Je ne les ai jamais vus dîner ensemble, mais ils se rejoignaient à l'heure du déjeuner. Phil Sclafani. Tout le monde le connaissait. Paul n'aimait pas que son ex-femme fréquente Phil Sclafani.

— Sclafani? C'est...

— Le patron du Piping Rock. Vous savez comment les ragots circulent... On raconte toutes sortes de choses à son sujet. Il vit au dernier étage de son hôtel. Son père aussi est installé là-haut. En fait l'appartement appartient au père, Joe Sclafani. Evidemment, on prétend que... ils ont des relations.

— Des relations? Avec le milieu?

— C'est vous qui l'avez dit. Je ne peux pas me permettre d'être en mauvais termes avec ces gens-là.

— Mais vous pensez que Mme Drury a beaucoup de sympathie pour ce Phil Sclafani?

— Je ne connais pas leur degré d'intimité. S'ils sont... disons le mot, amants, ils ne se comportaient pas comme tels. Chaque fois qu'ils déjeunaient ensemble, elle ne semblait pas du tout respirer le bonheur.

— Vos informations m'aideront sans doute beaucoup, mademoiselle Angela, conclut Columbo en finissant son verre de scotch. Je vous en suis reconnaissant.

2

— Ravi de vous voir, Columbo. Quelque chose à me demander?

Columbo craqua une allumette et la présenta devant l'extrémité de son mégot. Dans le bureau de Ben Palermo, au FBI, il n'avait pas à hésiter.

— Quand je me pose des questions, je trouve normal d'aller consulter l'homme qui possède les réponses.

— Surtout s'il vient également de New York, hein ?

— Oui, les New-Yorkais font les meilleurs flics. Et les pires escrocs.

Le FBI mettait à la disposition de ses agents des bureaux et un mobilier aussi sobres et aussi modestes que ceux de la police de Los Angeles. C'était une des raisons qui incitaient Columbo à mettre les pieds dans son propre bureau le moins souvent possible. Il détestait sa table métallique grise, il la haïssait autant que les paperasses qui s'accumulaient dessus.

— Qu'est-ce que vous avez en tête ?

— Que savez-vous de deux types de Las Vegas nommés Sclafani ? Il y a apparemment un Joe Sclafani et un Phil Sclafani.

— La famille Sclafani, commenta Ben.

— La famille Sclafani ? A eux deux ?

— Ce qu'il en reste. Joe Sclafani s'appelle évidemment Giuseppe Sclafani. Il doit avoir quatre-vingt-cinq ans. Il a participé à la rencontre d'Appalachin en 1957. Philip est son fils aîné. Une soixantaine d'années.

— Quand j'étais flic à New York, dit Columbo, on parlait de Giuseppe Sclafani comme d'une figure légendaire. Il est toujours en vie ? Il habite au dernier étage d'un building de Las Vegas ?

— Sur la terrasse du Piping Rock. Entre parenthèses, remarquez que cet hôtel porte le même nom que le casino de Meyer Lansky à Saratoga Springs.

— Giuseppe Sclafani, se répéta Columbo en secouant pensivement la tête. Toujours de ce monde ! Le dernier survivant. Carlo Gambino, Albert Anastasia, Joe Profaci, Vito Genovese, Bugsy Siegel, Meyer Lansky, Franck Costello... tous morts. Dites, Ben, rafraîchissez-moi la mémoire sur les Sclafani. Ils avaient déjà quitté New York quand je suis entré dans le métier. Vous voulez bien me dresser un petit topo ?

Ben Palermo s'appuya sur le dossier de son fauteuil. Bien que de l'âge de Columbo, il paraissait plus vieux. Le dessus de ses oreilles et sa nuque abritaient ses derniers cheveux blonds. Il avait le teint rosé et portait des lunettes à monture d'argent.

— Prenons le curriculum de Giuseppe Sclafani à rebours. Il s'est installé à Las Vegas aux environs de 1964, et il y a monté des affaires très rentables. Il a dû commencer modestement, car il avait perdu six établissements juteux à Cuba. Il possédait un hôtel-casino à La Havane, construit à la fois avec son propre argent, celui de quelques investisseurs et des fonds du gouvernement de Batista. En octobre 1960, Castro a confisqué tous les hôtels américains, dont ceux de Sclafani et de Meyer Lansky.

— Ce qui a ruiné Lansky, précisa Columbo. Ça a ruiné à la fois ses finances et sa santé.

— Mais Joe Sclafani en a réchappé. Ça l'a juste rendu fou. Quand il a débarqué au Nevada, il s'est signalé en descendant deux personnes. On a su que ce haut fait avait imposé le respect auprès de ses semblables de l'Organisation. Normal, un ancien d'Appalachin... Les parrains de Las Vegas se sont poussés pour lui laisser une place.

— Je me souviens de ce qu'on racontait sur ses agissements à New York.

— La rumeur lui attribue beaucoup de meurtres, rétorqua Ben, mais nos dossiers disent le contraire. Meyer Lansky l'avait mis sur le coup de La Havane, à titre amical. Avant, Sclafani avait été son associé pour la création de deux casinos : un à Saratoga Springs, l'autre dans le comté de Broward, en Floride. Lansky et lui partageaient la même philosophie des affaires : le jeu constituait le meilleur moyen de faire de l'argent en douce, en restant dans l'ombre et à l'abri de la violence. A part le cas de quelques filles qui travaillaient dans les casinos, ils n'ont pas trempé dans la prostitution. Ils n'ont pas pratiqué l'usure, le recouvrement des dettes provoquait trop de dégâts. Ils se sont tenus à l'écart du trafic de drogue. A New York ils préféraient le racket des dockers : corruption de syndicalistes, prélèvements sur les marchandises. Ils percevaient un pourcentage sur tout ce qui transitait par Brooklyn. Ils ont fracassé quelques crânes quand ils ne pouvaient pas s'y prendre autrement, mais ce n'était pas leur méthode de prédilection.

— C'est un Sicilien, autant que je me souvienne.

— Je vous ai dit que j'allais remonter le cours de sa vie. Il a été amené de Sicile en Amérique en 1924, par Salvatore Maranzano.

— La *Castellammarese connexion*! s'exclama Columbo.

— Exact. Maranzano faisait venir de jeunes Siciliens pour constituer une cellule d'adolescents coriaces et totalement dévoués. Il a chargé Sclafani de livrer du whisky, et de récolter l'argent. Ça n'a pas duré longtemps. Quand Maranzano a vu en lui un gars trop intelligent pour rester garçon de course, il l'a monté en grade. Il lui a confié un territoire. Evidemment... deux événements sont intervenus : l'assassinat de Maranzano en 1931, et l'abolition de la prohibition en 1933. Sclafani a signé la paix avec Luciano, ce qui lui a permis de mettre sur pied de nouvelles affaires. C'est là qu'il a établi son réseau avec Meyer Lansky.

— Et le Piping Rock? Tout est réglo?

— Comme n'importe quel casino de Las Vegas. Pas besoin de truander pour se faire du blé avec un établissement de jeu. Le hasard suffit à vous remplir les poches. Vous voulez me dire à quel propos vous me posez toutes ces questions?

— Le meurtre de Paul Drury, répondit Columbo. Son ex-femme semble être une amie de Phil Sclafani. Quelqu'un m'a conseillé de jeter un coup d'œil du côté de la mafia.

— Les collègues de Las Vegas gardent Sclafani sous surveillance. Ça nous intéresse toujours d'essayer de pincer un gars qui a été à Appalachin, et membre de l'Organisation. Nous n'abandonnons pas aussi facilement. Il y a dix ans que nous cherchons à lui mettre un motif d'inculpation sur le dos. Nous connaissons parfaitement tous les gens qu'il rencontre. Je demanderai aux gars de Las Vegas de parcourir leurs dossiers pour voir s'ils y trouvent le nom d'Alicia Drury. D'autres également?

— Tim Edmonds. Karen Bergman. Drury lui-même, pendant qu'on y est.

3

— Nous avons commis une erreur, affirma Alicia. Nous avons commis une erreur, maintenant il faut rester très vigilant.

Elle était assise à côté de Charles Bell, dans sa Cadillac grise, une décapotable hors série. Venant de repérer une place pour se garer, il s'y glissa sans hésiter. Ils faisaient face à la plage de Santa Monica, sous un soleil éblouissant. Les surfeurs jouaient avec les rouleaux de la marée montante. Alicia portait toujours la robe noire que Columbo avait prise pour un vêtement de deuil. Bell était dans la même tenue qu'à l'heure du déjeuner : pantalon de sport jaune citron et polo bleu ciel.

— Tais-toi, ne gâtons pas cet heureux événement, se contenta-t-il de répondre.

Il sortit de la boîte à gants une petite coupe d'argent, semblable à celles dans lesquelles on présente les noisettes lors des réceptions mondaines. Il se pencha ensuite vers le siège arrière et y saisit un attaché-case en cuir.

— Ce récipient convient, n'est-ce pas ? Les églises brûlent bien leurs hypothèques dans des coupes d'argent. En tout cas c'est ce qu'on dit. Tu as du feu ?

Alicia fouilla un instant dans son sac à main avant de lui tendre son briquet.

Bell ouvrit la mallette et prit un papier sur le dessus de sa pile de documents. Il le brandit sous les yeux d'Alicia.

— Tiens. C'est ça, regarde. Notre accord : soixante-deux mille dollars. Maintenant que chacun de nous a fait ce qu'il lui incombait, ne gardons pas de trace.

Alicia hocha la tête avec solennité.

Après avoir minutieusement déchiré la feuille, il laissa

tomber les petits morceaux dans la coupe. Il en garda un entre les doigts de sa main gauche. De la droite il actionna le briquet et l'approcha. Une fois enflammé, le papier lâché dans la coupe communiqua immédiatement le feu aux autres.

Charles Bell souriait en regardant brûler l'ensemble des morceaux. Sa compagne fronçait les sourcils. Une minute plus tard, il ne resta au fond de la coupe qu'une cendre grise et noire, où étincelaient les derniers points incandescents. Le sourire de Bell s'élargit. Il tendit le récipient hors de la voiture et se pencha pour souffler dessus. Les cendres s'échappèrent en tournoyant au gré du vent du Pacifique, puis se dispersèrent jusqu'à devenir invisibles.

— La coupe est à toi, déclara-t-il avec galanterie en la présentant à Alicia. Un souvenir.

— Merci.

— Maintenant, quelle erreur avons-nous commise ?

— Le lieutenant Columbo n'est pas un idiot. Il a établi que l'assassin de Paul mesurait un mètre quatre-vingts. Une histoire d'angle de tir.

— Vingt pour cent de la population adulte de Los Angeles a cette taille.

— Le pire n'est pas sa conclusion, c'est qu'il ait été assez futé pour y aboutir. Une minute lui a suffi pour remarquer qu'il ne s'agissait pas d'un cambriolage. Prendre la montre et la bague de Paul était stupide. Il...

— Alicia. Suppose qu'il démolisse ton alibi. Suppose qu'il démontre que tu pouvais avoir été dans la maison à 23 h 10. Cela ne prouvera pas que tu y étais. Il n'a aucune chance de trouver le revolver, c'est certain. Il ignore combien de personnes avaient des cartes...

— Je lui ai dit que Karen en avait une. Il a répondu qu'il lui aurait fallu monter sur un escabeau pour viser Paul.

Bell afficha un sourire indulgent.

— Il n'a pas de mobile, c'est l'essentiel. Qu'est-ce qui t'aurait pris de vouloir tuer Paul Drury ? L'origine de l'affaire remonte bien trop loin, trop d'eau a coulé sous les ponts pour qu'il reconstitue le lien.

— Tout repose là-dessus.

— Et sur autre chose, précisa Bell d'un air soudain menaçant. Que tu ne perdes pas ton sang-froid, que tu ne craques pas. J'ai confiance en toi, Alicia. Tim m'inquiète davantage.

Alicia prit une profonde respiration avant de soupirer.

— Si j'étais accusée de meurtre... Oui, si je l'étais, il le serait également. De toute façon nous ne nous sommes pas revus. C'est ce qu'il a eu le plus de mal à supporter.

— Ce gars t'a vraiment dans la peau, hein ?

Elle se contenta d'opiner.

— Il doit rester amoureux de toi jusqu'à la fin de vos jours. C'est ce qui te protégera. C'est ce qui mettra chacun de nous à l'abri. Il ne faut pas qu'il ait la moindre hésitation. Tu ne dois jamais lui donner une raison d'éprouver des remords, ni jamais le laisser soupçonner pourquoi tu l'as compromis dans un homicide. Veille à ce que l'amour qu'il te porte ne s'assagisse pas un instant. Tu sauras t'y prendre, j'en suis sûr. Tu as connu pire que Tim Edmonds. Au moins une fois.

— Très bien. Tu ne tarderas pas à voir Columbo. Souviens-toi : il n'est pas aussi crétin qu'il le paraît.

4

— Ça alors, c'est mon jour de chance ! s'exclama Columbo auprès du maître d'hôtel du Topanga Beach Club. C'est la seconde fois aujourd'hui qu'on m'invite au bord d'une belle piscine, et...

— On vous a invité ici, monsieur ?

— Ah, oui, c'est vrai, j'aurais dû me présenter. Lieutenant Columbo, police de Los Angeles. Invité de M. Charles Bell.

— En effet, M. Bell vous attend. Voulez-vous me confier votre imperméable, monsieur ?

— Euh, c'est-à-dire... Oui, je ferais peut-être bien d'accepter. Les gens m'ont regardé d'une drôle de façon quand ils m'ont vu le garder au bord de l'autre piscine. Attendez, euh... attendez que je sorte mon cigare.

La veste de Columbo était gris foncé et son pantalon gris clair. Il portait une cravate bleu sombre à pois rouges, négligemment nouée. Son mégot provoquait un renflement dans la poche de sa veste.

— C'est joli, ici, vous ne trouvez pas ?

Le maître d'hôtel feignit de ne pas entendre sa remarque et le conduisit vers une terrasse dominant d'un côté la piscine et de l'autre la plage, au-delà de la route.

— Je parie qu'il y a des tas de gens bien qui fréquentent ce club, reprit-il.

Charles Bell apparut.

— Lieutenant Columbo, monsieur, annonça l'employé.

Bell saisit la main de Columbo et la secoua fermement.

— Très heureux de vous rencontrer, lieutenant. Votre appel ne m'a pas surpris, et je vous remercie d'être venu jusqu'ici. J'ai pensé qu'il serait plus agréable de nous voir dans ce cadre. Asseyez-vous. Permettez-moi de vous commander à boire.

— Merci, monsieur. Question boisson, il faut que je fasse attention. Je me suis accordé un double scotch en début d'après-midi.

— En ce cas, prenons une bouteille de vin blanc frappé, je commanderai un plateau de hors-d'œuvre.

— D'accord, monsieur. Mais si cela ne vous dérange pas, j'aime mieux le rouge.

— Parfait ! Du rouge. A vrai dire, le rouge a également ma préférence.

Bell appela un serveur pour lui donner ses instructions.

— C'est vraiment très joli, ici, déclara Columbo. Je serais content que ma femme voie ça.

— Si vous lui téléphoniez pour lui proposer de nous

rejoindre ? Je vous recevrais avec plaisir tous les deux à dîner.

— C'est très gentil à vous, monsieur, mais ce soir elle a son cours à l'université. Elle doit passer son examen prochainement.

— Eh bien, nous pouvons remettre cela à un autre soir. Bon, je tenais à vous rencontrer parce que je veux vous offrir mon aide, dans la mesure de mes moyens. La mort de Paul Drury est une chose monstrueuse, je souhaite que vous ne tardiez pas à débusquer l'assassin et à le traîner en justice.

— C'est également ce que j'espère, monsieur.

— Connaissez-vous mes liens avec Paul Drury ?

— J'en ai entendu parler, mais j'aimerais autant que vous m'en fassiez part vous-même.

— Très bien. Mon père, Austin Bell, vivait autrefois à Dallas. Le pétrole lui a permis de se constituer une fortune considérable, fortune dont j'ai eu la chance d'hériter. Trouvant Dallas un peu provincial, j'ai décidé d'élargir mes horizons. J'ai cherché des investissements dans d'autres secteurs que l'industrie du pétrole. Pour résumer, j'ai choisi d'investir dans les Paul Drury Productions. J'en suis l'actionnaire principal. Aujourd'hui tout ce que j'ai mis ne vaut plus un sou.

— Je comprends votre hâte de voir le criminel devant les tribunaux.

— Sans Paul, le magazine n'existe plus. Avez-vous une idée sur l'assassin, lieutenant ?

— J'en ai quelques-unes, monsieur. Vous admettrez que je reste discret.

— Bien entendu. Y a-t-il un renseignement que je puisse vous donner ?

Columbo se détourna quelques instants de son interlocuteur pour scruter une grande blonde en bikini bleu et talons hauts qui passait à proximité.

— En dehors de ses émissions, répondit-il enfin, quel genre d'homme était M. Drury, selon vous ?

— Ce que doit être tout individu qui accomplit ce type

de travail. Un égocentrique maladif. Un manipulateur. Au fond de lui-même pas tout à fait honnête. Que vous dire d'autre ?

— Des femmes ?

— Alicia. Karen Bergman. Jessica O'Neil. Bobby Angela. Dans les deux ou trois dernières années.

— Jessica O'Neil ? L'actrice ?

— A l'époque où il était encore marié, acquiesça Bell. Une des raisons du divorce.

Columbo fit la moue et hocha la tête.

Le serveur apporta un chariot de hors-d'œuvre. Au milieu d'un assortiment de crabes et de crevettes trônait une petite coupe de caviar accompagnée de deux verres de vodka givrés.

— C'est une spécialité de la maison, lieutenant, expliqua Bell. Vodka glacée et caviar. J'ai pris la liberté de la faire ajouter à notre commande.

— Du poisson... des œufs de poisson... C'est... c'est très gentil à vous, monsieur. C'est vrai, j'aime tout ce qui vient de la mer.

Bell déposa une cuillerée de caviar sur un toast, qu'il tendit à Columbo. Après quoi il se servit lui-même.

— *Prosit !*

Il mordit copieusement dans son toast puis avala une gorgée de vodka.

Columbo l'imita.

— Vous aimez, lieutenant ?

— Oh oui ! Excellent. Mais il y a de quoi être terrassé par la migraine, avec un verre d'alcool glacé.

— Il suffit de boire doucement.

Tout en continuant de déguster caviar et vodka, Bell posa à Columbo un certain nombre de questions sur sa carrière. Les renseignements vagues qu'il lui arracha ne lui permirent pas d'apprendre autre chose que ses origines new-yorkaises.

— Quant à moi, j'ai grandi au Texas, raconta-t-il. J'y ai suivi mes études. Paul se vantait d'avoir été sur

Dealey Plaza le jour de l'assassinat de Kennedy, j'étais également présent. A dire vrai, j'ai même eu une meilleure vision des événements que lui.

— Vous avez vu l'assassinat ? C'est très intéressant.

— Une pénible journée, lieutenant. Une pénible journée pour notre pays.

— Oh oui ! Je partage votre avis.

Le vin, un bordeaux, était capiteux et très vieux. Bien que plus habitué à juger les vins italiens, Columbo reconnut la qualité du cru. Il se délecta surtout à l'idée que le Texan paierait probablement cette bouteille une bonne cinquantaine de dollars.

La conversation tourna autour des équipes de base-ball de Brooklyn et de Los Angeles, puis sur la pêche, la politique et la météo.

— Il faut... il faut absolument que je m'en aille, glissa finalement Columbo. Je ne vous dirai jamais assez combien j'ai apprécié ce délicieux casse-croûte. Ça a été très gentil à vous, monsieur, très gentil.

— Tout le plaisir était pour moi, lieutenant. S'il y a un quelconque renseignement que je peux vous donner, n'hésitez pas...

Columbo se leva et tendit la main. Un sourire aimable éclairait son visage.

— Oui, monsieur. Oui, monsieur. Merci encore.

— Bonne chance, lieutenant Columbo.

— Merci. Euh... vous savez, maintenant que j'y pense... il y a autre chose que j'aurais dû vous demander, je crois. Un détail qui me vient comme ça. Sans doute sans importance.

— De quoi s'agit-il ?

— Eh bien... c'est sans doute sans aucune importance, mais j'ai entendu prononcer le nom de Philip Sclafani. Qui est Philip Sclafani ? Vous le connaissez, monsieur ? Et est-ce qu'il a pu avoir un lien avec cette histoire ?

— Ce nom ne m'évoque rien du tout, lieutenant.

La voix de Bell prit soudain une emphase glaciale. Columbo hocha la tête.

— Bon, très bien. Je m'y attendais. C'était juste pour confirmation, pour mon rapport. Merci encore, monsieur. Et bonne soirée.

VII

1

A la direction générale de la police on s'amusait volontiers à dire que Columbo ne s'asseyait jamais à son bureau. On racontait qu'il lisait son courrier et passait ses coups de fil debout. En réalité il lui arrivait de s'asseoir, plus souvent qu'il ne le désirait. Quand il devait rédiger ses rapports, il s'installait derrière sa machine à écrire, et retournait ses dossiers en tous sens pour y chercher les brouillons à transcrire.

Ce matin-là, il ne s'assit pas. Il alluma son premier cigare de la journée et parcourut la pile des papiers en attente :

— une note pour se rappeler qu'il n'avait toujours pas réservé de places pour sa famille et pour lui-même au pique-nique annuel des œuvres sociales de la police ;

— trois pages d'instructions sur la façon de remplir le formulaire 2301-11-D, en cas de dommages subis par un véhicule de la police ;

— une circulaire ministérielle se plaignant de la négligence de nombreux officiers face à la procédure en vigueur pour la rédaction des rapports ;

— une information sur la modification de la procédure

1167-201-B-3 concernant l'empaquetage des marchandises saisies devant servir de preuves ;
— une enveloppe fermée.
Columbo l'ouvrit. Elle contenait un fax.

4 juin 1993. 09:11. Nb page(s):01
Lieutenant Columbo, police de Los Angeles. Benjamin Palermo, F.B.I., bureau de Los Angeles.
Confidentiel.
Les rapports sur la surveillance de Philip Sclafani établis par notre bureau de Las Vegas révèlent qu'à dix-sept reprises entre le 01-01-92 et le 12-04-93 Alicia Graham Drury a été vue en compagnie du sujet. A une exception près, tous leurs contacts se sont déroulés à l'occasion du petit déjeuner ou du déjeuner. En une seule occasion A.G.D. a été observée en train de s'entretenir avec P.S. dans le hall du Piping Rock Hotel. Chaque fois les deux individus étaient seuls, bien que d'autres personnes se soient occasionnellement arrêtées à leur table.
Les rapports ne mentionnent aucun des trois autres noms que vous avez cités.
A votre disposition pour tout renseignement complémentaire.

Columbo trouva également dans sa pile un message lui signalant un appel du docteur Culp. Il souhaitait lui communiquer des informations nouvelles sur les examens effectués.
— Columbo !
Le lieutenant releva la tête. Le capitaine Sczciegel venait de faire irruption.
— Bonjour, capitaine. Ça va ?
— Des pistes pour le meurtre de Drury ?
— Euh... oui, capitaine. Oui, capitaine, j'ai des pistes.
— Ce n'était pas un cambriolage ?
— Oh non, capitaine, certainement pas. C'était un assassinat commis de sang-froid.
Le capitaine Sczciegel passa la main sur son crâne chauve comme s'il conservait l'espoir d'y sentir quelques cheveux à remettre en place.
— Autrement dit, il vous faut trouver un mobile.

— Oui, capitaine.
— Vous avez des idées ?
— Oh oui, capitaine. Vous savez, le travail de M. Drury consistait à divulguer des informations que certaines personnes auraient préféré garder secrètes. Pour être plus précis, il faisait surgir au grand jour ce que les gens directement concernés voulaient voir tomber dans l'oubli.
— Et vous pensez qu'on l'a tué pour l'empêcher de révéler quelque chose ? Cela vous donne bien une centaine de suspects, Columbo. Si ce n'est un millier.
— Non, capitaine. Non, absolument pas. Le meurtrier possédait une carte magnétique et le code permettant de déconnecter le système d'alarme du domicile de Drury, puis d'en ouvrir les portes. En outre il connaissait la maison et les habitudes de son occupant.
— Il faut que je fasse un compte rendu au patron pour qu'il rédige son communiqué de presse. Puis-je dire que nous passons actuellement en revue l'ensemble des indices et que nous sommes certains d'arrêter le coupable dans les jours qui viennent ?
— Enfin... je ne sais pas si j'utiliserais le mot « certains ». Je ne me porte pas garant...
— Que diriez-vous d'une phrase dans le genre : « La police a réuni bon nombre de pistes prometteuses, qui l'amèneront à résoudre l'affaire dans les meilleurs délais » ? Ça vous va ?
— Je ne m'y connais pas en matière de communiqués de presse, capitaine, mais ça me semble convenir.
— Parfait. Bon, je ne veux pas perturber vos recherches sur cette affaire avec des problèmes purement administratifs, mais vous devez absolument passer au stand de tir pour renouveler votre licence. En théorie vous n'avez plus le droit de porter votre arme de service. Cette situation m'agace.

Columbo secoua vigoureusement la tête en signe d'assentiment.

— J'irai, capitaine. J'ai retrouvé mon revolver hier

soir, je l'ai nettoyé et graissé. L'agent Zimmer va me donner un petit cours de remise en train, et après...

— Bon Dieu, Columbo ! Je n'ai pas entendu ce que vous venez de me dire ! Vous êtes censé ne jamais vous séparer de votre revolver.

Pour toute réponse, le lieutenant leva les mains au ciel.

— D'accord, reprit son supérieur, je n'ai rien entendu. Mais allez-y en vitesse et passez votre examen.

— Oui, capitaine.

— Oh, Columbo, une autre question : avez-vous jamais envisagé d'acheter un nouvel imperméable ?

— Si, capitaine. Je l'ai envisagé. Très sérieusement. Mais je n'arrive pas à me décider. Quelque chose me retient au dernier moment. Il n'y a pas vraiment urgence. Et puis celui-là a les poches pleines.

2

Le docteur Harold Culp était assis dans le bureau du coroner.

— Prenez un siège, Columbo.

Le médecin légiste montra du doigt un bocal posé devant lui :

— Devinez ce que c'est.

— Je ne suis pas sûr de vouloir le savoir.

Columbo avait les yeux rivés sur l'écœurante masse grumeleuse et multicolore que révélait la transparence du verre. Sa seule satisfaction était de penser que le récipient devait être bien étanche.

— Ceci, mon ami, est une partie de ce que contenait l'appareil digestif de Paul Drury. Cet échantillon provient de son estomac. J'en ai d'autres, extraits de son intestin. L'ensemble constitue une preuve irréfutable.

— Ah ? Ça apporte une réponse à la question que je

vous posais : combien de temps a-t-il survécu à son dîner à La Felicità ?

— En effet. Ce que vous voyez à l'intérieur de ce bocal est entré dans son estomac une demi-heure avant sa mort.

— Vous êtes formel ? Un indice me laisse penser qu'il était encore vivant à 23 h 47.

— Il a donc fini de manger vers 23 h 17, conclut le médecin d'un ton catégorique.

— Seulement un témoin assure qu'il a quitté le restaurant avant 23 h. Aux environs de 22 h 45.

— S'il en est effectivement ainsi, on l'a tué entre 23 h 15 et 23 h 20.

Columbo se passa la main dans les cheveux, comme chaque fois que le trouble s'emparait de lui.

— C'est déroutant. Vous savez, ce chiffre de 23 h 47 ne résulte pas de la déclaration d'un témoin. Il vient d'un répondeur téléphonique qui note l'heure à laquelle il reçoit chaque appel. Je m'étonne que... Bon, qu'est-ce qu'il avait mangé ?

— Je ne m'attendais pas à ce que vous me le demandiez. Des pâtes, principalement, ainsi que du homard, du crabe et des crevettes. Du vin rouge. Du café.

— Du café. Il a donc terminé son repas.

— Sans manger de dessert, précisa le docteur Culp.

3

Avant de prendre l'ascenseur qui devait le conduire au bureau de Bill McCrory, Columbo écrasa son cigare puis l'enfouit dans sa poche. Les gens le regardaient de travers quand il fumait dans les ascenseurs. Une fois dans la pièce ornée de ses plantes luxuriantes et de son aquarium d'eau salée, il serra la main de l'avocat en lui déclarant tout de go :

— Maître, vous remarquerez que je ne fume pas, par

déférence pour votre aquarium. Je m'en voudrais que mon cigare perturbe votre poisson tropical.

McCrory éclata de rire.

— Quelle délicatesse, lieutenant ! Asseyez-vous.

— Si vous n'y voyez pas d'inconvénient, j'aimerais rester debout pour mieux admirer l'aquarium. Les poissons exotiques m'émerveillent.

— Quand je me sens trop nerveux, je quitte mes dossiers pour aller le contempler. C'est un bon remède.

— Je vous crois volontiers.

— Bon. Que puis-je pour vous ?

Columbo se détourna de l'aquarium et vint s'asseoir face au bureau de l'avocat joufflu.

— Il y a quelque chose de bizarre dans notre affaire. Le médecin légiste a examiné ce que contenait l'estomac de M. Drury. D'après lui, il est scientifiquement certain que le meurtre a eu lieu une demi-heure après la fin de son dîner. J'irai vérifier auprès du restaurateur, mais Mlle Bergman assure qu'ils ont quitté leur table vers 22 h 45, du moins avant 23 h. Il a demandé à un taxi de la ramener chez elle. Et le médecin est formel. Vous voyez le problème.

— Comment a-t-il pu me téléphoner à 23 h 47 ? Hein ? C'est ça ?

Columbo hocha pensivement la tête.

— Quelqu'un aurait-il eu un moyen de bricoler votre appareil pour le régler sur une mauvaise heure ?

— Il lui aurait fallu entrer dans mon bureau après mon départ mercredi soir, changer l'heure, puis revenir avant moi hier matin afin de remettre tout en ordre.

— Impossible d'intervenir par simple appel téléphonique ? Je croyais que sur ces engins on modifiait des choses rien qu'en envoyant un signal codé.

— Pas le réglage de l'heure, lieutenant. Pour accéder à l'horloge, il est nécessaire d'être sur place.

— Vraiment ?

McCrory sourit en haussant les épaules.

— Evidemment, j'aurais pu le faire moi-même, dans

l'intention de me fabriquer un alibi, ou bien d'en offrir un à un complice.

— Non... Il aurait fallu la collaboration de M. Drury lui-même, afin qu'il vous appelle et laisse un message. Est-il vraisemblable qu'il vous ait aidé à fournir un alibi à son assassin ?

— Ce n'était pas le genre du Paul Drury que je connaissais.

— D'accord. Vous me disiez hier que Mme Drury entretenait peut-être des rapports avec le milieu. Je vais vous prier de m'éclairer.

— Je crois vous avoir précisé que je ne possédais aucune preuve.

— Je ne vous demande pas de prouver quoi que ce soit, maître. Et je considérerai vos déclarations comme confidentielles. Mais j'aimerais savoir si vous avez une idée précise en tête.

— Paul m'a dit qu'elle fréquentait un mafioso de Las Vegas. Cela le tracassait.

— Du temps où ils étaient encore mariés ?

— Il s'en est aperçu dès cette époque. Elle se rendait parfois à Las Vegas à des dates où il ne pouvait pas — ou ne voulait pas — y aller. Il en était très contrarié.

— Pourquoi ont-ils divorcé, maître ?

— Cette raison a pu jouer. Et puis il avait une liaison.

— Jessica O'Neil.

L'avocat émit un petit rire discret.

— Rien ne vous échappe, lieutenant !

— Mon seul moyen d'obtenir de bons résultats dans le travail, maître, c'est d'agir avec obstination, acharnement, et minutie. J'ai lu beaucoup d'histoires où les détectives démêlaient des affaires grâce à une intelligence brillante, et j'en ai connu deux ou trois comme ça. Mais moi, tout ce que je peux faire c'est bûcher dur, prendre le plus grand nombre de renseignements, et, comme vous dites, ne rien laisser échapper. Est-ce que le nom de Philip Sclafani vous évoque quelque chose ?

Le sourire de McCrory s'élargit au point de devenir presque jovial.

— Quelle veine j'ai de ne pas être l'assassin de Paul, et de ne pas vous avoir à mes trousses ! Oui, Sclafani, Paul m'a cité ce nom-là.

— Voyez-vous une raison pour laquelle ce gars aurait pu vouloir la mort de M. Drury ?

— Non. Après le divorce, Alicia a pris l'habitude de le rencontrer ouvertement, sans se cacher de Paul. Quand il rejoignait Bobby Angela à Las Vegas, Alicia prenait le même avion et allait voir Sclafani. Paul l'appelait la « canaille basanée » et l'affublait des qualificatifs les plus aimables, mais je ne crois pas qu'il y ait jamais eu de confrontation entre eux.

— Bon... J'abuse de votre temps, maître McCrory. Ça me trouble, cette histoire d'heure, pour le coup de fil. Des indices qui se contredisent...

— Je ne suis pas en mesure de vous apporter une explication, lieutenant. J'aurais pourtant aimé.

— Merci pour cette entrevue, maître. Merci beaucoup. J'espère ne plus avoir à vous déranger.

Une fois franchie la porte du bureau, Columbo sortit son cigare de son imper, le regarda pensivement, puis se souvint qu'il devait reprendre l'ascenseur. Il le remit dans sa poche. Il le rallumerait dans la rue.

4

Quand Columbo arriva à La Felicità, Martha Zimmer l'attendait devant la porte. Elle ôta ses lunettes de soleil dès qu'elle l'aperçut. Vêtue comme à son habitude d'un blazer bleu et d'un chemisier blanc, suffisamment amples pour loger sa poitrine généreuse, elle avait accroché sa plaque d'officier de police sur la poche de son chemisier. Une jupe plissée grise agrémentait aujourd'hui sa tenue coutumière.

Columbo entra à sa suite et se présenta à l'accueil. L'hôtesse téléphona à son patron pour lui demander de quitter son bureau.

— C'est rudement joli, ici, hein ? s'exclama Columbo à l'adresse de Martha.

Il s'agissait effectivement d'un beau petit restaurant, le genre d'endroit susceptible d'attirer l'attention d'un homme aussi raffiné que Paul Drury. Rien d'étonnant à ce qu'il l'ait déniché, apprécié et fréquenté. Avec ses touches mexicaines, il répondait avant tout aux goûts en vigueur au sud de la Californie : boiseries sombres, chandeliers en fer forgé, nappes vermillon aussi criardes qu'une voiture de pompiers, bougies fichées au fond de gros verres ronds et ambrés.

— Je parie que la cuisine est à la hauteur du décor, susurra Martha.

Le propriétaire apparut : un homme grand, plutôt affable, avec une moustache noire en broussaille.

— Francisco Jiminez, lieutenant. Qu'y a-t-il à votre service ?

— Nous enquêtons sur la mort de Paul Drury, monsieur Jiminez. Nous avons quelques questions à vous poser. Voici Mme Zimmer, également inspecteur à la police de Los Angeles.

— Désirez-vous vous asseoir au salon ? Je peux vous offrir un verre ?

— Alors une bière sans alcool, s'il vous plaît, répondit Columbo.

— J'ai peur d'en manquer. Coca ?

— Très bien. La même chose pour ma collègue.

Le barman avait entendu la conversation. Il versa le Coca dans des verres qu'il déposa aussitôt sur la table des invités.

— Monsieur Jiminez, vous savez, je pense, que M. Drury a mangé ici peu avant sa mort, mercredi soir.

— C'est exact. Une tragédie. J'ai également perdu un ami. Il venait dîner régulièrement, une fois par semaine.

Columbo opina en guise de condoléances.

— Nous avons des indications contradictoires sur la chronologie de sa dernière soirée. Pourriez-vous m'indiquer l'heure à laquelle il a quitté votre restaurant ?

— Avec précision. Il nous a priés d'appeler un taxi pour sa convive vers 22 h 40. La voiture est arrivée cinq à dix minutes plus tard. Je me suis avancé sur le pas de la porte pour m'assurer que tout se passait bien. Il a mis la jeune dame dans le taxi et est monté ensuite dans sa voiture. J'avais demandé au gardien du parking d'aller la chercher pendant que je contactais le taxi. Il devait être...

— 22 h 45 ?

— A cinq minutes près.

— Qu'est-ce qu'il avait mangé ?

— Une spécialité que nous appelons la pasta Felicità. C'est un assortiment de crustacés — homard, crabe, crevettes — avec une sauce au vin blanc et des herbes, servi sur un lit de pâtes fraîches.

— Du vin ?

— Un montepulciano.

— Ils ont pris un dessert ?

— Non. Deux cafés mais pas de dessert.

— Venons-en à la jeune femme, monsieur, intervint Martha Zimmer. Savez-vous qui elle était ? Connaissez-vous son nom ?

— Karen Bergman. Elle travaillait pour M. Drury. Elle était déjà venue deux fois avec lui.

— Se sont-ils disputés ? Avez-vous senti de l'orage dans l'air ?

— Non. Ils donnaient l'image d'un couple qui s'entendait bien.

— Bon, votre déclaration nous sera très utile. Nous vous remercions.

— Puis-je me permettre de vous inviter à déjeuner avec madame, lieutenant ?

— C'est très gentil, monsieur Jiminez, je vous remercie beaucoup mais nous avons un emploi du temps très chargé. Peut-être une autre fois.

— Quand vous voudrez, lieutenant. Ce sera un honneur pour moi.

5

Il leur fallait pénétrer dans la montagne à la recherche d'un ravin suffisamment isolé pour que Columbo puisse s'entraîner discrètement au tir. Ils prirent la Peugeot et trouvèrent une demi-heure plus tard un endroit à leur convenance : la gorge d'un petit torrent. La rive opposée était escarpée, les balles ne risqueraient pas de se perdre et de provoquer un accident. Martha ôta ses chaussures et traversa le cours d'eau pour aller disposer les six boîtes de conserve qui serviraient de cibles.

Elle avait laissé son blazer bleu dans la Peugeot. Son revolver pendait dans l'étui souple accroché à son épaule gauche. Elle demeurait pieds nus. Pas question de remettre ses chaussures tant qu'elle risquait de les mouiller.

Columbo plissa les yeux en direction des boîtes grossièrement alignées. Il mordilla nerveusement le mégot de son cigare.

— Dans toute ma vie de flic, que ce soit à New York ou à Los Angeles, je n'ai pas tiré un seul coup de feu. Je n'ai même jamais dégainé.

— Si vous ne renouvelez pas votre licence, on vous retirera votre plaque, vous n'avez pas le choix.

— J'ai l'impression que les collègues du stand se paient tout le temps ma tête.

— Allez, avancez-vous et tirez.

En descendant de voiture, Columbo avait pris son colt. Il le sortit de son imperméable et mit en joue une des boîtes. Il arma, tenta d'immobiliser son canon qui s'obstinait à décrire des cercles devant la cible, et appuya enfin sur la détente. Un petit son sec, une secousse vive : la balle alla creuser un trou dans l'escarpement qui dominait les boîtes de conserve, près de un mètre au-dessus d'elles.

— Vous voyez ? Je n'ai jamais pu. C'est comme pour nager, personne n'a réussi à m'apprendre.

— Visez à deux mains, Columbo. Vous avez le droit. Mais ne tendez pas trop les bras, ça vous raidit les coudes. Gardez de la souplesse.

— Je peux me servir des deux mains ? C'est chouette, ça !

Il arma de nouveau et visa, sa main gauche enserrant cette fois son poignet droit. La balle se perdit dans la rivière, au milieu d'une gerbe d'eau.

— Vous savez que vous n'êtes même pas à dix mètres, Columbo ?

Martha dégaina son revolver.

— Regardez, continua-t-elle. Ecartez un peu les pieds, comme ça.

Elle tira. Une des boîtes sauta en l'air. Un second coup de feu, et une seconde boîte s'envola.

Columbo jeta son cigare dans la nature. Il imita la posture de sa collègue et fit feu à son tour. Sa balle se ficha dans la falaise, entre deux boîtes.

— Parfait pour la hauteur, l'encouragea Martha. Il ne vous reste plus qu'à évaluer la dérive.

Columbo se remit en position. La langue pointée au coin des lèvres pour favoriser la concentration, il appuya sur la détente. Une boîte s'abattit sur le côté. Il avait touché le sable sur lequel elle reposait.

— Au stand les cibles sont plus grosses, affirma-t-il.

— Oui, et deux fois plus loin.

Le lieutenant écarta les jambes, brandit le revolver devant lui. Il s'efforça de le stabiliser en bloquant de sa main gauche à la fois sa main et son poignet droits. Il ferma l'œil gauche pour mieux viser avec le droit, puis ferma le droit pour viser avec le gauche. Il arma, hésita un long moment, et tira.

Une boîte de conserve bascula. Elle alla rouler dans la rivière.

— Pas mal ! commenta Columbo. Arrêtons-nous sur cet exploit.

— Un coup sur cinq ? Ça ne suffit pas. Vous avez besoin de vider au moins toute une boîte de balles.

— Vous voulez me rendre sourd ? Non, et puis je dois passer voir Jessica O'Neil.

Il replongea son arme dans son imperméable.

— Et moi ? demanda Martha. Qu'est-ce que vous souhaitez que je fasse ?

— Retournez à la maison de Drury avec une équipe, et cherchez un coffre-fort dissimulé. N'oubliez pas, c'était un gars futé, il a pu le cacher dans un endroit que personne ne songerait à fouiller.

VIII

1

— C'est très gentil à vous de me recevoir cet après-midi, déclara Columbo à Jessica O'Neil.
— Quand un inspecteur sonne à votre porte et demande à vous interroger au sujet d'un meurtre, lieutenant, vous vous rendez disponible.
— C'est vraiment gentil, je le maintiens. Il y a des gens qui rechignent.
— Ah... Venez sur la passerelle. Je suis en train d'étudier un script. Par ici. Autant parler dans un lieu ensoleillé.

Au cours d'un petit déjeuner, Mme Columbo avait raconté à son mari ce que les magazines disaient de Jessica O'Neil. A en croire les journalistes, cette comédienne sortait de l'ordinaire. Fille d'un financier new-yorkais, héritière d'une fortune considérable, elle avait suivi des cours de peinture à Wellesley puis était venue en Californie pour travailler l'art dramatique. Elle continuait à peindre. Les tableaux que remarqua Columbo en traversant la maison devaient être ses œuvres.

Son allure ne montrait en revanche rien d'insolite. Columbo la trouva plutôt jolie. Certes pas une grande beauté, du moins pas de celles qu'affectionnent les maquilleurs, mais tout simplement une jolie fille au visage chaleureux, encadré par une chevelure châtain foncé. Elle portait un maillot de corps et un short en jean. Le lieutenant s'évertua à ne pas trop tourner les yeux vers sa poitrine, dont le relief trahissait l'absence de soutien-gorge. Sans chercher à lorgner outre mesure les formes féminines, il n'était ni aveugle ni indifférent aux charmes du sexe opposé.

— Désolé d'interrompre...

— Je vous en prie. Vous venez enquêter sur le meurtre de Paul Drury. C'est effroyable. Je veux que cette affaire soit élucidée. Puis-je vous offrir à boire ? J'allais prendre un thé glacé, mais dites-moi ce que vous préférez.

— Thé glacé, parfait.

Sur le chemin de la passerelle, Jessica O'Neil fit une pause au niveau de la cuisine. Elle pria la domestique qui avait ouvert la porte à Columbo de préparer un deuxième thé glacé.

La passerelle en séquoia surplombait une piscine creusée dans la terrasse juste au-dessous. Au lointain, on apercevait les plages de Malibu puis le Pacifique. En ce vendredi après-midi, l'air était plus transparent que de coutume, mais des nuages d'orage se profilaient à l'horizon. Il pleuvrait vraisemblablement avant le soir.

— J'ai vu un de vos films, dit Columbo.

— Vraiment ? Lequel ?

— *La Vipérine.*

— Alors je n'ai plus rien à vous cacher, n'est-ce pas, lieutenant ?

Jessica O'Neil accompagna sa remarque d'un sourire malicieux. Ce film comportait une longue scène qui la montrait dans le plus simple appareil.

— Euh... non, m'dame, en effet.

Columbo espéra qu'il ne s'agissait pas d'une façon courtoise de lui signaler qu'elle avait remarqué son regard sur son maillot de corps.

— Je me croyais amoureuse de Paul Drury, attaqua-t-elle avec sérénité. En réalité je ne me contentais pas de le croire, je l'étais réellement. Son mariage avec Alicia ne changeait rien. Mon père m'avait pourtant avertie, il le qualifiait de « petit aventurier médiocre ».

— M. Drury vous a-t-il donné une carte permettant d'entrer dans la maison ?

— Oui. Je l'ai toujours. Vous la voulez ?

Columbo haussa les épaules.

— Non, aucune importance, répondit-il. On a changé le code hier.

— J'étais à New York au moment du meurtre. De dimanche dernier à hier après-midi, au cas où vous souhaiteriez un alibi.

— Je ne comptais pas vous en demander, m'dame. Ça vous ennuierait si je m'allumais un cigare ?

— Pas du tout.

— Z'avez une allumette ?

Jessica O'Neil eut un sourire narquois.

— Quand la domestique apportera le thé, je l'enverrai vous en chercher.

— Je déteste créer des ennuis aux gens.

— C'est son métier, lieutenant : bonne à tout faire. Que vous dire sur Paul ?

— Si vous me faisiez un petit récit de vos relations ? Enfin, je ne vous demande pas de détails intimes, rassurez-vous. Retracez-moi sommairement l'historique de votre liaison.

— Je l'ai rencontré au musée Paul-Getty. Ça doit remonter à avril 1991. Un pur hasard. J'étais là, et lui aussi. Nous nous sommes reconnus, nous avons noué conversation, et il a fini par me proposer de dîner avec lui. Nous sommes allés au restaurant le week-end suivant, le samedi soir, je crois. Il travaillait dur toute la semaine, il adorait sortir le week-end.

— Où se trouvait Mme Drury ce samedi-là ?

— A Las Vegas. Ça le froissait qu'elle l'abandonne pendant ses jours de repos, mais il devenait libre de sortir avec qui il voulait.

— Combien de temps ont duré vos rencontres du week-end ?

— Un peu plus d'un an.

— Continuez, m'dame. Je n'aurais pas dû vous interrompre.

Jessica O'Neil soupira.

— Il a divorcé en décembre 1991. Je pensais qu'il me proposerait aussitôt de l'épouser. Il ne l'a pas fait. C'est ce qui a provoqué notre rupture, oui. D'ailleurs, quand mon père a vu qu'il ne me demandait pas en mariage, il m'a ouvertement poussée à le quitter.

La bonne servit le thé glacé. Jessica O'Neil lui demanda d'apporter un briquet.

— Que reprochait votre père à M. Drury ? Enfin, si je peux me permettre...

— Un tas de choses. Vous savez ce que c'est, dans le milieu de la banque : on passe son temps à échanger des informations. Il en avait recueilli beaucoup sur Paul.

— De quel genre ?

— D'après lui Paul ne constituait pas un capital solide, sa cote risquait de s'effondrer au moindre incident. En plus, il n'aimait pas l'actionnaire principal de sa société.

— Charles Bell ?

— Oui. Le père de Charles Bell, Austin Bell, était le genre de Texan qui n'inspirait à mon père que du mépris : un super-patriote bravache, membre d'organisations d'extrême droite comme la John Birch Society. Mon père l'a rencontré deux fois. Il le détestait au plus haut point. Apparemment Austin Bell avait mis de l'argent dans l'entraînement et l'équipement des Cubains qui ont débarqué dans la baie des Cochons. Un de ses derniers exploits, qui a achevé de braquer mon père, fut de contribuer amplement au fonds de défense d'Olliver North, sous prétexte qu'il voyait en North un des derniers grands patriotes américains. Mon père éprouvait une véritable aversion pour Austin Bell. Et son fils ne lui inspirait guère plus d'indulgence.

— Charles Bell a été impliqué dans ces trucs-là ?

Jessica O'Neil nia d'un mouvement de tête.
— Pas à ma connaissance. Ni à celle de Paul, je peux vous l'assurer.
— Oh, la politique...
— Cela allait bien au-delà, l'interrompit-elle. On dit dans les milieux financiers de New York qu'Austin Bell commanditait certaines affaires dont la morale d'un Texan s'accommode, mais qu'un banquier de Wall Street repousserait tout de suite.
— Veuillez être plus précise, m'dame.
— Selon mon père — j'ignore ses sources — Austin Bell avait investi dans le Riviera Hotel de Meyer Lansky, à La Havane. Si c'est exact, il a perdu un joli magot quand le gouvernement de Castro a confisqué l'établissement sans la moindre compensation.
— Lansky est mort...
— En 1983. Et Austin Bell en 1989. Mon père pense que toute la fortune de Charles Bell est constituée d'argent sale, y compris les sommes placées dans la société de Paul Drury.
— Une étrange association, non? demanda Columbo. Que des politiciens d'extrême droite mêlent leurs intérêts à ceux d'un homme comme Meyer Lansky...
— Pas si étrange, quand on y pense. Austin Bell méprisait le régime de Castro sur le plan idéologique, mais la perte du Riviera Hotel a éveillé en lui une véritable haine.
— Logique.
— J'ai transmis à Paul les informations de mon père. Enfin, une partie. Il s'est contenté de hausser les épaules. « De l'argent, c'est de l'argent, disait-il, peu importe la provenance des fonds pourvu qu'ils alimentent les Paul Drury Productions. »
— M. Drury vous faisait-il des confidences, m'dame?
— Il se révélait très bavard sur l'oreiller. Particulièrement quand il croyait pouvoir m'impressionner. Notez, il savait que j'avais de l'argent. Il savait aussi le peu d'estime que mon père lui portait. Il me racontait ce qui

était susceptible de le valoriser. Il m'a prétendu qu'il allait résoudre l'énigme de l'assassinat de Kennedy. Trente ans après l'événement il animerait la plus fantastique émission de sa carrière et révélerait qui a effectivement tué le président Kennedy.

— Comment s'en croyait-il capable?

— Il assurait posséder dans la mémoire de ses ordinateurs la plus extraordinaire somme d'informations recueillie sur l'assassinat. Et il devait encore la compléter. Son matériel lui permettait de confronter un à un tous les éléments disponibles, de les comparer et les recomparer... jusqu'à ce qu'il aboutisse à un dossier livrant le nom du véritable assassin de Kennedy.

— Vous en avez parlé à votre père?

— Oui. Il a traité Paul de dingue, de maniaque égocentrique.

— Et à votre avis, mademoiselle O'Neil?

— Je suis plus versée dans l'informatique que mon père. Normal, question de génération. Je ne crois pas inconcevable que Paul ait été sur le chemin de constituer un tel dossier, à force de comparer et recomparer, comme il disait.

— Eh bien, il nous faut oublier tout ce à quoi il aurait pu aboutir, rétorqua Columbo. Les renseignements accumulés par ses ordinateurs ont été effacés. Définitivement. Impossible de les reconstituer. Il n'en reste plus aucune trace.

— Je l'ai lu dans les journaux.

— Si des gens tremblaient pour leur peau, ils doivent respirer un bon coup.

— Pas nécessairement, objecta Jessica O'Neil.

— Pas nécessairement...?

— Il leur reste à trouver les photos, précisa-t-elle.

— De quoi vous voulez parler?

— Il possédait des photos. Il ne les avait pas introduites dans ses ordinateurs. Je ne comprends pas exactement la technique, mais quand on enregistre des images, et non pas des mots, cela met en jeu des éléments appelés pixels. Je crois qu'il s'agit de points, vous savez, comme pour reproduire un cliché sur un journal. Chacun de ces pixels mobilise un peu de la mémoire de l'ordinateur, et le total en accapare une si grande partie qu'entrer beaucoup de photos ne se révèle pas très commode, du moins en l'état actuel de la technologie. Bref, ses photos ne se trouvaient pas sur les disques.

— Alors, où ?

— Commencez par me poser une autre question. Demandez-moi d'abord comment je suis au courant.

— Oui. Comment ?

— Sachant que je doutais de sa capacité de résoudre le mystère de l'assassinat et que mon père le tenait pour un imbécile, un soir il m'a montré deux photos prises sur Dealey Plaza. « Tu vois cet homme ? m'a-t-il dit. Tu vois ce type qui tient un fusil ? Eh bien, il peut avoir tué Kennedy. » On distinguait sans ambiguïté un homme avec un fusil, debout contre un arbre. Restait à démontrer que c'était lui qui avait tiré sur le Président, plutôt qu'Oswald depuis le dépôt des livres scolaires. N'empêche qu'il y avait bel et bien un homme avec un fusil, debout contre un arbre, avec un compère à côté de lui, qui semblait guetter à sa place. Depuis ce temps-là, j'ai regardé les clichés publiés. Ces deux hommes devaient se tenir sur ce qu'on appelle la butte gazonnée.

— Alors où sont les photos ? répéta Columbo.

— Chez lui, je suppose. Dans un coffre. Ou dans un coffre de son bureau. Ou dans celui d'une banque. Ou bien à l'intérieur d'une boîte enterrée dans son jardin.

— Vous insinuez qu'un renseignement en rapport avec l'assassinat de Kennedy pourrait constituer le mobile du meurtre de Paul Drury, trente ans plus tard ?

— Réfléchissez à cet aspect du problème, lieutenant : l'assassinat a donné naissance à une industrie qui brasse des millions et des millions de dollars. Des livres. Des films. Des séries télé. Supposez que Paul ait possédé une preuve formelle de l'identité de l'assassin. La poule aux œufs d'or serait devenue stérile. Personne ne veut plus savoir qui a tué Kennedy. La clef de l'énigme anéantirait toute une industrie.

— Ces photos qu'il vous a montrées, vous a-t-il dit d'où il les tenait ?

— Il abordait le sujet au moins une fois par mois dans son magazine. A sa façon, il exploitait aussi la situation, elle l'aidait à accroître indéfiniment sa notoriété. On lui envoyait des lettres, des revues, des coupures de presse... et des photos. Plein de gens pensent que les vedettes de la télévision constituent un tribunal de dernier ressort. D'après eux, convaincre un présentateur qu'une chose est vraie revient à établir officiellement sa véracité. C'était cela, l'émission de Paul. Recueillir des indices et fabriquer des preuves. Une partie de sa fameuse recette consistait à exposer des preuves truquées. Vous avez déjà regardé son magazine, lieutenant ?

— Franchement, m'dame, jamais de mon propre chef. Ma femme l'aimait beaucoup, surtout les soirs où M. Drury parlait de Kennedy. Alors je l'ai suivi quelquefois. Mais en gros ce genre d'émission n'est pas vraiment de mon goût. Bon, je vous remercie de m'avoir consacré tout ce temps. Je ne vous retiendrai pas davantage.

2

— Oui, monsieur l'attorney, oui. Je ne voudrais pas abuser de votre temps, mais vous pourriez me donner un coup de main dans l'enquête sur le meurtre de Drury.

Columbo téléphonait à Jonathan Lugar, l'adjoint du district attorney.

— Il est possible... j'en suis pas certain, mais il est possible que M. Drury ait eu un coffre dans une banque. Le problème, c'est que nous ne savons pas dans quelle banque. Ce genre de renseignement, vos services arrivent à le dénicher plus vite que la police. Ça nous aiderait à épingler l'assassin de M. Drury. Oui. Oh, je vous remercie beaucoup de votre collaboration.

3

Peu avant 17 h, Columbo trouva Martha Zimmer en train de suer à grosses gouttes.

— Heureusement que je n'ai pas mon petit à garder. Quelle est la suite de mon emploi du temps ?

Le lieutenant lui répondit avec un sourire complice.

— Dois-je m'excuser de vous accorder une confiance plus grande qu'aux autres inspecteurs ?

— Columbo...

— C'est pourtant le cas, Martha. Z'avez découvert quelque chose ?

Ils se tenaient tous deux face à face, au milieu du salon de Paul Drury, dans la maison d'Hollyridge Drive. Martha dirigeait une équipe d'agents en uniforme chargés de déceler un éventuel coffre-fort caché dans la propriété. Deux des policiers se servaient de détecteurs à métaux.

Elle fit la moue.

— On vide la piscine et on défonce le carrelage pour voir si elle a un double fond ?

— Non, pas la peine d'aller si loin. D'ailleurs il est inutile que vous restiez plus longtemps. Je veux qu'on boucle cette maison et qu'on branche le système d'alarme. Dites au poste du secteur d'envoyer une voiture deux fois par heure tout au long de la nuit, à intervalles irréguliers. Il faut que je fonce à La Cienega. Des gens m'attendent.

4

— Vous avancez bien, lieutenant ? demanda Alicia Graham Drury. Les journaux annoncent que vous tenez des pistes.

Elle venait de rencontrer Columbo dans le hall d'accueil qui précédait le bureau de Paul Drury. Le lieutenant avait trouvé le local fermé, les portes verrouillées, mais il avait frappé avec insistance jusqu'à ce qu'on vienne lui ouvrir. Quelques cartons d'emballage jonchaient le sol. Le personnel de la société commençait déjà à déménager le bureau.

— Oui, oui, quelques pistes, m'dame. La plupart d'entre elles déboucheront sans doute sur rien, mais c'est le seul moyen de résoudre ce genre d'énigme : fouiller toutes les pistes.

— Vous suggèrent-elles l'identité du coupable ?

Le bras droit de Columbo décrivit une courbe indécise.

— Plus ou moins.

Alicia portait un blue-jean délavé et un chemisier de coton bleu. Hier elle semblait éplorée, mais son deuil avait duré moins de vingt-quatre heures. Elle fumait une cigarette. Par nervosité ou bien par impatience, elle agita soudain la main et envoya la cendre par terre.

— Je suppose que vous n'êtes pas encore prêt à me livrer vos hypothèses.

— Oh non, m'dame. Non. Je n'ai pas de quoi formuler une inculpation. C'est trop tôt.

— Alors bonne chance, lieutenant. Autre chose à votre service ?

— Non, m'dame. Je n'étais pas venu pour vous voir, je m'en voudrais de vous déranger plus que nécessaire.

— Bon... Vous pouvez utiliser à nouveau le bureau de Paul. En cas de besoin, faites-moi appeler, je vous rejoins aussitôt.

Elle ouvrit la double porte du bureau de Drury. Columbo resta sur le seuil, toujours aussi impressionné par le somptueux ameublement.

— Oh, madame Drury...

Il pivota pour héler son interlocutrice avant qu'elle ne quitte le hall.

— ... Madame Drury, il y a autre chose, si. Rien d'important. Une question de routine. Sauriez-vous par hasard si M. Drury possédait un coffre-fort ?

— J'aimerais bien le savoir. Nous ne trouvons pas son testament. J'ai appelé McCrory, il l'ignore aussi. Et il s'étonne de ne pas avoir de testament. Vous pensez que Paul aurait enfermé des documents dans un coffre ?

— Aucune idée. Mais ça fait partie de la routine. Vous savez, la routine tient une grande place dans mon travail.

Alicia hocha la tête et disparut de la réception. Cette fois Columbo pénétra dans le bureau et s'assit. Une séduisante rousse à la poitrine généreuse lui rendit visite peu après. La secrétaire de Drury. Elle portait un chemisier blanc et une jupe noire.

— Vous êtes mademoiselle Whistler, je crois ? lui demanda le lieutenant.

Elle acquiesça.

— Quelques questions de routine, mademoiselle Whistler. J'aimerais que vous les considériez comme confidentielles, de même que les réponses que vous voudrez bien m'apporter. Premièrement, M. Drury avait-il un coffre dans ce bureau ?

— Non, fit-elle en secouant la tête avec assurance.

— Aucun meuble apte à protéger certaines choses des regards indiscrets ?

— Non, monsieur.

— Tous les renseignements qu'il gardait secrets se trouvaient sur les disques de ses deux ordinateurs ?

— Autant que je sache, lieutenant. Il fallait connaître le mot de passe pour y accéder.

— Qui d'autre que M. Drury le connaissait ?

— Très peu de monde. Seuls des gens susceptibles d'effectuer des recherches...
— Quand les disques ont été effacés, tout a été perdu ?
— Oui. M. Drury répétait qu'on pouvait fracturer ses portes et s'attaquer à des dossiers papier. Autrement dit, on risquait de les lui voler, d'en mettre d'autres à leur place, ou même de verser de l'essence dessus et de les faire entièrement flamber avant l'arrivée du premier pompier. Il jugeait un fichier d'ordinateur plus sûr qu'un classeur. Il savait pourtant qu'un moyen de protection absolu n'existait pas, qu'aucun système d'archivage n'écartait tout risque de falsification ou de destruction.
— Et pour les photographies ?
— J'ignore où il les rangeait. Il en avait. Nous avons fouillé tous les meubles, les photos n'y étaient pas.
— Ce qui signifie qu'il conservait certaines archives hors de ce bureau.
— Chez lui, je suppose, ajouta la secrétaire. Je comprends que la police y ait apposé les scellés. Quand nous y entrerons, nous les trouverons.
— Probablement. Bon, mademoiselle Whistler, je vais vous demander d'écouter une bande.

Columbo plongea la main dans une des poches de son imperméable. Il en extirpa un petit lecteur de cassettes emprunté aux services techniques de la police pour relire l'enregistrement laissé sur le répondeur de McCrory. Il leva son index puis appuya sur la touche *play*.

— *Salut. C'est Paul. Faut absolument que tu m'appelles à la prem' du mat', s'il te plaît. C'est important.*

Sous l'émotion, le visage de Leslie Whistler devint écarlate.

— Est-ce sa voix, mademoiselle Whistler ?
— Oui. Absolument.
— Tout vous paraît normal ? Ça ressemble à quelque chose qu'il aurait pu dire ?
— Lieutenant, cette phrase, je ne l'ai pas entendue une fois, je l'ai entendue cinquante fois. En arrivant au bureau, je trouvais souvent ce message sur mon répon-

deur. Quand il comptait rester travailler chez lui le lendemain matin, il m'en informait de cette manière-là. Ou bien si une idée lui venait dans le courant de la nuit, et s'il voulait que je la transcrive dès le début de la matinée. C'était bien sa formule : « Appelle-moi à la prem' du mat'. » Ça fait bizarre !

— Vous ne remarquez rien qui cloche ?

Elle fit non de la tête.

— Vous pouvez la repasser ? Je...

— *Salut. C'est Paul. Faut absolument que tu m'appelles à la prem' du mat', s'il te plaît. C'est important.*

La secrétaire soupira.

— C'est exactement ça. Ces mots, je les ai peut-être entendus une fois par semaine.

— « Faut absolument que tu m'appelles à la prem' du mat' »... Un peu une formule rituelle, chez lui ?

— Un peu.

— Mais il ne disait rien d'autre ? Il ne spécifiait pas en quoi ça revêtait de l'importance ?

— Parfois, précisa Leslie Whistler, il ajoutait quelque chose dans le genre : « Je veux envoyer une lettre à Humphries. » Le matin je lui demandais : « Qu'est-ce que vous voulez écrire à Humphries ? » Ça lui rafraîchissait la mémoire et il me dictait la lettre, ou bien il m'en traçait les grandes lignes pour que je la rédige moi-même.

— Et vous trouvez sa voix normale ? Sur la bande, je veux dire. Sa voix vous semble normale ?

— Oui.

— Très bien, mademoiselle Whistler. Je vous prie de considérer notre conversation comme strictement confidentielle. D'accord ?

— Bien sûr, si vous le désirez.

Cet après-midi, la dernière entrevue de Columbo au bureau de Drury était prévue avec Geraldo Anselmo, l'informaticien qui avait diagnostiqué la veille l'effacement des disques des deux ordinateurs. Ce jeune homme d'allure sombre paraissait terrorisé.

— Je voudrais m'assurer que je comprends bien le phénomène, monsieur Anselmo. Vous disiez pouvoir retrouver une information effacée...

— Oui. Quand vous commandez l'effacement d'un fichier, d'un ensemble de données, en réalité l'ordinateur ne l'efface pas. Il l'élimine du répertoire, le rend impossible à rappeler, et l'espace qu'il occupe devient disponible pour de nouvelles informations lorsque l'ordinateur a besoin de place. Mais en attendant les données existent toujours, et certains programmes les font ressortir. Si jeudi matin j'avais trouvé les disques simplement effacés de cette façon, j'aurais récupéré presque tout. Malheureusement dans le cas présent on a effectué un nettoyage intégral des disques. Ils sont redevenus totalement vierges.

— Comment a-t-on provoqué ça, monsieur Anselmo ?

— Il y a trois moyens. Premièrement, s'asseoir tout simplement au bureau de M. Drury pour réaliser l'opération. Deuxièmement, la commander depuis un bureau voisin, le réseau connecte les ordinateurs à des terminaux situés dans d'autres pièces. Tous les collaborateurs de M. Drury n'accédaient pas aux informations, vu que des mots de passe les protégeaient, mais une demi-douzaine d'entre eux en connaissaient certains. Troisièmement, glisser un virus dans les ordinateurs. Ils étaient reliés au téléphone pour recevoir des données provenant de l'extérieur, on a donc pu l'introduire de cette manière.

— Parlez-moi un peu de ce virus..., demanda Columbo.

— Un code d'instruction prohibé, caché sur l'un des disques. Soit destiné à s'activer spontanément le 3 juin 1993, soit conçu de telle sorte qu'il attende un signal donné par téléphone. Dans les deux cas, le virus se serait activé au cours de la nuit et aurait procédé au nettoyage des disques. Agir ainsi revient à provoquer une sorte d'autonettoyage, qui empêche d'avoir la moindre idée de la nature du virus.

— Cette manœuvre doit nécessiter l'intervention d'un technicien de haut niveau ?

— Pas tellement. Un ignare en informatique n'y arriverait pas, mais c'est à la portée de milliers de personnes.

— Un maniaque de la manipulation...

— Non. Celui qui l'a effectuée avait une raison précise d'intervenir.

— Il n'existe pas de protections ?

— Si, monsieur. De deux sortes. La première consiste à envoyer régulièrement un programme antivirus. Nous en possédons plusieurs, que j'ai encore introduits samedi dernier. Il est concevable qu'un virus très performant passe à travers les programmes, mais les nôtres ont assuré que le matériel était propre. La deuxième méthode est de tout sauvegarder, soit sur bande soit sur disquettes. Hélas ! M. Drury a négligé cette précaution, de peur de laisser traîner des informations qu'il gardait pour lui-même. Il m'avait demandé de mettre les postes de travail des autres bureaux hors d'état d'effectuer des copies. Les gens pouvaient lire les fichiers sur les terminaux mais pas les copier.

— Il a pris un gros risque, on dirait ?

— Hélas ! oui.

5

Après le dîner, Mme Columbo resta pendue au téléphone pendant une durée que son mari jugea interminable. Elle parlait avec leur fille installée à San Diego. Le lieutenant fit monter Dog dans la Peugeot et se dirigea vers Blocker Beach. Une fois sur la route surplombant la plage, il le promena en laisse. L'animal s'ébattit joyeusement, tandis que son maître regardait les hordes d'enfants qui batifolaient sur le sable et dans l'eau.

IX

1

On enterra Paul Drury le samedi en fin de matinée. Son corps devait reposer dans un caveau à l'intérieur d'un mausolée. On avait annoncé que les funérailles, sans cérémonie religieuse, se dérouleraient dans l'intimité, mais tout le monde de la presse s'entassa dans la petite chapelle du cimetière avant de se frayer un chemin en direction du mausolée.

— Les connards ! murmura Charles Bell.

En plus de Bell, le cortège était conduit par :

— Alicia Graham Drury, ancienne femme du disparu, en robe de deuil, accrochée au bras de

— Tim Edmonds, producteur du magazine de télévision récemment défunt qui avait fait la fortune et la gloire du mort. Il portait un costume bleu nuit et lançait à intervalles réguliers des coups d'œil nerveux vers

— Marvin Goldschmidt, réalisateur, dont les paupières gonflées semblaient révéler une affliction sincère. Pour s'assurer lui-même autant que pour la soutenir, il donnait le bras à

— Karen Bergman, assistante de feu l'animateur, comme à son habitude en étroite jupe noire et chemisier blanc. Ses larmes résignées ne l'empêchaient pas de foudroyer de temps à autre du regard

— Bobby Angela, chanteuse *country*, toute de noir vêtue ; en pantalon de ski et pull en cachemire à manches courtes, ainsi que

— Jessica O'Neil, en tailleur de lin vert sombre, les yeux cachés par de larges lunettes de soleil.

La secrétaire rouquine suivait également, en pleurant sans retenue. Puis venait Bill McCrory, qui avait endossé pour une fois un complet digne de sa fonction d'avocat. Tout au long de la cérémonie il conserva la même allure douloureuse. Geraldo Anselmo, l'ingénieur informaticien, traînait à l'arrière du groupe en mettant apparemment en question le bien-fondé de sa présence.

La famille ne se manifesta pas. Le monde du journalisme se demandait s'il en existait une.

La foule concentrait tellement son attention sur les célébrités en train de défiler qu'elle ne remarqua pas le lieutenant Columbo, inspecteur à la brigade criminelle de la police de Los Angeles, en queue du cortège. Il portait un imperméable un peu court, tout froissé, et fumait un cigare.

— Nous avons de sérieux problèmes, il faut qu'on en parle, glissa Bell à Tim et Alicia à la sortie du mausolée. Hier j'ai fait un saut à Las Vegas pour en discuter avec Phil. Où est-ce que Columbo a eu son nom ? Phil n'apprécie pas du tout qu'un flic de la criminelle le relie à la mort de Paul.

— Qui a bien pu le lui souffler ? répondit Alicia. Aucun d'entre nous, nous le savons. Qui a-t-il vu d'autre ?

Bell accompagna sa réponse d'un regard latéral en direction de Bobby Angela et de Jessica O'Neil :

— Il a rencontré tout le monde. Ses anciennes petites amies...

— Qu'est-ce qu'elles savent ? reprit Alicia. Paul ne connaissait pas Phil. Qu'est-ce qu'il leur aurait dit de lui ?

— Je l'ignore, grogna Bell. Mais Columbo m'a demandé ce que m'évoquait le nom de Phil Sclafani. Ce n'était sûrement pas pour le plaisir de meubler la conversation.

Alicia enchaîna sans sourire :

— Si tu revois Phil, dis-lui de ne pas s'affoler. Dans la mesure où ni toi ni moi n'avons mentionné son existence auprès de Columbo, et je me porte garante de toi autant que de moi, ce flic ne sait rien de lui, il s'est amusé à lancer n'importe quel nom. Toutefois je t'ai prévenu, il n'est pas aussi bête qu'il en a l'air.

— Non, répliqua Tim, il l'est encore plus.

Bell intervint :

— Les circonstances le bousculent. Ses supérieurs le harcèlent. Paul a été tué merecredi soir, nous sommes samedi, et la police ne débouche toujours sur rien. Vu la notoriété de Paul, l'opinion publique a hâte de connaître le coupable.

— Les journalistes ont hâte de le connaître, précisa Alicia, il y a une nuance.

— La pression qui s'exerce sur Columbo, enchaîna Tim, est peut-être encore pire. Je vous assure, il glane tout ce qui se présente à sa portée.

— Il s'approche un peu trop de notre jardin.

— Tiens, quand on parle du...

Resté à l'arrière du cortège par discrétion, le lieutenant se contenta d'adresser un signe de tête aux trois proches du défunt quand leurs regards se croisèrent. Bell laissa Alicia et Tim pour se diriger vers lui.

— Lieutenant ! Nous n'avons toujours pas mis sur pied notre dîner avec Mme Columbo.

— En effet, monsieur, c'est vrai. Mais je lui en ai parlé et elle l'attend avec impatience. Dites, j'espère que ça ne fait pas irrévérencieux de fumer le cigare ici. Je n'y ai pas pensé. Un enterrement... mais vous comprenez sans doute ce qui se passe dans ma tête. Je suis tellement préoccupé par mes pensées que je... enfin, c'est mon problème. Quelle triste circonstance !

— Je vous remercie d'être venu.

— Oh ! on ne sait jamais ce qu'on va trouver à un

enterrement. J'essaie de rester à l'écart, je regarde de loin, parfois on assiste à des trucs qui vous disent quelque chose. Il y a des comportements révélateurs dans ce genre d'occasion.

— Vous avez remarqué des détails intéressants aujourd'hui, lieutenant ?

— Non, monsieur. Dommage qu'aucun membre de la famille ne soit présent, hein ? Enfin... au moins ça nous évite de voir des gens trop accablés par le chagrin.

— Je déjeune avec Tim et Alicia, lieutenant Columbo. Ne voulez-vous pas vous joindre à nous ?

— Oh! je vous ai déjà assez ennuyés, tous les trois.

— Nous serions ravis de votre présence à notre table, assura Bell.

— En ce cas...

— Montez dans ma voiture, je vous ramènerai pour que vous repreniez la vôtre.

— Oh! impossible, monsieur. Une voiture comme la mienne, on ne la laisse pas n'importe où. Je peux vous retrouver quelque part.

— D'accord. Vous savez où se trouve le Bel Air Country Club ?

— Oui, monsieur.

— Dès que vous voudrez, lieutenant.

2

— Je ne vois pas pourquoi tu t'es senti obligé de l'inviter, fit remarquer Alicia.

Ils venaient de s'asseoir dans le salon, près de la grande baie vitrée qui offrait une vue splendide sur le premier *tee*.

— Si tu te crois capable de mener ce type en bateau, continua-t-elle, tu te trompes.

Le regard de Bell erra dans la vaste salle que Tim traversait au retour des toilettes.

— Nous avions peur que Tim perde son sang-froid. Tu ne serais pas en train de perdre le tien?

— Je risque gros, Charles.

— Je te l'ai dit cent fois, garde ton calme. C'est la seule chose qui pourrait nous foutre en l'air. Tant que Columbo ne trouve pas le mobile, et il n'est pas près de le trouver, nous ne serons pas son point de mire.

— Il nous a pourtant déjà dans le collimateur.

— Supposons. Il n'a aucune chance de prouver quoi que ce soit.

Tim s'assit.

— Le flic arrive. Je l'ai vu parler avec le gardien du parking.

— Il lui demandait sans doute de bichonner sa voiture!

— Je la lui achèterais bien s'il la vendait. Cette vieille Peugeot est un objet de collection.

En passant devant le vestiaire, Columbo refusa d'y laisser son imperméable. Il parvint enfin à la table occupée par Alicia, Bell et Tim, et s'assit.

— Charles nous disait que votre voiture était un objet de collection, lui lança Alicia en l'accueillant.

— Oh! je l'ignore, m'dame. Tout ce que je sais, c'est qu'elle va sur ses deux cent cinquante mille kilomètres, et que peu d'autos atteignent ce kilométrage. Evidemment, j'en prends bien soin...

— Vous ne laissez pas votre imperméable au vestiaire? lui demanda Tim.

— Bonne idée. Mais j'ai quelque chose dans ma poche que je veux vous montrer.

Il sortit son petit lecteur de cassettes et pressa le bouton *play*.

« *Salut, c'est Paul. Faut absolument que tu m'appelles à la prem' du mat', s'il te plaît. C'est important.* »

Les clients des tables voisines se retournèrent en écarquillant les yeux. Ils ne comprenaient pas pourquoi parvenait à leurs oreilles un bout d'enregistrement apparemment issu d'un répondeur téléphonique. Certains reconnurent Charles Bell et identifièrent deux de ses invités. Mais ils se demandèrent d'où sortait l'étrange petit homme au magnétophone.

— La cassette de McCrory..., commenta Alicia.

— L'un de vous remarque-t-il quelque chose de bizarre là-dedans ? demanda Columbo. La voix ? Les mots ?

Tim répondit en premier.

— C'était Paul. Sa façon de parler, sa façon de travailler. Il nous laissait souvent des messages de ce genre. Comment avez-vous eu celui-ci ?

— Par son avocat.

— Cette cassette a de l'importance ? demanda Bell.

— Peut-être. Peut-être. Vous voyez, le répondeur de maître McCrory a noté la réception de ce message à 23 h 47, mais le médecin légiste assure que M. Drury n'était plus en vie après 23 h 15, 23 h 20 à la limite.

— Les médecins légistes parviennent à établir l'heure d'un décès avec autant de rigueur ? s'étonna Bell.

— M. Drury venait de dîner. L'état de la nourriture dans son estomac, autrement dit le degré d'avancement de la digestion, permet de la déterminer précisément. Il a fini de manger à 22 h 45, Mlle Bergman s'en souvient très bien. M. Jiminez, le patron de La Felicità, en est également certain. Il y a donc une contradiction surprenante entre ce que dit le répondeur et ce que dit l'autopsie. Enfin, moi, elle me surprend. Ça m'a empêché de dormir toute la nuit dernière : comment expliquer un tel désaccord entre l'enregistrement et l'autopsie ?

— Une autopsie ! s'exclama Alicia en frémissant. Son corps a subi...

— Oui, m'dame. Un examen très poussé. Comme toujours en cas d'assassinat.

— Si je comprends, lieutenant, demanda Tim Edmonds, au bout de trois jours on ne connaît toujours pas l'heure exacte du meurtre ?

— Oh si, monsieur, nous la connaissons. Entre 23 h et 23 h 20.

Cette conclusion sembla étonner Alicia. Elle demanda :

— Mais alors... pour la cassette ?

— Je ne crois pas qu'elle constitue une preuve fiable, m'dame. Il existe de nombreux moyens de falsifier un enregistrement.

— 23 h 15..., murmura Tim.

— C'est cela, confirma Columbo.

Il fouilla à nouveau dans sa poche pour en extraire un petit carnet à spirale.

— A cette heure-là..., reprit-il, attendez que je regarde... A cette heure-là vous étiez avec Mme Drury à Blocker Beach.

— Pourquoi? Tim et moi sommes-nous passés en tête de la liste des suspects? s'enquit Alicia.

— Oh non, m'dame. Evidemment, avec l'habitude de mon travail, j'oublie souvent que mes phrases risquent d'effrayer les gens. Non, m'dame, on ne vous souppçonne pas plus qu'avant. Comme je vous l'ai expliqué, il y a de nombreux suspects.

— J'aimerais ajouter...

Bell fut interrompu par la serveuse, venue s'enquérir de l'apéritif à servir à son nouveau client. Columbo commanda un scotch.

— Vous aimez le Glenfiddich, lieutenant? demanda Bell.

— Je ne suis pas sûr d'en avoir déjà bu, monsieur.

— Alors un Glenfiddich avec des glaçons, précisa Bell à la serveuse. Un double, puisqu'il a une tournée de retard. Nous trois, nous reprenons la même chose que la première fois. Lieutenant Columbo, j'aimerais ajouter un suspect à votre liste, si je peux me permettre.

— Toujours heureux d'y inscrire des noms supplémentaires, monsieur.

— Vraiment? Je m'étonne que vous n'ayez pas davantage orienté vos recherches vers les gens qui menaçaient Paul.

— Tout simplement parce que le meurtrier connaissait assez bien les habitudes de sa victime et possédait une carte magnétique lui livrant accès à la maison. Cela élimine l'hypothèse d'un étranger.

— Laissez-moi vous parler d'une personne susceptible d'avoir eu une carte. Le nom de Virgil Menninger vous dit-il quelque chose ?

— Non, monsieur. Jamais entendu parler.

— Virgil Menninger, expliqua Bell, est le père de Barbara Menninger, plus connue sous le pseudonyme de Bobby Angela. Lors d'une émission de Paul Drury, l'année dernière, elle a accusé son père d'avoir abusé d'elle quand elle était enfant. En un mot, elle l'a accusé d'inceste. Ça l'a rendu furieux. Il a téléphoné à Paul et l'a menacé de le tuer, ainsi que sa fille. Il a rappelé plusieurs fois depuis, lors de crises d'ébriété. Il a pu obtenir une carte. Ce n'est pas certain, mais c'est possible.

— Comment ?

— Paul en confiait à ses petites amies, commenta Alicia. Karen Bergman en avait sans doute une, bien que je ne l'aie jamais vue. Jessica O'Neil aussi. De même pour Bobby Angela, probablement. Son père ne l'aurait-il pas utilisée ?

— Quel métier il fait, cet homme ? Et où peut-on le trouver ?

— Il travaille dans les casinos de Las Vegas, répondit Tim. Il est guitariste et a toujours eu l'ambition de devenir chanteur *country*. Plusieurs casinos l'ont embauché comme croupier. Il a parfois eu des ennuis, il s'est retrouvé derrière les barreaux.

— Je le chercherai au Fichier. « Virgil... » Quelqu'un peut me prêter de quoi écrire ?

Bell changea momentanément de conversation :

— Quelque chose vous tente particulièrement sur ce menu, lieutenant ?

— Qu'est-ce que vous me recommandez, monsieur ?

— La salade de fruits de mer est excellente.

— Ah, très bien ! Ce sera parfait.

Quand la serveuse revint avec les apéritifs, Bell lui passa la commande. Puis il questionna Columbo sur son passé à New York.

— Je suis un enfant de Manhattan, pas loin de

Chinatown. Une famille banale. Très banale. Nombreuse, cinq frères et une sœur. J'étais un gosse tout ce qu'il y a d'ordinaire. Je n'exagérerai pas en vous disant que mes deux seules passions à l'époque étaient le flipper et la piscine. Quand j'ai commencé à sortir avec celle qui allait devenir ma femme, elle m'a dit que si je voulais l'épouser il faudrait que je fasse quelque chose de plus sérieux. Après mon service militaire j'ai passé l'examen d'entrée à la police de New York et on m'a accepté. Douzième secteur. Un brave vieux sergent irlandais m'a pris en sympathie et m'a mis dans le coup. Mon premier séjour à Los Angeles, c'était sur l'invitation d'un oncle. Il adorait jouer de la cornemuse. Il m'a convaincu de rester. J'ai posé ma candidature à la police de Los Angeles, et me voilà. Je n'en ai pas bougé depuis. Je crois être ce qu'on appelle un homme heureux. Peu de gens bossent dans un métier qu'ils aiment.

Alicia raconta que sa propre enfance ne différait pas beaucoup de celle de Columbo. Née au sud-est de New York, dans un quartier d'immigrés, elle avait également grandi au sein d'une famille nombreuse, d'origine grecque. Ses parents, ses deux sœurs et son frère vivaient avec deux de ses grands-parents et un oncle. Serveuse à la cantine du lycée municipal de New York, elle avait arrondi ses fins de mois en posant comme modèle pour les classes de dessin. Puis elle s'était inscrite à l'université, section production de télévision. Peu après l'obtention de son diplôme elle avait épousé Graham et divorcé deux ans plus tard. Elle était alors venue en Californie.

Elevés tous deux dans leur Etat d'origine, Tim était aussi californien que Bell était texan. L'héritage dont ils avaient bénéficié l'un et l'autre constituait leur second point commun.

— Alicia ne connaît pas l'Europe, expliqua Tim. Je l'y emmènerai pour notre voyage de noces.

— Oh! vous allez vous marier? demanda Columbo. Très bien! Félicitations.

Alicia acheva son plat. Elle posa sa fourchette pour préciser :

— Nous ne l'avons pas encore annoncé officiellement. Notre entourage le sait, mais je vous prie de respecter la confidentialité de cette information, lieutenant.

— Le secret est en de bonnes mains, m'dame.

Les yeux rivés sur Columbo, elle se passa longuement la langue sur les gencives, puis alluma une cigarette.

— Columbo, vous êtes un phénomène ! Churchill disait que beaucoup de gens modestes avaient raison de l'être, mais vous, vous avez bien tort. Je plains les criminels qui se trouvent sur votre route.

— Vous savez, m'dame, je me contente de faire mon travail le plus soigneusement possible.

— Ne négligez pas Karen Bergman, lieutenant. Quand nous découvrirons le testament de Paul, il ne m'étonnerait pas de constater qu'il lui a légué une jolie somme. La dernière femme avec laquelle il vivait était toujours celle qui éprouvait le moins d'affection pour lui.

— Je garderai cela à l'esprit. C'est une remarque intéressante. Euh... je crois qu'il est temps que je parte. Et puis vous avez sûrement un tas de points à régler entre vous. S'il vous plaît, euh... je tiens à payer quelque chose, je m'en voudrais de me laisser inviter.

— Pas question, lieutenant, intervint Bell. Le travail que vous accomplissez mérite notre reconnaissance. Vous voir à pied d'œuvre un samedi ! C'est très généreux de votre part.

— Oh ! de rien. C'est moi qui vous remercie.

Il recula sa chaise et se leva.

— Sapristi, je n'ai toujours pas mis mon imper au vestiaire ! Enfin... merci encore.

— Bonne chance, lieutenant ! conclut Tim. Nous espérons apprendre bientôt de votre bouche que vous avez résolu l'affaire.

— Je l'espère aussi, monsieur.

Columbo se dégagea en enfouissant dans une de ses poches son petit lecteur de cassettes.

— Oh..., ajouta-t-il au moment de se détourner, juste une petite minute. Il y a un détail qui me tarabuste. Rien d'important, vous allez voir, mais... c'est comme quand on a un bout de pop-corn coincé entre les dents et qu'on n'arrive pas à s'en débarrasser. Vous comprenez ?

Tim remarqua que Columbo se tournait ostensiblement dans sa direction. Il se sentit obligé de demander une précision.

— De quoi s'agit-il, lieutenant ?

— Eh bien... Mme Drury et vous êtes allés à Blocker Beach et y êtes restés pendant... combien ? une heure, c'est cela ? Vous avez choisi cet endroit parce que vous cherchiez de l'intimité ? Monsieur, ce n'est pas évident de trouver de l'intimité là-bas. La plage ferme théoriquement au coucher du soleil, mais en réalité plein de gosses continuent à y jouer, sur le sable et dans l'eau. Quand je repense à votre déclaration, elle m'étonne. Ce genre de petite anomalie devient obsédant tant qu'on ne parvient pas à comprendre.

— Nulle part on ne se sent plus seuls que dans des endroits comme celui-ci, lieutenant. Précisément parce que des centaines de voitures contiennent des centaines de personnes dans la même situation que vous, si vous voyez ce que je veux dire.

— Oh oui ! je vois très bien. Evidemment. N'empêche que Mme Drury et vous possédez de confortables maisons dont l'intimité est encore plus incontestable.

— N'avez-vous jamais entendu parler du romantisme qui se dégage de certains lieux ? intervint Alicia. Un de ces soirs, essayez d'emmener Mme Columbo là-bas. Vous verrez que c'est du meilleur effet pour un couple.

Columbo hocha la tête en souriant pudiquement.

— Merci du conseil, m'dame. Oui, je vous crois volontiers. Merci beaucoup.

3

Columbo, n'ayant pas le téléphone dans sa voiture, s'arrêta à la réception du club et demanda un jeton. L'hôtesse le regarda de la tête aux pieds avant de lui répondre :

— Nos clients disposent librement du téléphone, monsieur. La cabine numéro 3 est inoccupée. Je vous en prie, utilisez-la à votre gré.

Une fois à l'intérieur du petit réduit, le lieutenant referma soigneusement la porte. Il composa le numéro de la direction générale. Quand la standardiste lui répondit, il demanda le Fichier.

— Le Fichier, j'écoute.

— Lieutenant Columbo, brigade criminelle. Vous voulez bien me chercher un nom ? Virgil Menninger. Avec trois « n ».

— Attendez, lieutenant.

Tandis qu'il écoutait distraitement l'employé tapoter sur son clavier d'ordinateur, Columbo laissa errer son regard à travers la porte vitrée de la cabine. Ses yeux tombèrent enfin sur un cendrier posé à côté du téléphone, et contenant une boîte d'allumettes imprimée au nom du club. Il s'alluma un cigare.

— Lieutenant ?

— Oui...

— Menninger, Virgil C. Je vous lis le tout ? Né en 1950 à Texarkana, Texas. Euh... A vécu au Texas et en Oklahoma. Vol et fraude sur les jeux. Détention préventive à Los Angeles, San Diego et San Clemente. Aucune condamnation, faute de preuves. Une inculpation pour vol de voiture, deux pour fraude sur les jeux. Dernière résidence connue : Las Vegas. Demande de licence de croupier en novembre 1986. R.A.S. depuis. Licence toujours en cours. Dernier renouvellement en novembre 1992. Ça vous va ?

— Vous avez quelque chose sur sa fille ? Barbara Menninger.

— Attendez.

Columbo adressa un sourire à un homme qui le regardait à travers la porte sans savoir si celui-ci jetait un coup d'œil en simple curieux ou s'il avait besoin du téléphone.

— Lieutenant ?

— Oui ?

— Menninger, Barbara... Nom de Dieu ! Pseudo : Bobby Angela ! C'est la...

— Oui. La chanteuse.

— Née en 1973 à Waco, Texas. Arrêtée par la police de Los Angeles le 3 janvier 1992, pour ivresse et trouble de l'ordre public. Relâchée le 4 janvier, faute de plainte. Rien d'autre.

— Bon, merci. Ça me sera très utile.

Il composa un autre numéro, la ligne directe du capitaine Sczciegel.

— Vous m'accorderiez un voyage à Las Vegas, capitaine ? Hein ? Oui, vous savez, ça me ferait du bien d'aller voir quelques spectacles et de tenter ma chance au casino. Le meurtre Drury. Oui, c'est ça, le meurtre Drury. D'accord, compris. Bon, merci. J'attraperai un avion dès que j'aurai prévenu ma femme de mon départ.

X

1

Le Piping Rock Hotel étant bien trop onéreux pour qui voyageait aux frais de la police de Los Angeles, Columbo se réserva une chambre dans un modeste motel aux abords de Las Vegas. Sur les 7 h du soir, il prit dans la salle de restaurant un grand café noir et trois œufs durs. Cet en-cas parvint à le débarrasser du mal de l'air qui le tenaillait depuis son vol pourtant bref. Il se sentit enfin prêt à établir son premier contact à Las Vegas : une visite de courtoisie auprès de la police locale.

Le sergent chargé de l'accueil lui désigna le couloir et l'invita à frapper à la troisième porte sur la droite. Columbo entra dans le bureau du lieutenant Bud Murphy. Le jeune inspecteur au crâne luisant et aux sombres yeux en vrille était en manches de chemise. Son revolver de service pendait à son côté gauche.

— C'est vous qui vous occupez du meurtre de Drury, lieutenant ?

Murphy ne parvenait pas à masquer combien l'impressionnait la présence d'un collègue aussi célèbre.

— Vous savez ce que c'est, expliqua Columbo. Je me suis trouvé disponible à ce moment-là, voilà tout.

— Puis-je vous aider ?
— Oh oui ! Je cherche un gars. Virgil Menninger.
— Vous le suspectez ?
— Non. Il... comment dire... il me sert de couverture, en quelque sorte. Un prétexte pour venir à Las Vegas. Je compte lui poser quelques questions, mais je m'intéresse en réalité aux Sclafani.

Bud Murphy soupira profondément.

— Nous aussi ! De même que le FBI. Et la Commission des jeux. Nous n'avons rien trouvé à leur sujet. Malgré un quadrillage constant depuis vingt-cinq ans, nous ne sommes jamais parvenus à retenir la moindre preuve contre les Sclafani. Je ne me porterais sûrement pas garant de leur honnêteté, mais on n'a hélas ! aucun chef d'accusation contre eux.

— Est-ce que Menninger travaille à leur service ?
— Je vais vous dire ça tout de suite.

Murphy décrocha un des téléphones qui encombraient son bureau, composa un numéro et glissa quelques mots à son interlocuteur. Après quelques secondes il se tourna à nouveau vers Columbo.

— Ils l'avaient engagé au Piping Rock. Maintenant il est au Sands. Conduite irréprochable.
— Le Sands... Je dois vous avouer que je ne connais pas.
— J'y vais avec vous ?
— Pas tant qu'ils ignorent mon identité.
— Compris, lieutenant Columbo. Ecoutez, je suis ravi de vous connaître. J'assure le service de nuit aujourd'hui. Passez un coup de fil si vous avez besoin de moi.

2

Le Piping Rock ne faisait pas partie des plus grands ni des plus luxueux hôtels-casinos de Las Vegas. Sa scène n'accueillait pas les vedettes prestigieuses qui se réservaient pour le Caesar's Palace ou le MGM Grand. Il ne promettait pas non plus une cuisine aussi fine ni des rencontres aussi huppées que ces établissements haut de gamme. C'était simplement un hôtel prospère, de bon standing, bien tenu, fourmillant d'activités vingt-quatre heures sur vingt-quatre et sept jours sur sept.

Ayant laissé son imperméable dans sa chambre, Columbo pénétra au Piping Rock en costume gris sombre. Il se rendit soudain compte, face à la réception, qu'il avait noué sa cravate à l'envers. L'extrémité la plus fine sortait du nœud et retombait par-dessus l'extrémité large. Tant pis... il n'allait pas retourner dans son motel pour ça. Il s'alluma un cigare et se planta au milieu du hall pour repérer soigneusement les lieux.

Au fond à gauche se trouvait un bar peu éclairé. On percevait surtout la musique qui s'en échappait. Peut-être était-ce là que chantait Bobby Angela quand elle fit la connaissance de Drury. Columbo résolut de s'y rendre afin de jeter un coup d'œil sur le genre d'endroit où elle avait travaillé.

La salle se révéla aussi sombre qu'elle le paraissait de l'extérieur. Seule une petite ampoule jaune pendait au-dessus de la caisse enregistreuse. Un unique projecteur, accroché au plafond, laissait tomber un faisceau cru sur la jeune femme en train de chanter sur l'étroite estrade. Assise sur un tabouret, elle portait un pantalon de velours noir. Son buste entièrement nu prenait des reflets mauves sous la lumière blafarde. Elle était séduisante. Ses deux mains agrippaient un micro. Elle chantait *Memories,* de *Cats,* accompagnée d'une guitare et d'un synthétiseur.

Columbo s'avança pour commander une bière. Le barman ne tarda pas à le servir, ni à lui tendre une addition de six dollars. Le lieutenant réprima une grimace avant de déposer six dollars et demi dans la soucoupe.

La jeune femme possédait une belle voix, lui semblat-il. Elle interpréta une chanson qui lui évoqua un air de *Chorus Line,* et une autre qu'il se risqua à attribuer au

Fantôme de l'Opéra. Ses saluts recueillirent de chaleureux applaudissements.

Quand elle eut quitté la scène, Columbo se tourna vers le barman :

— Je crois me souvenir que Bobby Angela avait chanté ici... Je me trompe ?

— Dans le temps, oui.

— C'est bien ce que je pensais. Une amie du patron, non ?

— Pas au courant, répondit l'employé en haussant les épaules.

— Une fille de talent, celle de tout à l'heure. Je ne viens pas souvent, mais j'ai été bien content de tomber sur elle en arrivant. J'espère qu'elle remettra ça. Le père de Bobby Angela travaillait ici, si je ne m'abuse. Il est toujours dans le coin, à votre avis ? Je l'ai connu à l'époque où...

— Jamais entendu parler de lui.

— Ah ? Alors il a dû partir ailleurs. Bon... je ferais mieux de prendre des jetons et de tenter ma chance.

Columbo tendit sa carte Visa au caissier en lui demandant cent dollars de jetons, avec l'intention d'en récupérer quatre-vingt-dix à la sortie. Si le casino lui avait offert la possibilité de jouer son argent au billard, il aurait volontiers mis son adresse à l'épreuve. Mais sur les tables proposées ici, le talent ne suffisait pas pour gagner. Non pas que le casino trichât, cela lui était impossible. Seul le hasard décidait si le vainqueur devait être la maison ou le joueur, et la réponse demeurait immanquablement la même. Si un visiteur occasionnel ramassait éventuellement quelque argent, plus il insistait et plus la maison accumulait les chances de le reprendre au centuple.

Le casino semblait très vaste. Partout des tapis rouges et des tables vertes, comme les billards que Columbo aurait tant aimé y trouver. Autour d'elles on ne conversait qu'en chuchotant, afin de ne pas déconcerter les joueurs. Ceux-ci s'irritaient d'entendre des cris de joie ou de désespoir, pourtant peu fréquents.

Toutes sortes de gens peuplaient les lieux. De sveltes jeunes hommes vêtus comme des banquiers donnaient l'impression d'avoir quitté Wall Street dès la clôture du marché. D'autres, sortis tout droit d'une publicité pour Marlboro, portaient blue-jeans et chemises à carreaux, manifestement enfilés pour la circonstance. Un couple digne des grandes plaines de l'Indiana, en vêtements de Skaï, lunettes pendant au bout de leurs chaînes, ne quittait pas des yeux ses jetons posés sur la table. Des protecteurs d'âge mûr faisaient goûter la grande vie à de juvéniles nanas. Des joueurs aguerris, toujours convaincus d'arriver à dompter le hasard, scrutaient le jeu pour l'analyser avant de miser. Des candidates à la fortune évaluaient leurs chances de s'attacher un heureux gagnant, conscientes qu'il avait dû gagner ailleurs qu'au jeu pour posséder les moyens de s'y adonner. A ce beau monde se mêlaient les néophytes les plus divers : soldats en permission, chauffeurs de poids lourds sacrifiant leurs économies pour s'offrir cette grande, grande aventure, jeunes mères résolues à vivre enfin leur vie... autant d'optimistes, de naïfs, de bonnes poires, peu importait le nom.

Des vitres fumées masquaient le plafond. Columbo savait qu'au-dessus de ces glaces sans tain rôdaient des surveillants perchés sur des coursives obscures, épiant à la fois croupiers et joueurs.

Les croupiers ne pouvaient pas accaparer directement de jetons, on les fouillait à la sortie. La seule filouterie à leur portée consistait à proclamer gagnant un compère. C'était cela que guettaient les hommes camouflés par le faux plafond. Aux tables de blackjack, ils surveillaient la donne. On jouait avec un nombre de jeux de cartes suffisamment élevé pour rendre presque impossible le comptage. Quelques experts en arithmétique y parvenaient pourtant, mais on les expulsait des casinos dès qu'on réussissait à les identifier.

Le règlement de la Commission des jeux défendait aux filles de donner les cartes les seins nus. On avait tenté d'en lancer la mode quelques années auparavant. La Commission avait jugé cette tenue immorale en ce qu'elle détournait l'attention des joueurs et les amenait à perdre plus souvent que ne le voulaient les probabilités. En revanche elle n'avait pas interdit que les filles travaillent devant des tables en verre, au travers desquelles on voyait à loisir leurs minijupes retroussées et leurs collants luisants. Libre à chacun de contempler soit ses cartes, soit les jambes de ces demoiselles.

Columbo circula parmi les groupes, observant tantôt les joueurs et tantôt leurs jeux. On lui avait remis ses vingt jetons de cinq dollars dans une petite caisse à poignée métallique qu'il trimbalait avec lui.

— Je vais vous la prendre, ça vous portera chance, lui lança une jeune femme.

Il leva les yeux sur elle. Une créature splendide : coiffure de grand style, maquillage délicat, robe blanche sans bretelles moulant des formes généreuses mais fermes.

— Euh... je suis désolé, m'dame... C'est très gentil à vous, mais j'ai peur de ne pas pouvoir me concentrer sur mes cartes si je vous sais derrière moi.

— Cela s'apprend, la concentration, mon brave. Dans la vie, tout est affaire de concentration.

Elle n'insista pas et s'éloigna, laissant Columbo mobiliser toute son attention sur son cigare avec un sourire narquois.

Une place se libéra à une table de blackjack. Le lieutenant s'assit sur un tabouret et laissa traîner son regard sur le jeu, sur la vitre, puis sur les jambes au galbe divin de la fille qui tenait le rôle de croupier. Celle-ci lui donna un dix puis un cinq. Il demanda à tirer une troisième carte, il reçut un autre dix et perdit son jeton de cinq dollars. Au second coup il reçut un valet, un huit et en resta là. La banque s'arrêta à dix-sept, il rentra dans ses frais. Au coup suivant Columbo reçut un six et un quatre. Il tira une autre carte : un trois. Une quatrième : une reine. Encore cinq dollars de perdus.

Columbo s'écarta et erra à nouveau dans la grande

salle. Les vrais joueurs, les mordus qui savaient où la chance risquait le plus de leur sourire, se regroupaient autour des tables de blackjack ou de craps. Les touristes, s'ils dépassaient les machines à sous qui emplissaient le hall, se contentaient de la roulette.

Il traîna quelques minutes près d'une table de craps. Resté derrière les joueurs, il observa la situation avec grand intérêt. La dernière fois qu'il avait joué aux dés remontait à son enfance. La rapidité avec laquelle se déroulait l'action le fascinait : on pouvait perdre tout son argent sans avoir eu le temps de comprendre quand et comment.

Il essaya une autre table de blackjack. Quelques minutes lui suffirent pour gagner quinze dollars. L'idée de totaliser cent dix dollars dans sa mallette le convainquit de rejoindre la caisse pour se faire payer ses jetons.

— Par hasard, vous connaîtriez pas un nommé Virgil Menninger ? demanda-t-il au caissier. Il travaillait ici. J'aimerais lui dire bonjour.

— Jamais entendu ce nom-là.

Columbo quitta l'aile du bâtiment réservée au casino. Dans le hall du Piping Rock il vit venir à lui un homme aux larges épaules, coiffé en brosse.

— Auriez-vous l'obligeance de me dire votre nom ? lui demanda poliment l'individu.

— A qui ai-je l'honneur ?

— Cronin. Service de sécurité de l'hôtel.

— D'accord. Lieutenant Columbo, police de Los Angeles, brigade criminelle. Voulez voir ma plaque ?

Cronin fit non de la tête.

— On peut vous aider en quelque chose, lieutenant ?

— Eh bien... je recherche un gars. Il travaillait ici. Peut-être qu'il y est encore. Virgil Menninger. Est-ce que vous le connaîtriez ?

— Soupçonné de meurtre ?

— Oh non ! pas du tout. Je veux juste lui poser une ou deux questions. De la routine, sans plus. Histoire de boucher quelques trous du Fichier.

— Il travaillait ici, en effet. Maintenant il est au Sands.
— Le Sands... Il est parti de son propre chef? Ou bien...?
— Il nous a posé un petit problème, précisa Cronin.
— Ah? De quel ordre?
— Je parie que vous le savez.
— Voyons ça.
— Sa fille travaillait également ici. Un soir elle est allée à une émission de télé à Los Angeles et elle a dit que Virgil... Ah, tiens, je commence à saisir : vous êtes sur le meurtre de Paul Drury. J'ai gagné ou pas?

Columbo plissa les coins de sa bouche, fronça les sourcils et leva le menton.

— Bon... je suppose que je peux me fier à vous, hein, monsieur Cronin? Oui, je m'occupe de l'affaire.
— Très bien. La nana s'est pointée chez Drury et a accusé son père de lui avoir fait des choses pas correctes. Vous me suivez? Putain! Virgil est devenu cinglé! Elle chantait au bar. Il y a foncé et... Le patron a dû le virer.
— Le patron étant...?
— M. Philip Sclafani. L'hôtel appartient au père de M. Philip Sclafani.
— Ah oui! Sclafani. Originaire de New York. Moi aussi, je viens de New York, monsieur Cronin. Je me souviens d'avoir entendu le nom de Giuseppe Sclafani quand j'étais gosse. Ça alors! Il est encore vivant et il possède cet hôtel?
— La maison peut vous offrir un verre, lieutenant?

Cronin accompagna sa question d'un mouvement de bras en direction du bar.

— Une bière.
— Ce que vous voudrez.

Ils se dirigèrent tous deux vers le bar. Revenue sur scène, la chanteuse aux seins nus interprétait maintenant un air qui n'évoquait rien à Columbo. Cronin choisit une table suffisamment éloignée pour que le niveau de la musique ne perturbe pas leur conversation. Il passa commande auprès de la serveuse.

— Je vois le lien, reprit le vigile. L'émission où Bobby Angela a accusé Menninger d'inceste, c'était celle de Paul Drury. Drury sortait avec la gamine. Elle avait seulement dix-huit ans. Et lui trente de plus. Je suppose qu'elle l'a baratiné sur son père, et il a monté une émission pour elle. Il y a aussi invité d'autres filles à témoigner de ce genre de truc. Ça n'a pas gêné sa carrière, d'apparaître en larmes à la télé. Mais Virgil, lui, ça lui a fait mal, même si c'était des salades. Il... vous devinez comment il a réagi. Drury est venu embarquer la fille à la fin de son récital, et Virgil a piqué une crise. Alors M. Sclafani lui a conseillé de chercher une place dans un autre hôtel.

— Il a menacé M. Drury. Vous comprenez que je veuille lui parler.

— Bien sûr. Vous le trouverez au Sands.

La serveuse revint avec deux bières. Columbo profita de la diversion pour glisser un œil vers la chanteuse qu'il apercevait derrière elle.

— Vous aimez Mar Lou ? lui demanda Cronin. Une gamine sympa. Pas de problème avec elle.

Les deux hommes burent leurs bières en silence tandis que Mar Lou chantait deux airs de *La Cage aux folles*.

— Eh bien, je crois qu'il me reste maintenant à aller au Sands à la recherche de notre ami, conclut Columbo.

— S'il y a autre chose, lieutenant...

— Je vous remercie, vous m'avez déjà beaucoup aidé en m'indiquant où trouver Virgil Menninger. Je vous en suis très reconnaissant. Et merci aussi pour la bière.

— A votre service, lieutenant Columbo. A votre service.

— A vrai dire, quand je vois votre amabilité... je pense à un détail que j'aimerais vous demander. J'ai une obsession, c'est de ne jamais rien laisser en suspens dans un dossier. Parfois je passe une journée entière à pinailler sur certaines bricoles, et finalement ça ne me mène nulle part. Mais je n'arrive pas à m'en empêcher. Je suis de ces gens qui disent que tout doit être clair, et même si je sais pertinemment qu'il s'agit d'une question sans importance... impossible de la laisser tomber. Ça rend mon capitaine malade de voir le temps que je perds. Enfin... On raconte que Mme Drury, Alicia Drury, venait souvent à Las Vegas rencontrer M. Sclafani, M. Sclafani junior. Il y a du vrai dans cette histoire, monsieur Cronin ?

— C'est important que vous soyez fixé là-dessus ?

— Pas vraiment. Cela a dû juste donner à M. Drury une bonne raison de ne pas aimer M. Sclafani, rien d'autre. Vous comprenez, sa femme fait partie de la liste des suspects, évidemment. Les épouses et les ex, on les met toujours sur la liste. Voilà un exemple des choses qui figurent dans le dossier et que j'aime pouvoir barrer d'un grand trait de plume pour ne plus y penser.

— Je demanderai à M. Sclafani, et on se reverra après si vous voulez.

— C'est très gentil à vous. Merci infiniment. Vous savez, plus on a l'occasion de barrer de pages dans un dossier, en y mettant la mention « sans intérêt », et plus une enquête avance.

3

Au Sands, Columbo fit une approche directe. Il grimpa à l'étage occupé par le directeur du casino, montra sa plaque, et demanda à voir Virgil Menninger.

— Je suis hors de ma juridiction, mais votre collaboration me rendrait un grand service.

Dix minutes plus tard il s'asseyait en face de Menninger dans un petit bureau à l'écart des salles de jeu.

Virgil Menninger avoisinait le mètre quatre-vingt-dix. Sa maigreur squelettique incitait à le classer parmi les grands consommateurs de drogue. Son allure laissait également penser qu'il avait fait de longs séjours en prison, de ceux qui marquent un homme à vie. Columbo paria que si Menninger relevait les manches il découvrirait sur ses bras des tatouages rouge et bleu. Il avait les cheveux gris, portait une fine moustache blanche et des lunettes à monture légère.

— Qu'est-ce qui vous chiffonne, lieutenant ?

— Rien du tout. Je travaille sur le dossier Paul Drury et...

— Et je l'ai menacé de mort.

— Exact, mais vous n'avez pas mis votre menace à exécution, rétorqua Columbo. Toute la soirée de mercredi, le jour du meurtre, vous étiez croupier à une table de craps. Exact ? Vous pouvez le prouver. Je ne me trompe pas ?

— Bien entendu, je peux le prouver.

— Je le savais. En revanche, rien ne dit que votre fille ne l'ait pas tué, c'est de ce point-là que j'aimerais parler avec vous.

— Bobby... ?

— Oh ! je ne la crois pas coupable.

Columbo ponctua son affirmation en haussant les épaules et en hochant longuement la tête, puis reprit :

— Elle avait une de ces cartes magnétiques indispensables pour s'introduire dans la maison. L'assassin en possédait nécessairement une et, contrairement à vous, votre fille n'a pas d'alibi pour mercredi soir. Il me semble qu'il ne serait pas trop difficile de lui trouver un mobile. Voilà. Je ne pense pourtant pas qu'elle l'ait tué, mais j'aimerais tirer quelques points au clair.

Menninger alluma une cigarette. Il fumait à la façon de tous les prévenus, le mégot coincé entre le pouce, l'index et le majeur pour ne pas risquer de le laisser tomber et d'être en plus accusé de souiller les lieux. Les amples bouffées de fumée qu'il en tirait allaient consumer sa cigarette en moins de deux minutes.

— Je n'ai pas fait à Bobby ce qu'elle a prétendu dans l'émission. Je sais pas ce qui l'a poussée à raconter ça. En réalité... en réalité, si ! je le sais trop bien ! Ce salopard s'est glissé entre nous. Bobby et moi, on a roulé notre bosse ensemble. C'est moi qui l'ai élevée, lieutenant. Je l'ai amenée au Nevada et je lui ai appris la guitare et le chant. J'aurais aimé me lancer dans ce métier-là, mais j'étais pas aussi doué qu'elle. Elle a un sacré talent. Quand elle a eu seize ans je lui ai donné son pseudonyme de Bobby Angela et je lui ai trouvé une place à Reno, où elle chantait en s'accompagnant à la guitare. Et puis j'ai eu un job à Las Vegas et je l'ai fait venir. Je lui ai obtenu son boulot au Piping Rock. Et là... Drury me l'a enlevée. Définitivement. Je l'ai pas tué, lieutenant Columbo, mais je suis content qu'il soit mort. J'ai lu beaucoup d'articles sur son meurtre, et j'ai tout suivi à la télé. La seule chose qui me désole, c'est qu'il soit mort si vite. Moi, c'est pas à la tête que j'aurais tiré.

Columbo extirpa un nouveau cigare d'une de ses poches et attrapa le briquet posé sur le bureau.

— Vous le connaissiez un peu, Drury ?

— Je l'ai vu traîner dans le secteur. On n'a jamais été officiellement présentés.

— Z'avez rencontré sa femme ?

Un rictus amer fendit la bouche de Menninger.

— Alicia ? Vous pensez ! Avant leur mariage, pendant qu'ils ont vécu ensemble, et même après leur divorce. Elle est jamais venue ici, au Sands, mais elle était tout le temps fourrée au Piping Rock, à l'époque où j'y travaillais.

— Une amie du patron ? souffla Columbo dans un sourire discret.

Menninger marqua une hésitation de quelques secondes avant de répondre.

— Je sens où vous voulez en venir. Vous êtes sur une mauvaise voie, je crois. Vous savez, Phil Sclafani pouvait se taper toutes les nanas du monde. Et il ne s'en est pas privé. Je l'ai jamais vu avec une femme de l'âge d'Alicia Graham... enfin, Alicia Drury. Son style, c'était plutôt Bobby.

Avec un sourire entendu, Columbo dodelina de la tête.

— On les a souvent aperçus ensemble, Sclafani et elle, à ce qu'on m'a dit.

— Je les ai remarqués aussi, acquiesça Menninger. Ils devaient être en cheville pour une question d'argent.

— Je vous écoute.

— Alicia lâchait beaucoup de pognon sur les tables. Rien qu'un soir, elle a craqué quinze ou vingt mille dollars à la mienne. Putain ! moi, je vous dis que c'était pas Drury qui lui filait autant de blé. Une accro du jeu. Sans arrêt on voit ce genre de cas, quand on bosse dans le monde des casinos. Tout à l'heure, quand j'ai quitté ma table parce que vous me demandiez, y avait un monsieur d'Arizona qui en était à dix mille dollars. Vous savez ce qu'ils s'imaginent ? Qu'ils gagneront forcément s'ils arrivent à tenir plus longtemps que la déveine qui s'acharne sur eux.

— Alors Mme Drury... ?

— A ce que je crois, elle a aligné un max de fric au Piping Rock. Elle parlait sûrement de ça avec M. Sclafani quand on les voyait ensemble.

— Il l'aurait menacée de la passer à tabac ?

— Ça m'étonnerait. Y a d'autres façons de récupérer son argent aujourd'hui. Les Sclafani sont des mecs propres. C'est plus comme dans le temps. Les directeurs des casinos sont des hommes d'affaires. Certains se foutent en rogne si on les rembourse pas, mais faire appel à des tabasseurs, c'est pas la méthode courante. Y a qu'une sorte de type qui risque de recevoir une correction de leur part. Peut-être deux sortes. Les tricheurs et ceux qui disent à leurs créanciers d'aller se faire voir, qu'ils les paieront jamais. Les casinos peuvent devenir très brutaux face à des gens comme eux.

— Imaginons que Mme Drury ait accumulé beaucoup de dettes, suggéra Columbo. Quel genre d'accord lui restait-il à obtenir ?

— D'abord, les paniers percés peuvent parlementer, faire tomber leur dette à quatre-vingts pour cent. Des fois à soixante-dix. Ils arrivent à arracher le coup. Les patrons veulent pas que ça se sache, mais c'est comme ça. Ils négocient. Du moment qu'ils payent, ça marche. L'autre solution, c'est de trouver un arrangement d'affaire, si vous voyez ce que je veux dire.

— Admettons que je ne voie pas, monsieur Menninger, continuez.

— Certains sont en position de passer un bon accord avec les patrons des casinos. Ecoutez, c'est moi qui risque de me faire casser la gueule pour avoir trop parlé, alors au moins je voudrais que vous laissiez Bobby tranquille. Est-ce qu'on est d'accord ?

— On est d'accord.

Columbo le lui promit d'autant plus aisément qu'il était convaincu de l'innocence de Bobby Angela.

— Voilà. Vous vous souvenez de ce scandale à Wall Street, avec Ivan Boesky et Michael Milken ? Le coup du délit d'initiés. Si vous réussissez à décrocher des informations privilégiées sur ce qui se passe à l'intérieur d'une entreprise, vous pouvez faire fortune en achetant les bonnes actions au bon moment. Supposez que le panier percé en question soit un dirigeant d'une très grosse boîte. Il a plongé de, mettons, cent mille dollars au casino. Quand l'encaisseur débarque pour lui réclamer son fric, il lui dit : « Ecoute, mon gars, je peux montrer à ton patron comment se faire un million en vitesse. » Il lui montre, et le patron se tape effectivement son million. On passe l'éponge sur les cent mille dollars. Bref, y a des gars qui rendent service à d'autres gars, et leur ardoise est effacée.

— Comment pensez-vous qu'Alicia Drury ait été en mesure de faire effacer sa dette ? demanda Columbo.

— J'en sais rien, qu'est-ce qu'elle avait à offrir ? Son cul ? Il vaut pas si cher. Quoique... c'est pas impossible, question de goût.

— Et ça suffirait ? Dans une ville comme celle-ci, ce n'est pas un boulot qui rapporte gros.

Menninger sourit et hocha la tête.

— Laissez-moi vous raconter quelque chose au sujet de Bobby, ma fille. Phil Sclafani lui a jamais demandé de se vendre. Mais il lui a expliqué qu'elle pourrait se faire une sacrée prime si elle... vous devinez quoi. Des gars qui la voyaient chanter au bar. Elle pouvait leur éveiller des fantasmes, comme on dit. Ecoutez bien ça, lieutenant. Tout le système est là. Si un joueur invétéré bande pour une fille qu'il peut seulement trouver, disons, au Flamingo, il va jouer au Flamingo. Des fois ça prend des proportions encore plus grandes. Par exemple... l'an dernier il y a eu une très grande comédienne, genre star, qui est passée sur la scène du Piping Rock pendant un mois. Elle jouait beaucoup, comme Alicia. Putain! elle a bien craqué cent mille dollars! Elle en a remboursé à peu près cinquante mille avec ses cachets d'actrice. Le reste est tombé aux oubliettes.

Pourquoi? Parce qu'elle a couché avec deux ou trois grands joueurs. Elle les a amenés au casino du Piping Rock, ils ont flambé Dieu sait combien, et ça a rempli les poches de Sclafani. Je ne prétends pas qu'Alicia ait donné dans ce genre de truc. Elle a combien? Quarante ans? Mais elle a un nom. Elle a fait la météo pendant un an, en minijupe, après elle a été au journal, tout le temps face à la caméra. Et puis on l'a vue à l'écran dans chaque émission de Drury. Des mecs pouvaient...

— Je vois à quoi vous pensez.

— Je sais pas... Je l'ai vue vadrouiller dans le secteur. Elle était main dans la main avec des gars que j'avais souvent repérés autour des tables. Enfin, ça a pu... Oh! et puis merde! j'en sais rien.

— Donnez-moi les noms de ces joueurs.

— Putain! si jamais...

— Ne vous inquiétez pas pour ça. Je suis un flic, pas un mouchard.

Menninger jeta un coup d'œil à la ronde. Un tic qui trahissait sa gêne.

— Y en a un qui vient à peu près tous les mois, de Los Angeles. Il s'appelle Henry Sanders. Plusieurs fois, j'ai aperçu Alicia Drury en très bons termes avec lui. Je sais pas si c'était une complicité entre joueurs, enfin s'ils étaient simplement bons amis ou quoi. Il se trouve qu'il est en ville en ce moment. Il descend plus au

Piping Rock, maintenant il préfère le Caesar's Palace. C'est le seul nom qui me vient en tête.

— Décrivez-le-moi.

— Petit, gros. Une tonsure. Toujours en costume trois-pièces noir. Vous aurez pas de mal à le repérer si vous le croisez dans un casino. Y en a pas des centaines comme lui à Las Vegas.

— Vous m'avez rendu un grand service, répondit Columbo. Je vous laisse retourner à votre travail.

XI

1

Columbo prit conscience de sa fatigue au moment où le taxi le déposa devant son motel. Comme il le disait souvent à son entourage, il avait réellement besoin de ses huit heures de sommeil chaque nuit, c'était un problème de métabolisme. En outre il ne se sentait plus bon à grand-chose au-delà de 23 h. Minuit allait bientôt sonner, et il s'apprêtait à se coucher. Il attendrait même demain matin pour téléphoner à sa femme.

— Lieutenant !

Cronin. C'était Cronin. Le préposé à la sécurité du Piping Rock Hotel se redressa comme un diable du canapé où il patientait dans le couloir en fumant une cigarette. Il ne pouvait s'agir d'une coïncidence. Si Cronin l'attendait ici, quelque chose d'important se préparait.

— Avez-vous trouvé Virgil Menninger, lieutenant ?

— Oui, absolument, je l'ai trouvé. Vous m'aviez mis sur la bonne piste.

— J'espère que ça a été fructueux.

— Oh... vous savez... un gars comme lui... On n'arrive jamais à deviner s'il raconte n'importe quoi ou pas.

Cronin réagit par un sourire énigmatique.

— Voulez savoir pourquoi je suis là ?
— J'étais en train de me le demander. Apparemment, vous me guettiez.
— M. Sclafani aimerait vous accueillir à sa table pour le souper, dans son appartement au sommet de l'hôtel.
— C'est très gentil à lui. D'habitude je me couche plus tôt, mais je m'en voudrais de décliner une invitation à souper de M. Sclafani.

2

Grand, le teint basané, le ventre plat, Philip Sclafani était bien fait de sa personne. Son complet gris argent lui seyait parfaitement. Rejetés en arrière, ses cheveux grisonnants étaient maintenus par une laque qui, de toute évidence, ne contenait pas une goutte de graisse. Il portait des lunettes d'aviateur cerclées d'argent.
— *Paesano!* s'exclama-t-il en tendant la main vers Columbo.
— *Sono molto lieto di fare la sua conscenza,* répliqua Columbo. *Come sta?*
Sclafani afficha un sourire jovial.
— Vous m'avez eu, lieutenant. Je ne pourrais pas vous suivre longtemps avec le peu d'italien que j'ai appris. Mais je suis un *paesano*.
— A la maison, nous parlons italien.
— Mon père aussi. Il était encore enfant quand il a quitté la Sicile. Aujourd'hui il a quatre-vingt-cinq ans, mais il n'a pas oublié.
— Tout gamin, je connaissais déjà son nom. Giuseppe Sclafani ! Une célébrité !
— Les temps ont changé, précisa Philip Sclafani. Mon père était à la réunion d'Appalachin. Vous savez ce dont il s'agit, j'en suis sûr.
Columbo se contenta d'opiner. Désireux de changer de

sujet, il tourna le regard vers la vaste terrasse qui surplombait Las Vegas.

— C'est bien beau, chez vous. Magnifique !

— C'est l'appartement de mon père. J'habite deux étages plus bas.

Le style du somptueux ameublement désorientait Columbo. Il aurait été bien en peine de trouver le mot juste pour le qualifier. Son luxe ne suffisait pas à lui donner l'élégance du bureau de Paul Drury à Los Angeles. Accroché au mur en face du bar du salon, un nu s'étirait avec langueur sur des draps froissés. Il était peint avec un grand réalisme sur un fond de velours noir. Les verres du bar s'alignaient sur des étagères éclairées en transparence, devant des miroirs qui les faisaient paraître deux fois plus nombreux. Le mobilier devait coûter un prix exorbitant, mais il donnait à l'appartement un air de suite d'hôtel.

Sclafani conduisit Columbo au bar en lui désignant des tabourets en inox garnis de cuir jaune. Le voyant s'asseoir sur le premier d'entre eux, Columbo prit le suivant.

— Que puis-je vous offrir ? Scotch ? Martini ? Vodka ?

— Ma foi, monsieur, vu l'heure il faut que j'évite ce qui est un peu raide. Une bière. Ou bien un verre de vin rouge.

— Ouvre une bouteille de chianti classico, lança Sclafani à l'attention de Cronin. Eh bien, lieutenant Columbo, je crois savoir ce qui vous amène à Las Vegas. Votre présence signifie-t-elle que vous manquez de suspects pour le meurtre de Paul Drury ?

— A vrai dire, j'en ai plutôt trop. Mon travail actuel consiste à tenter d'en rayer un certain nombre de ma liste. Bien sûr, vous savez ce que c'est, les ex-femmes sont toujours suspectées, à moins qu'elles n'aient un alibi en béton.

— Alicia Drury n'a pas d'alibi ?

— Eh bien... elle en a un bon, mais il n'est pas parfait.

— Et vous voulez connaître la nature de mes relations avec elle ?

Columbo leva les paumes vers le ciel avant de préciser :

— Auriez-vous l'obligeance de m'en parler, monsieur ? Enfin, sans entrer dans les détails intimes.

— Si vous me demandez par là si j'ai couché ou non avec Alicia Drury, la réponse est non.

— Je suis ravi de l'entendre, monsieur Sclafani. Je déteste m'immiscer dans la vie privée des gens.

Sclafani souleva la bouteille apportée par Cronin, l'inspecta d'un œil expert et huma le bouchon. Puis il versa quelques larmes de vin dans un verre à dégustation et le goûta. Il emplit ensuite deux verres, l'un pour Columbo, l'autre pour lui-même.

Le lieutenant ne pratiquait aucun rituel œnologique. Il se contenta d'avaler une gorgée et de s'exclamer :

— Mon Dieu, que c'est bon ! Du chianti. Mon préféré.

— Mes relations avec Alicia Drury ont été fort simples, expliqua Sclafani.

Il s'interrompit le temps de lever son verre à la santé de son hôte puis reprit :

— Elle a beaucoup joué ici et a perdu une somme importante. Le problème était de savoir comment elle paierait. Elle est venue me trouver une dizaine de fois pour me proposer un calendrier de règlement, tenter de me faire renoncer aux intérêts, etc.

— La créance s'élevait...

— A une somme très substantielle, disons. Tenez... je vais vous livrer un aperçu de la façon dont elle voulait me rembourser. Elle m'a donné un tuyau sur une affaire boursière, une position vendeur à la baisse. Elle m'a poussé à acheter un gros paquet d'actions d'une société pétrolière du nom d'Orange International. Si j'avais marché, mon bénéfice m'aurait amplement permis de passer l'éponge sur sa dette. Ce qui m'a retenu, c'est que l'opération relevait du délit d'initié, l'information provenait d'une enquête discrète menée par des collaborateurs de Paul Drury pour son magazine. Si la Commission des opérations de Bourse avait établi le lien...

— Je vous comprends.

— Cette femme n'est pas un ange, lieutenant. J'ai du

mal à croire qu'elle ait tué Paul Drury, si vous me posez la question, mais elle n'a pas les mains blanches.

— Elle vous doit encore de l'argent, monsieur ?

— Non, elle m'a tout versé. Cela remonte à... quatre ou cinq mois. Elle m'a réglé intégralement.

— En espèces ?

— En espèces.

— Et en une seule fois...

Columbo hochait la tête pour marquer son étonnement.

— En une seule fois.

— Intéressant, n'est-ce pas ? Subitement elle a pu s'acquitter de la totalité, hein ?

— Je suis comme vous. Je me demande d'où provenait cette somme. Peut-être a-t-elle bénéficié d'une autre information boursière privilégiée. Mais pour s'enrichir de cette façon, encore faut-il avoir de quoi investir. Enfin, elle a payé. J'imagine qu'elle a trouvé un homme susceptible de lui fournir les fonds.

— Votre vin est excellent, monsieur Sclafani. C'est très gentil à vous d'avoir ouvert une bouteille de cette qualité.

— L'hôtel va nous monter du rosbif. Ce vin ira très bien avec une viande rouge. Puis-je vous resservir ?

— Je vous remercie beaucoup, répondit Columbo en contemplant son verre à nouveau empli.

— Philip...

Le nom avait été prononcé par une voix chevrotante, celle d'un homme âgé. Un vieillard pénétra dans le salon.

— Mon père, annonça calmement Sclafani.

Giuseppe Sclafani se dirigea vers le bar à petits pas. Il ne traînait pas les pieds, mais il ne les élevait guère à plus de deux ou trois centimètres au-dessus du sol. Il avait beau se tenir parfaitement droit, le menton haut, on le sentait très faible, ses membres obéissaient avec peine à son cerveau. Ses cheveux filasse, presque blancs, laissaient entrevoir le sommet de son crâne. Un regard vif perçait à travers ses petites lunettes rondes, à monture d'écaille. Un gros cigare, qui n'avait pas été allumé, pendait mollement entre les doigts de sa main gauche. Le revers de son blazer bleu arborait le sigle de l'hôtel. Il portait une chemise blanche, une cravate rayée et un pantalon de flanelle grise. Ses mocassins Gucci noirs étaient impeccablement cirés.

— Papa, voici le lieutenant Columbo, de la brigade criminelle de la police de Los Angeles.

— Ahh...

Dès qu'il ouvrait la bouche, Giuseppe Sclafani s'évertuait à retenir avec sa langue son dentier un peu instable. Sa voix était rauque, mais son articulation très intelligible.

— La brigade criminelle? reprit-il. Sers-moi un peu de vin, Philip. Dites-moi, lieutenant Columbo... dois-je me réjouir de faire votre connaissance?

— Oui, je le crois, monsieur. Je ne viens que pour quelques formalités de routine, rien de particulier. Rien qui mérite de vous inquiéter.

Le vieil homme dégusta le chianti puis acquiesça énergiquement, sans qu'on pût deviner s'il appréciait le contenu de son verre ou la réponse de Columbo.

— Les inspecteurs de la criminelle sont des gars sérieux, commenta-t-il, des gars de la meilleure espèce. Les autres... enfin, vous le savez aussi bien que moi.

Giuseppe Sclafani ponctua la fin de sa phrase d'un haussement d'épaules.

— Je suis de New York, monsieur Sclafani. Votre réputation a bercé mon enfance.

— La réputation de Jules César a bercé la mienne, ironisa Giuseppe Sclafani.

Son fils éclata de rire. Columbo l'imita.

— Vous avez déjà entendu parler de la filière de Castellammarese? demanda le vieil homme.

— Oui, monsieur, j'en ai entendu parler.

— Salvatore Maranzano... Il m'a fait venir de Sicile. C'est lui qui a payé ma traversée. On l'a tué peu après. Cela se passait ainsi, dans le temps. On l'a assassiné.

Giuseppe Sclafani parlait avec un très léger acent. Il glissait de temps à autre son cigare entre ses lèvres, mais le retirait aussitôt. Apparemment il ne trouvait aucune satisfaction à le sentir éteint dans sa bouche et avait hâte de gratter une allumette pour l'allumer.

— Cela se passait ainsi dans le temps. Si un homme vous offensait...

— Papa !

— Oui, dans le temps. C'est de l'histoire ancienne aujourd'hui. Sauf en Sicile, où la pratique dure toujours.

— A New York également, fit remarquer Columbo.

— Non, rétorqua Giuseppe Sclafani avec une moue de dégoût. Des gangsters. Des gangsters qui tuent des gangsters. Autrefois c'était pour raison d'affaires. Uniquement pour raison d'affaires. Et on ne mourait que si on avait offensé quelqu'un. Offensé gravement, j'entends. Assez gravement pour qu'un honnête homme soit en droit de faire place nette. Non... tout cela est fini. Lieutenant, je n'ai jamais connu la prison. Pas une seule journée. Si ce que certains racontent à mon sujet était vrai, est-ce qu'on ne m'y aurait pas envoyé ? Même Meyer Lansky a passé six mois derrière les barreaux. Mon fils est un craintif.

Il marqua une brève pause, le temps d'un petit sourire narquois, puis reprit :

— C'est peut-être pourquoi je vis dans l'aisance aujourd'hui. Mais... oublions tout cela. Vous savez, je ne suis pas sorti de cet hôtel au cours des deux ou trois dernières années, je ne suis même pas descendu pour... Quoi, Phil ? Ça ne fait pas deux ans ?

— Tu es descendu pour l'arbre de Noël du personnel en 1991, papa. Mais tu sais bien que rien ne t'oblige à rester dans ton dernier étage. Tu peux aller où tu veux, et quand tu veux. Nous sommes prêts à t'organiser un voyage en Sicile si tu en as envie.

— Merci, mais je ne crois pas que j'apprécierais ce que j'y verrais.

Giuseppe Sclafani se tourna à nouveau vers Columbo.

— Ma santé n'est pas trop mauvaise pour un homme de mon âge, reprit-il. Quant à savoir si j'ai perdu la tête ou non, je vous laisse juge. J'écoute de la musique, je regarde la télévision, je lis. Une fois de temps en temps une danseuse monte dîner avec moi, juste pour me donner le plaisir de la regarder, d'entendre une jeune voix et de constater qu'il n'y a rien de nouveau sous le soleil. Je n'ai aucune raison de quitter mon appartement. Si j'en vois une un jour, je descendrai. De toute façon, je crois qu'il vaut mieux qu'on m'oublie.

— Je ne vous ai pas oublié, monsieur Sclafani, rétorqua Columbo.

— Le FBI non plus. Si on ouvre la porte, on a de fortes chances de surprendre une de ces canailles l'oreille collée derrière. Qui me dit qu'ils n'ont pas truffé l'appartement de micros ? Ecoutez-moi, messieurs du FBI, voici ce que je pense de votre ancien patron : *J. Edgar Hoover était un pédé !* J'espère que vous m'avez enregistré, au moins !

— Papa... nous allons souper.

— Et, moi, je vais allumer mon cigare, répliqua Giuseppe Sclafani d'un air provocateur.

— Alors je me permettrai de faire de même, monsieur, glissa Columbo.

— Non. Prenez un des miens. Sors-en un de l'humidificateur, Cronin. Un cigare pour le lieutenant Columbo !

Columbo prit le cigare qu'on lui tendait et le porta aussitôt à ses narines.

— Sapristi ! Je n'en ai jamais fumé d'aussi bon. C'est vraiment très gentil à vous, monsieur Sclafani.

— Un cubain, commenta le vieil homme. Pas facile à trouver. J'ai vécu un bon moment à Cuba, j'ai appris à les apprécier. Castro fume des cigares cubains. Vous vous rendez compte ? Lui, il fume des cigares cubains, et nous, on n'y aurait pas droit ? Sur quelle affaire travaillez-vous, lieutenant ? Le meurtre de Drury ?

— Oui, monsieur, exactement.

— Je regardais son magazine. Pas tout le temps. Parfois. C'était un homme malfaisant. M'étonne pas qu'on ait voulu le tuer.

Columbo savourait le gros cigare cubain.

— Je crois deviner ce que vous voulez dire, se contenta-t-il de commenter.

— Et en plus sa femme est une putain.
— Papa !
— Si, une putain. Tu prétends le contraire ? Je ne la condamne pas pour ça, comprenez-moi, mais je m'attendais à voir dans ses yeux un regard voilé par la honte, comme chez toutes les femmes qui se prostituent. Absolument pas. Je n'y ai rien vu de tel. Ses yeux ont la froideur de la glace, et elle vous fixe sans la moindre humilité. Je...
— Veux-tu t'asseoir pour manger avec nous, papa ? intervint vigoureusement Sclafani junior.
— A condition que tu aies du *farsumagru palermitano*.
— Le chef ne travaille plus à cette heure-ci. Je lui en commanderai pour ton dîner de demain, si tu veux.

Giuseppe Sclafani s'adressa de nouveau à Columbo :
— Ma mère faisait du *farsumagru palermitano*. Vous connaissez, lieutenant ?
— Oui, monsieur. Du bœuf roulé et farci, avec du veau et du *prosciutto*, des tomates et des oignons, et des œufs durs hachés.
— Je ne suis pas de Castellammare del Golfo, mais de San Vito lo Capo, pas très loin. Quand j'ai quitté la maison, en 1934, ma mère a passé une journée entière à faire du *farsumagru* pour toute la famille. On avait mis les tables dans le jardin, et dîné aux lanternes.
— Notre menu de ce soir, papa, c'est du rosbif et de la salade.
— Ahhh ! Bon, je n'ai pas faim. Quand j'aurai fini mon cigare, j'irai au lit. Qu'est-ce que mon fils pourrait bien savoir sur le meurtre de Drury, lieutenant ?
— Rien sur le meurtre lui-même, monsieur. Je veux juste lui poser une ou deux questions sur quelques suspects.
— Pourquoi Menninger, lieutenant ? demanda Philip Sclafani.
— A cause de sa fille. Elle possède un exemplaire de la carte qui désamorce l'alarme et ouvre la maison de Drury, et l'assassin possédait une de ces cartes. En plus elle n'a pas d'alibi.

— Pourquoi aurait-elle voulu sa mort ?
— Voilà le problème. C'est ce que je comptais vous demander. Voyez-vous le mobile qui aurait pu la pousser ?
— Virgil en avait un, répondit Sclafani. La rancune. Vous savez de quoi je parle.

Columbo se contenta d'approuver d'un signe de tête. Son interlocuteur poursuivit :

— Alicia... je me demande bien pourquoi elle l'aurait fait. A moins que Drury ne lui ait prêté de quoi régler sa dette, et qu'il ne l'ait un peu trop pressée de le rembourser...

Giuseppe Sclafani déposa le reste de son cigare dans un cendrier.

— J'ai été heureux de vous rencontrer, lieutenant, mais cette conversation ne me passionne pas du tout et je vais me coucher. Bonne chance.

— Merci, monsieur. J'ai été très heureux également.

Cronin raccompagna le vieil homme jusqu'au seuil du salon, où un autre homme, apparemment un domestique, vint lui offrir son bras.

On apporta le souper sur une table roulante. Conformément à ce que Sclafani avait annoncé, il comportait des tranches saignantes de rosbif froid, des rondelles de tomates et d'oignons, un assortiment de sauces et de condiments, et du pain. Columbo et Sclafani s'assirent de part et d'autre du chariot.

— Mon père traite Alicia Drury de putain parce qu'il a une dent contre elle. Il est persuadé que j'ai couché avec elle et que je souhaitais l'épouser. Elle s'est mariée et a divorcé deux fois, elle n'est ni catholique ni italienne. L'idée que je puisse devenir son troisième mari l'a rendu furieux.

— Quoi de plus compréhensible ? Les parents veulent souvent que leurs enfants...

— Papa s'acharne à dire du mal d'elle. « Putain » n'est pas le pire des qualificatifs dont il l'ait affublée.

— Est-il possible qu'elle en soit réellement une ? Il n'est pas le seul à le laisser entendre.

Sclafani haussa les épaules.

— Ce n'est pas ainsi qu'elle a obtenu de quoi rembourser l'ensemble de sa dette. Mettons qu'elle ait grappillé un peu çà et là... Je ne sais pas. Je ne veux pas savoir. J'aurais été obligé de lui interdire l'accès à l'hôtel si j'avais pensé qu'elle agissait ainsi. La Commission des jeux s'oppose rigoureusement à la prostitution dans les casinos.

— Ouais... A votre santé, monsieur ! lança Columbo en levant son verre de vin.

Ils mangèrent frugalement. Columbo n'appréciait pas ce repas au beau milieu de la nuit. Il était fatigué et pressé de retourner à son motel pour se coucher. Le souper fut vite fini.

— Ça a été vraiment très, très gentil à vous, assura-t-il en traversant le vestibule en direction de l'ascenseur qui l'y attendait, portes ouvertes. Tous mes respects à votre père. Une vraie légende vivante !

— D'accord, lieutenant. Si je peux vous aider en quoi que ce soit, faites-le-moi savoir.

Columbo pénétra dans l'ascenseur. Il salua de la main en souriant. Soudain il se rembrunit et ressortit de la cabine.

— Oh, j'ai une petite chose à vous demander. Un détail... qui me tracasse. Votre père a décrit Alicia Drury avec une précision remarquable, monsieur. Où l'a-t-il rencontrée ? Vous dites qu'il n'a pas quitté son appartement depuis 1991. Cela signifie-t-il qu'elle soit montée ?

— Papa a une imagination très féconde, lieutenant, répondit-il en soupirant. Je suppose qu'il a lu quelque part une description de son regard glacial, et cela a nourri l'image qu'il s'en faisait. Il a vu de nombreuses photos d'elle, et il a souvent regardé ses émissions. Vous lui demanderiez s'il l'a rencontrée, il répondrait peut-être oui, mais je vous assure que ce n'est pas le cas.

— Bien, merci. Je comprends, maintenant. Merci encore de votre hospitalité, monsieur. Bonne nuit.

3

Le lendemain matin, avant de quitter sa chambre, Columbo téléphona chez lui.

— Ah oui ! C'est génial, ici. Il faut qu'on y vienne ensemble un de ces jours. Nous passerons deux ou trois nuits dans un de ces grands hôtels, et nous verrons des spectacles. Mais nous prendrons la voiture, l'avion est vraiment trop éprouvant. J'y ai attrapé mal au cœur. Hier soir je ne me suis pas couché avant... oh, près de 2 h, je crois. Et, tu sais, il y avait toujours autant d'animation, les rues étaient encore pleines de monde. On a raison de dire que cette ville vit vingt-quatre heures sur vingt-quatre. On m'a offert un merveilleux souper hier soir, mais je n'ai pas mangé grand-chose, j'étais trop vanné. Oui, ça va. Je reprends l'avion dans l'après-midi, enfin c'est presque sûr. Je devrais arriver à la maison pour dîner. S'il y a du changement, je t'appellerai. Embrasse tout le monde. A tout à l'heure.

Au petit déjeuner il tomba par hasard sur la serveuse qui lui avait apporté son repas la veille.

— Des œufs durs ? s'étonna-t-elle. Vous ne mangez jamais autre chose ?

— J'aime bien en prendre au petit déjeuner. Hier c'était différent, c'était pour me remettre d'aplomb, après l'avion. Et un café bien noir, qu'on ne voie plus la cuillère dedans.

— Un vrai ou un déca ?

— Toute la caféine que vous avez récupérée en servant des décas aux autres clients, donnez-la-moi.

Il quitta le motel peu après 9 h, muni cette fois de son imperméable.

Un taxi le lâcha devant le Caesar's Palace. Comme il venait de le dire à sa femme au téléphone, l'heure ne changeait rien à l'activité de Las Vegas. Cette matinée de dimanche ne suffisait pas à calmer la fébrilité coutumière. L'hôtel et son casino demeuraient aussi bouillonnants que douze heures auparavant. Columbo décida de ne pas aller demander à la réception le numéro de la chambre occupée par Henry Sanders, on ne le lui aurait pas indiqué. Décliner son identité n'aurait peut-être pas rendu l'hôtesse plus loquace, et il ne voulait pas alerter qui que ce fût sur sa présence. Il pénétra dans le casino. Il garda les dix dollars gagnés la veille au Piping Rock et prit à la caisse vingt jetons de cinq dollars.

Ici l'ambiance était différente. Au Caesar's on n'exhibait pas de cuisses minijupées à travers des tables en verre. Les sommes qui circulaient atteignaient des montants infiniment supérieurs à ceux du Piping Rock. Columbo se dirigea vers une table de blackjack et commença à jouer. Les employés du service d'ordre surveillaient les gens qui ne jouaient pas. Ils ne leur créaient pas d'ennuis mais ne les quittaient pas des yeux. Le fait que Columbo se mette à miser les rassura. Ils l'ignorèrent presque, dans la mesure où il était possible d'ignorer un individu aux cheveux ébouriffés, vêtu d'un imperméable tout froissé. Pendant un petit moment ses pertes et ses gains s'équilibrèrent, puis il perdit trente dollars dans les minutes qui suivirent. Les joueurs qui en craquaient allègrement trois cents ou trois mille lui adressèrent un sourire condescendant quand ils le virent quitter la table.

Parfait. Tout se présentait bien. Un petit homme dodu, en complet noir, s'approcha de la caisse, y acheta des jetons, et se dirigea vers une table de craps.

— Euh, excusez-moi, monsieur. Etes-vous monsieur Henry Sanders, de Los Angeles?

— Oui, c'est moi. Pourquoi?

— Lieutenant Columbo, police de Los Angeles, brigade criminelle. Cela vous ennuierait que nous parlions deux minutes?

— Quel est le problème?

— Oh, il n'y en a aucun pour vous, monsieur. J'essaie

seulement de combler quelques petites lacunes qui entravent mon enquête. J'ai pensé que vous seriez à même de m'aider. Ça ne vous prendra qu'un instant.

Henry Sanders jeta un coup d'œil à la ronde.

— D'accord, asseyons-nous ici. Qu'est-ce que vous avez en tête ?

A peine furent-ils assis qu'un homme, apparemment un membre zélé du service de sécurité, bondit interroger Sanders :

— Cette personne vous ennuie, monsieur ?

— Non, non. C'est un ami. Tout va bien.

Columbo remarqua le regard méfiant que conserva l'homme tout en se retirant.

— C'est vrai, assura-t-il à Sanders. Je vous ai dit qu'il n'y avait aucun problème.

— Bon. De quoi voulez-vous que nous parlions, lieutenant ?

— Vous devez savoir que Paul Drury a été assassiné au cours de la soirée de mercredi dernier.

— Ah ! ah ! Je m'y attendais.

— Pardon ?

— Quelles étaient mes relations avec Alicia Graham... Alicia Drury ? Quand j'ai appris le meurtre, je me suis douté qu'on me poserait la question tôt ou tard.

— Eh bien, je vous la pose, monsieur : quelles étaient vos relations avec Mme Drury ?

Sanders s'humecta les lèvres.

— Vous voulez boire quelque chose, lieutenant ? Si nous faisions un saut au bar ?

— C'est un peu tôt pour moi.

— Si, venez. Vous prendrez un café.

Ils pénétrèrent dans une salle aux dimensions modestes, à l'écart du casino. Des joueurs s'y retiraient parfois quelques minutes pour mettre au point leur stratégie. Sur le conseil de Sanders, Columbo commanda un café. Le petit joueur grassouillet opta pour un Bloody Mary.

— Rien ne..., attaqua-t-il, rien ne m'oblige à me soumettre à votre interrogatoire. Vous êtes hors de votre juridiction, lieutenant. Qui plus est, j'ai le droit de refuser de répondre à qui que ce soit en attendant de consulter mon avocat.

— Tout à fait exact, monsieur, tout à fait exact. Veuillez excuser mon intervention si jamais elle vous cause tort. Je ne vise pas à établir que vous avez commis le moindre acte répréhensible. Je ne suis qu'un pauvre inspecteur qui accomplit son travail, qui essaie de mettre ses dossiers en ordre.

— Pour commencer, je ne l'ai pas conduite à Las Vegas, lieutenant, je l'y ai trouvée.

— Songez-vous à cette législation tombée en désuétude...

— ... qui interdit de faire franchir à une femme la frontière entre deux Etats.

— Oh non, monsieur. Personne ne vous reproche d'avoir emmené cette dame où que ce soit.

— Tant mieux, car je n'ai rien commis de tel. J'ai séjourné à l'hôtel du Piping Rock et joué au casino. Oui, lieutenant, j'aime le jeu. Depuis le temps que je m'y adonne, j'ai pu perdre une centaine de milliers de dollars, peut-être deux cents. Mais même si le deuxième chiffre est le bon, cette perte m'a valu des plaisirs auxquels j'attribue une valeur bien supérieure. Certains parcourent l'Europe pour se traîner dans des galeries d'art où ils achètent des trésors à des prix exorbitants. D'autres dépensent dix ou vingt mille dollars afin de chasser ou de pêcher quelques instants dans un site spectaculaire à l'autre bout du monde. Je connais un homme qui a payé vingt mille dollars pour accompagner une expédition au pôle Sud... et l'expédition n'a pas eu lieu. Moi, j'aime le jeu. Vous savez dans quoi je travaille, lieutenant ?

— Non, monsieur. Je l'ignore.

— Dans le fil métallique. Je pense être le premier vendeur de fil du pays. Fils électriques. Fils téléphoniques. Fils pour les industries de l'électronique. J'ai même vendu du barbelé à clôtures. Est-ce que vous me croiriez si je vous disais que j'ai un catalogue de plus de cent mille sortes de fils ?

— C'est dur à imaginer, monsieur.

Tout le visage de Columbo semblait tendu sous l'effort mental nécessaire pour se représenter un catalogue de cent mille fils différents.

— Je suis revenu de Corée après la guerre. A cette époque on vendait ce qu'on appelait des surplus. J'en ai acheté, et j'ai ouvert une boutique. Très rapidement j'ai compris que l'avenir était dans le fil. Vous avez une idée du nombre de kilomètres de fil nécessaire à une navette spatiale ? On parle toujours des circuits intégrés et des microplaquettes ! Oui, c'est vrai que les fils ne servent plus à relier des tubes, des résistances et des condensateurs, comme dans les vieux postes de radio ou de télé. Mais tous ces nouveaux appareils qu'on envoie là-haut exigent qu'on corresponde avec eux... à l'aide de fils ! J'ai fait plusieurs fois fortune dans les fils.

— C'est fascinant, commenta Columbo.

— Non, pas du tout. C'est ennuyeux au possible. Comme beaucoup d'hommes d'affaires, j'ai besoin d'un dérivatif pour continuer à penser que la vie vaut le coup d'être vécue. Alicia. Voilà. A votre avis, quelles étaient nos relations ?

— Je préférerais que vous répondiez vous-même à la question, si cela ne vous gêne pas.

Sanders s'emplit longuement les poumons avant d'émettre un profond soupir.

— J'en appelais à ses services, expliqua-t-il. En tant que prostituée. Je n'arrivais pas à imaginer que c'en était une, mais il n'y a pas d'autre mot. Et... mon Dieu, lieutenant ! Depuis sept ans que mon épouse était morte je n'avais eu aucune femme dans mon lit. Tout d'un coup je me suis rendu compte que cette... vedette de la télé que j'avais admirée pendant des années était à la portée de ma main... Mais je vous le jure, lieutenant, cette histoire n'a rien à voir avec la mort de Paul Drury. D'ailleurs, il y a six ou huit mois que je ne revois plus Alicia.

— Ça vous dérangerait de me préciser le montant de ses services, monsieur ?

— Mille dollars la nuit. Plus le dîner et le spectacle, ainsi que le champagne dans la chambre. Bien sûr ça représentait une coquette somme, mais...

— ... auprès d'elle vous ne vous ennuyiez plus.

Columbo commençait à éprouver de la compassion, de la compréhension, à l'égard de son interlocuteur.

— Et vous attendiez avec impatience votre rencontre suivante, c'est cela ? reprit-il.

— Exactement.

— Comment avez-vous su qu'elle était disponible ?

— Elle s'est approchée de moi, au casino. J'ai mis quelque temps à comprendre ce qu'elle cherchait.

— Combien de fois avez-vous été en sa compagnie, monsieur Sanders ?

— Six fois. Et puis soudain, début avril, elle a cessé de venir à Las Vegas. J'ai téléphoné à la production pour laquelle elle travaillait. J'ai laissé plusieurs messages, elle ne m'a jamais répondu. Je me suis senti tout bête.

— Pourquoi donc, monsieur ?

— Parce que j'étais réellement un idiot. La dernière nuit que j'ai passée avec elle, je lui ai demandé de m'épouser.

— Je suis désolé de vous remuer le couteau dans la plaie. Je vous prie de croire qu'en tout cas, moi, je ne vous causerai plus d'embarras. Je ne vois pas pourquoi je m'acharnerais sur vous.

— Vous êtes un homme bien, lieutenant.

— J'essaie de l'être. Ce n'est pas toujours facile dans mon métier.

Sanders avala la fin de son cocktail. Ils se levèrent de table.

— Je crois qu'il y a encore une chose que je dois vous demander, monsieur. Vous êtes aujourd'hui au Caesar's, et non au Piping Rock. Avez-vous changé vos habitudes pour une raison particulière ?

Le regard de Sanders s'assombrit encore plus.

— Je ne l'ai jamais vue ailleurs qu'au Piping Rock, expliqua-t-il. Je ne veux pas la rencontrer accidentellement. En plus... l'expérience m'a peut-être rendu amer et suspicieux, lieutenant, mais je commence à me demander si elle ne servait pas d'appât aux Sclafani, pour attirer les gros joueurs. Les casinos chargent certaines femmes de tenir ce rôle, vous savez.

4

Le lieutenant Bud Murphy offrit de reconduire Columbo à l'aéroport.
— C'est possible, reconnut-il dans la voiture. Elle ne serait pas la première à accepter de rembourser une dette de jeu par la vente de ses charmes. Alicia Graham... Alicia Drury... valait bien mille dollars la nuit, vu le niveau du marché. La célébrité d'une femme fait monter sa cote auprès de certains mordus des casinos.
— La question est de savoir si les casinos les utilisent pour conserver les bons clients entre leurs murs.
— Ce n'est pas inconcevable, assura Murphy. Les peines encourues pour ce genre de délit sont très lourdes, mais que peut-on prouver? Dans l'ensemble de ce trafic Alicia Graham Drury ne représentait sûrement qu'une broutille. Elle valait plus cher qu'une danseuse de ballet, mais pas autant que ces créatures emplumées qui tiennent le haut de l'affiche dans les grands hôtels. N'empêche qu'elle devait mériter ses mille dollars. Facile.
— Il lui aurait fallu beaucoup de temps pour rembourser une grosse dette à ce tarif, évalua Columbo. Surtout en ne venant à Las Vegas que le week-end.
— Pas très logique, hein? Vous savez, j'ai vu pire.

XII

1

Lundi matin, Columbo passa à son bureau.

Un message lui indiquait que Karen Bergman avait cherché à le joindre. Il la rappela. Elle lui dit qu'elle ne voulait pas lui parler au téléphone, mais qu'elle souhaitait le voir.

Ils se rencontrèrent dans un drugstore de La Cienega Boulevard. Elle l'attendait au comptoir, devant un café, en mâchonnant un sandwich au fromage. Sa sempiternelle tenue, chemisier blanc et jupe noire, courte et serrée, aida Columbo à la reconnaître.

Dès qu'il s'assit à son côté, elle le remercia de sa visite.

— Je me méfie des téléphones de la production, lieutenant. On redoute systématiquement d'être espionné. Je me suis rendu compte que même Paul suivait parfois les conversations des autres.

— Il avait transformé son bureau en central d'écoute ?

— Ça n'a jamais été un lieu très convivial. Café ? Il y régnait toujours une certaine hostilité, une certaine dose de suspicion.

— Oui, café, lança Columbo en direction de la serveuse derrière le comptoir. C'est curieux, dès le premier instant, j'y ai ressenti quelque chose de cet ordre. Hostilité... Quel genre ? Jalousie ?

— Je ne sais pas précisément. Une tension. Cela n'avait rien à voir avec le divorce. Du moins ça ne m'est jamais apparu.

— Non ?

— Alicia se fichait pas mal des frasques de Paul. Et je crois que c'était réciproque. Vous savez, Tim est amoureux fou d'Alicia. Je suppose qu'il s'est épris d'elle avant son divorce, mais peu importe, il ne jure que par elle, il en est complètement dingue. Elle, c'est une grande manipulatrice. Elle joue avec Tim comme avec une marionnette. Avec Paul elle n'y parvenait pas, maintenant elle se rattrape de sa frustration.

— Tim... ?

— Tim a pu tuer Paul. Il le détestait.

— Pourquoi ?

— Raisons professionnelles, pour une grande part. Mais surtout parce qu'il estimait que Paul avait trompé Alicia, qu'il l'avait larguée.

— Mademoiselle Bergman... je ne pense pas que vous m'ayez appelé pour m'exposer ce genre d'évidences.

— En effet. J'ai du nouveau. Bill McCrory m'a demandé d'éplucher les factures de Paul, son carnet de chèques et ses relevés de carte de crédit, pour essayer d'évaluer le passif, les factures qu'il faudrait régler d'une façon ou d'une autre. Il gardait la majorité de ces paperasses au bureau, pas chez lui. J'en ai eu un aperçu assez facilement. En passant au peigne fin ses bordereaux de carte Visa je suis tombée sur une information intéressante. Le mois dernier il a acheté quatre boîtes de disquettes de trois pouces et demi. Vous vous rendez compte ? Quarante disquettes ! J'ai retourné tout le bureau et j'ai été loin de mettre la main sur quarante disquettes. J'en ai trouvé six. J'ai alors feuilleté ses factures des deux dernières années et j'ai constaté qu'il avait acheté plus de deux cents disquettes depuis 1991.

C'est une quantité énorme. Et il n'y en a que six dans son bureau !

— Ça veut dire qu'il gardait des copies de ce qui figurait sur les disques de ses ordinateurs ? s'informa Columbo. Et que le fameux nettoyage n'a pas vraiment détruit ses archives ?

— C'est une possibilité. Ça signifie en tout cas qu'il n'était pas aussi imprévoyant que nous le pensions. Nous avions jugé un peu vite, n'est-ce pas, lieutenant ? Contrairement à ce que nous avons cru, il n'a pas commis l'idiotie de se fier uniquement à ses disques durs, au nom de la sécurité assurée par la redondance des deux appareils.

— Enfin, m'dame, je n'ai jamais traité M. Drury d'idiot. Il me semblait seulement étrange qu'il ait gardé toutes ses informations dans un seul endroit. Les gens l'interprétaient comme ils voulaient, moi, ça me paraissait juste un peu incohérent.

— Autre chose, lieutenant. D'habitude il mettait toutes ses fournitures de bureau sur le compte de la production, il n'utilisait pas sa carte de crédit personnelle. Pourquoi avoir réglé ses disquettes autrement ? La seule raison que j'imagine, c'est qu'il ne voulait pas informer de ses achats l'ensemble de ses collaborateurs. Peut-être personne ne se doutait-il qu'il détenait des copies.

— Reste une grande question, m'dame : où sont ces disquettes ? Ne serait-ce pas pour cela que quelqu'un a fracturé le bureau de son domicile ?

— Eventuellement. Mais réfléchissez au nombre des disquettes : deux cent quarante. Ça fait de quoi remplir amplement un grand tiroir de bureau. Et en quoi ses documents auraient-ils été mieux protégés dans son salon ? Celui qui se montre assez intelligent et assez acharné pour parvenir à effacer intégralement les disques durs de Paul ne recule pas devant l'idée d'aller dérober ou détruire des copies chez lui. Non, lieutenant, je ne crois pas que quiconque connaisse leur existence.

— D'accord, supposons. Mais où M. Drury a-t-il caché ses disquettes ?

— Au même endroit que les photos. Nous savons qu'il en avait. Où sont-elles ?

La serveuse déposa une tasse de café devant Columbo. Il la porta aussitôt à ses lèvres et commença à boire.

— Avez-vous parlé à quelqu'un des vingt-quatre boîtes de disquettes ?

— Non. Même pas à maître McCrory.

— Alors abstenez-vous-en, répliqua Columbo.

— J'ai également cherché dans les talons de ses chéquiers la trace d'une location de coffre-fort. Je n'ai rien trouvé qui ressemble de près ou de loin à ce type de dépense.

— Continuez de regarder, m'dame. Etablissez-moi une liste de tous les chèques que vous n'êtes pas en mesure de comprendre.

— Alicia n'apprécie pas. Elle est furieuse que maître McCrory m'ait chargée de fouiller dans les comptes de Paul. Je m'attends à ce qu'on m'interdise l'accès du bureau d'un moment à l'autre.

Columbo hocha vigoureusement la tête de droite et de gauche.

— Non. Ils ne feront pas ça.

2

Une fois Karen Bergman partie, Columbo pénétra dans une cabine téléphonique en face du drugstore. Il appela Jonathan Lugar, l'adjoint du district attorney.

— Ecoutez, je vous remercie de votre collaboration. Vous n'avez pas trouvé de coffre au nom de Paul Drury, je suppose ? Je vais vous donner un renseignement complémentaire. Il doit être de bonne taille. Plus grand qu'un tiroir de bureau. Il doit pouvoir contenir plus de deux cents disquettes d'ordinateur. Et vraisemblablement des photographies. Il n'est peut-être pas dans une banque, mais chez une de ces sociétés de location qui fleurissent aujourd'hui. Qui plus est, rien ne dit qu'il soit à son nom. Il payait sans doute en espèces.

Columbo tira une profonde bouffée de son cigare tout en écoutant le fonctionnaire lui expliquer qu'il avait faxé une requête aux diverses banques et entreprises de location de coffres de Los Angeles.

— Vous voulez bien élargir votre prospection au-delà du comté, monsieur Lugar ? Oh, déjà fait ? Bravo, vous êtes un champion. Merci. Alors encore une chose. Vous savez que nous avons posé les scellés sur la maison. Maintenant je pense qu'il faut également les poser sur les bureaux de la production. L'avocat de M. Drury vous soutiendra à cent pour cent. Des documents importants ont disparu, quand nous les retrouverons nous connaîtrons vraisemblablement le mobile du meurtre. Oh non, monsieur. J'ai une idée assez précise de l'identité de l'assassin, mais je ne peux pas instruire le dossier sans connaître la raison de ce crime. Oui, je partage votre avis, nous aurions dû mettre les bureaux sous scellés dès la semaine dernière. Seulement la semaine dernière nous ne savions pas ce que nous savons aujourd'hui. Oui, monsieur. C'est exact, et votre collaboration m'est extrêmement précieuse.

3

Martha Zimmer marqua une légère hésitation avant d'entrer chez Burt. L'endroit n'avait rien de terrifiant, ce n'était qu'une gargote équipée de deux billards dans l'arrière-salle. Mais l'épaisseur de la fumée qui y régnait ne suffisait hélas ! pas à en camoufler la décoration minable. Il s'agissait d'un des lieux préférés de Columbo, parce qu'il offrait de quoi répondre à ses deux principaux penchants : une amicale partie de billard pendant la pause du déjeuner et de vastes assiettes pleines d'un chili à vous emporter la bouche.

— Je ne doutais pas de vous trouver ici.

Columbo releva les yeux. Au-dessus du tapis vert parsemé de billes colorées se dressait la silhouette de Martha Zimmer. L'imperméable du lieutenant était maculé de craie bleue et de talc. Son cigare se consumait sur le rebord du billard.

— Ah, Martha... Une minute. Je vise la numéro neuf.

Il se pencha à nouveau pour se concentrer sur le coup qu'il allait effectuer. La queue glissa plusieurs fois d'avant en arrière entre les doigts de sa main gauche. Il tira. La bille blanche parcourut presque toute la longueur de la table, percuta la numéro neuf, blanc et jaune, et la propulsa vers la poche située au bout à droite. Elle fila en direction de l'angle, alla frapper violemment l'arrière de la blouse et disparut. La bille de choc termina son trajet contre la bande du fond.

— Par-fait !

Columbo empocha trois billets d'un dollar, le sien et ceux de ses deux amis. Il s'éloigna de la table pour rejoindre le haut tabouret qui l'attendait devant son assiette de chili, posée en équilibre sur la rambarde qui servait de comptoir.

— Désolé, les gars, c'est une inspectrice, le devoir m'appelle. Alors, Martha, vous voulez une part du meilleur chili de Los Angeles ?

— J'ai déjà déjeuné.

Martha portait un regard manifestement sceptique sur l'assiettée à demi consommée où flottait une couche de crackers ramollis masquant presque la mixture qui donnait son nom au plat.

— Ooh... dommage ! Le chili de Burt est un chef-d'œuvre. Et vous parlez à un connaisseur. Bon, tant pis, qu'est-ce que je peux faire pour vous ?

— Deux choses. Le capitaine Sczciegel dit que vous devez absolument vous présenter aujourd'hui au stand de tir pour renouveler votre licence.

— Oui. Bof...!

— Comment un homme qui manifeste une telle maîtrise pour blouser la bille numéro neuf peut-il rater une cible avec un pistolet ? Ça me dépasse.

— Vous savez... une queue de billard, ça fait moins de bruit. C'est quoi, la deuxième chose ?

— Vous voulez voir des gens fous furieux ? J'ai reçu la glorieuse mission de me rendre à La Cienega à la tête de l'équipe chargée de poser les scellés sur les bureaux de Paul Drury. Les occupants ont appelé leurs avocats. Voilà. Et ils demandent que vous veniez, *illico*.

— Laissez-moi deviner. Il doit s'agir de Mme Drury, de Tim Edmonds et de... Bell.

— Bell n'y était pas. Les deux autres hurlaient comme des putois. Ils vont appeler le chef.

Columbo haussa les épaules.

4

Charles Bell fit tournoyer son verre pour aider les glaçons à fondre, tandis que son regard scrutait Alicia et Tim. Il n'était pas passé au bureau ce matin, et portait un pantalon jaune et un polo bleu ciel, sa tenue habituelle au Topanga Beach Club.

— Que peuvent-ils trouver ?

Il répondit lui-même à sa question :

— Rien. Ils ont mis les scellés sur la maison, ils l'ont fouillée avec des détecteurs de métaux, et ça ne les a pas avancés. Que risquent-ils de découvrir dans les bureaux ? Rien. Et je vais vous dire pourquoi ils feront chou blanc : à moins que l'un de vous n'ait commis une erreur stupide, il n'y a rien à trouver. Le pistolet... disparu. L'ordinateur portable... disparu. Bien sûr, ils vous suspectent. Mais c'est la routine. Même si Columbo démontait votre alibi, il n'arriverait pas à prouver que vous avez tué Paul, et son travail consiste justement à trouver des preuves. On se calme.

Alicia détourna les yeux vers la piscine.

— Il a rendu visite à Phil, dit-elle.

— Et que lui a dit Phil ? Rien. L'*omertà*. L'*omertà*. Phil ne parlera pas, ne serait-ce que pour se protéger. Les seules personnes susceptibles de parler et de vous mouiller, c'est Phil... ou moi. Et vous savez parfaitement que cela n'arrivera pas.

Alicia ne se départait toujours pas de son air soucieux. Elle confirma pourtant :

— Il n'imaginera jamais le lien. Tim et moi sommes les suspects numéro un, mais il lui manquera toujours le lien. On n'établit pas de chef d'accusation sans mobile, et il ne le dénichera jamais. Je l'ai toujours dit, pourquoi l'un de nous aurait-il voulu tuer Paul ? Nous n'avions aucune raison, aucune raison qu'il soit en mesure de découvrir, aussi finaud soit-il.

— Je perds beaucoup d'argent avec cette affaire, intervint Tim. Il faut que j'installe de nouveaux bureaux, que je monte un nouveau magazine...

Alicia posa la main sur la sienne.

— Profites-en pour te remettre à tes émissions sportives, mon chéri. Dans quelque temps nous verrons peut-être comment tirer profit du mouvement médiatique créé par la mort de Paul. En ce qui me concerne cela ne manquera pas de me procurer du travail. J'envisage d'écrire un livre sur l'histoire du magazine.

— Tu n'auras plus besoin de travailler, rétorqua Tim en lui prenant la main. Quand nous serons mariés...

— Vous êtes des grandes personnes, tous les deux, déclara Bell, vous saurez vous débrouiller. Et puis qui dit que le magazine ne survivra pas à Paul Drury ? Je...

Le maître d'hôtel s'approcha de leur table.

— Un appel téléphonique pour Mme Drury.

Alicia se leva et alla s'enfermer dans une des cabines du hall.

— Allô ?

— Alicia. J'étais sûr de te trouver là. C'est Phil. Quand on appelle à ton bureau on tombe sur les flics.

— L'ingénieux lieutenant Columbo a posé les scellés sur les locaux de la production ce matin.

— Je voulais justement te parler de lui. Tu sais qu'il a passé le week-end ici. Il a discuté avec plusieurs personnes et posé beaucoup de questions. Je l'ai invité chez nous, et il a eu une petite conversation avec papa.

— Charles dit que nous pouvons nous fier à l'*omertà*. C'est bien vrai ? Ton père et toi...

— Charles ne t'aurait pas parlé de ce qu'il ne connaissait pas, l'interrompit sèchement Sclafani. Quoi qu'il en soit, ton Columbo est bien trop malin. Je l'ai fait filer, il n'a rencontré personne qui sache quelque chose d'important. Sauf un gars. Je n'arrive pas à comprendre où et comment il a eu son nom, mais j'ai appris qu'il avait discuté avec Henry Sanders.

— Nom de Dieu !

— Cela m'étonnerait que Sanders ait été bavard, continua Sclafani. Ce qui m'ennuie, c'est qu'il l'ait identifié.

— Il ne pouvait pas trouver pire.

— Pourquoi ?

— Sanders m'a demandée en mariage. Il m'a appelée plusieurs fois au bureau, je n'ai jamais répondu. Il peut vouloir renouveler ses assiduités, et se dire que révéler quelques crasses sur moi lui fournirait un moyen de me joindre.

— Sa proposition date de quand ? Avant ou après notre contrat ?

— Depuis notre contrat, je ne l'ai pas revu, c'est évident. Mais il a justement téléphoné quand il a remarqué que je ne revenais plus à Las Vegas.

— Bon sang !

— Que pouvons-nous faire, Phil ?

— Garder la tête sur les épaules, tu me l'avais conseillé toi-même. S'il découvre que tu as travaillé pour moi l'an dernier, ça ne prouve rien. Ecoute : pas un mot à Tim ni à

Charles. Tes nerfs sont plus solides que les leurs. Moi, je n'en parlerai pas à papa. Il peut lui venir des idées à la sicilienne.

— D'accord. Tu as eu raison de m'appeler ici. Cette ligne n'est pas surveillée. Je viendrai déjeuner au club tous les jours prochains. Tu pourras m'y joindre en cas de besoin.

— Okay. Tiens bon, ma petite. Ce genre d'affaire demande avant tout du sang-froid, ne craque pas et tout se passera bien.

5

— J'ai rencontré Joe Sclafani, annonça Columbo à Ben Palermo. Giuseppe Sclafani. Vous l'avez déjà vu personnellement ?

Ils étaient tous deux assis dans le bureau de Palermo, au quartier général du FBI de Los Angeles. L'agent fédéral répondit par un signe de tête négatif.

— Un personnage historique ! reprit Columbo. C'est comme si Al Capone surgissait tout d'un coup pour vous tendre la main.

— Je me suis trouvé une fois en face de Meyer Lansky, révéla fièrement Palermo.

— Ça a dû vous faire quelque chose... Mais je ne voudrais pas abuser de votre temps. J'ai recueilli des renseignements troublants sur Mme Drury. Je me suis dit que...

— Je me suis permis de vous devancer, l'interrompit Palermo. Vu la tournure que prenait votre enquête, j'ai demandé des informations à Las Vegas. Voici une copie du rapport rédigé par un de nos agents. Regardez la date.

Mémoire confidentiel
Sujet : Alicia Graham Drury

Date : 17/12/92

L'enquête porte sur les activités récentes du sujet susnommé, qui semble étroitement lié à Giuseppe et Philip Sclafani. Des renseignements sur son passé plus lointain figurent dans son dossier intégral.

L'enquête a cherché principalement à savoir si le sujet s'était dernièrement livré à des activités de prostitution à Las Vegas. Bien que les informations accumulées ne débouchent pas sur une conclusion formelle, il semble hautement probable que le sujet soit une prostituée, exerçant au casino et à l'hôtel Piping Rock, propriété des Sclafani. Les données ayant permis d'aboutir à cette hypothèse sont les suivantes :

1°) On a observé que le sujet avait perdu une somme d'argent substantielle en jouant au casino du Piping Rock. Les recherches menées par le bureau de Los Angeles ont montré que les rentrées financières du sujet ne lui suffisaient pas à rembourser l'importante dette ainsi accumulée.

2°) On a observé le sujet en conversation très intime, lors de dîners au restaurant du Piping Rock, avec un certain nombre de sujets masculins connus pour avoir frayé avec des prostituées. Des appels téléphoniques donnés dans sa chambre aux premières heures de la matinée sont restés sans réponse, ce qui permet de conclure que le sujet n'y avait pas passé la nuit, et incite à déduire qu'il l'avait passée dans la chambre du sujet masculin en compagnie duquel il avait été vu la veille au soir. (Le sujet n'a pas été suivi ; aucun système d'écoute n'a été installé dans les chambres où on suppose qu'il se trouvait.)

3°) Les sujets masculins avec lesquels le sujet a été observé sont, entre autres :

a) Charles Duro (54 ans), de San Francisco. A été l'objet d'une plainte déposée par un propriétaire de bar de San Francisco pour avoir à plusieurs reprises proposé de l'argent à des serveuses afin qu'elles l'accompagnent dans une chambre de motel. Cette plainte a donné lieu à un avertissement de la part de la police de San Francisco. Le sujet a été observé trois fois en compagnie de Duro.

b) Emilio Contadora (61 ans), de San Diego. A déposé en 1990 auprès de la police de San Diego une plainte où il déclarait avoir été volé par une prostituée. Le sujet a été observé quatre fois en compagnie de Contadora.

c) Henry Sanders (61 ans), de Los Angeles. A été arrêté en 1987 par la police de Los Angeles pour avoir tenté de débaucher moyennant finance une inspectrice de la brigade des mœurs. La plainte a été retirée sur sa promesse écrite de ne pas réitérer son acte. Le sujet a été observé six fois en compagnie de Sanders.

d) Richard Bernardin (58 ans), de Greenwich, Connecticut. A été arrêté en 1985 à White Plains, New York, pour avoir brutalisé une prostituée lors d'une querelle concernant le règlement de ses services. Condamné à dix jours de prison et à une amende, il a été mis en liberté surveillée. Le sujet a été observé deux fois en compagnie de Bernardin.

Ces différents sujets ont été identifiés grâce aux empreintes digitales relevées sur des verres ou divers ustensiles par eux utilisés. D'autres sujets masculins n'ont pu être identifiés par manque d'empreintes digitales correspondant aux leurs dans nos dossiers.

Il faut noter que tous ces sujets masculins ont été vus en train de miser de fortes sommes d'argent sur les tables de jeu du Piping Rock.

Une surveillance plus serrée du sujet peut être requise si une information plus précise est souhaitée.

Supplément au mémoire ci-dessus
Date : 16/04/93

Le sujet évoqué ci-dessus, Alicia Graham Drury, n'a pas été vu à l'hôtel ni au casino du Piping Rock depuis plusieurs semaines. Il n'a été vu dans aucun autre hôtel ou casino de la ville durant la même période.

— Et alors ? demanda Columbo. Qu'est-ce que tout ça a à voir avec le meurtre de son ex-mari ? On est en plein mystère. Ça tombe bien, j'adore les mystères. Enfin, j'aime surtout lire des histoires mystérieuses. Je n'arrive jamais à les élucider. Peut-être que c'est davantage dans vos cordes. Moi, mon boulot consiste à amasser des renseignements sans arrêt, jusqu'à ce que tout devienne limpide. Mais les énigmes où on doit emboîter les informations les unes dans les autres de la façon la plus tordue possible, c'est pas dans mes cordes.

Palermo ne put s'empêcher de sourire.

— Les mêmes cordes nous lient l'un à l'autre, Columbo.

— Sherlock Holmes, Ben. Pensez à Sherlock Holmes. Sa méthode pour résoudre les mystères. La même que la nôtre : il mettait tous les indices les uns à côté des autres, y compris ceux recueillis par Scotland Yard. Ses succès ne lui venaient pas d'une perspicacité particulière, mais simplement de son acharnement à accumuler toujours plus d'informations.

— Quelle femme, cette Alicia Drury ! s'exclama Palermo. Et quelle vie !

— Oui. C'est bien vrai, quelle femme ! Dommage, ce qu'on en dit dans ce rapport !

Columbo tapota pensivement les pages entassées sur le bureau de son collègue.

— Je suis navré pour elle, reprit-il. J'ai l'impression qu'elle s'est laissé abuser.

— Ne la prenez tout de même pas trop en sympathie.

— Elle ne va pas me trouver très sympathique ce soir. Il faut que je les rencontre, elle et ses amis, et je parie qu'ils me feront une scène de tous les diables. Vous savez...

Il marqua un haussement d'épaules avant de poursuivre :

— Qu'est-ce que j'y peux ? C'est une obsession chez moi, trouver des choses. Même quand je regrette d'apprendre ce que j'apprends.

XIII

1

Columbo arriva chez Alicia Drury peu avant 18 h. A sa grande surprise, il la trouva seule. Il n'avait pas imaginé la rencontrer hors de la présence de Tim Edmonds et de Charles Bell, mais les faits lui donnaient tort. Elle l'accueillit à la porte en maillot de bain et peignoir de plage et l'invita à entrer.

— Je prenais un bain de soleil. Si cela ne vous ennuie pas, allons nous asseoir dehors. Scotch ? Je peux aussi vous offrir de la bière, du bourbon, du gin...

— Scotch, merci infiniment, m'dame. Mais très léger.

En regard de la luxueuse villa de Paul Drury sur Hollyridge Drive, la maison surprenait par sa modestie. Non seulement elle était nettement plus exiguë, mais elle donnait sur une rue au trafic très dense, bordée d'humbles demeures. Enfin son entretien laissait à désirer, l'enduit détaché en deux endroits découvrait de larges zones de béton brut. Une partie de la toiture en tuile avait été remplacée par un matériau dépareillé. Derrière le bâtiment, une étroite pelouse entourait une petite piscine, abritée du regard des voisins par un haut mur en parpaings enduit de plâtre. Sur le gazon, deux chaises longues accompagnaient une table basse ronde, en séquoia.

— Mettez-vous à l'aise, dit Alicia en désignant les chaises. Et... vous savez, vous ne bronzerez jamais si vous gardez toujours votre imperméable sur vous.

— En effet, je crois que non. Mais je ne suis pas du genre à rechercher beaucoup le bronzage. J'ai essayé de m'exposer, un été. Je suis allé sur la plage chaque fois que j'ai eu du temps libre. Devinez ce qui s'est passé : ça m'a complètement grillé la peau.

Elle laissa tomber sur le gazon son peignoir en tissu éponge et apparut en bikini noir. La découpe du maillot ne relevait ni d'une pruderie excessive ni d'une provocation outrageuse. Columbo révisa son premier jugement sur les grâces d'Alicia Drury : elle n'avait rien d'une beauté saisissante, son indéniable distinction lui venait surtout de son port altier.

— Maintenant qu'on m'a jetée hors de mon bureau, il ne me reste plus qu'à prendre des bains de soleil.

— Je suis désolé, m'dame. Nous ne laisserons pas les scellés très longtemps.

— On m'a dit que vous aviez recueilli des renseignements intéressants à mon sujet au cours de votre week-end à Las Vegas.

Columbo avala une gorgée de son scotch.

— Je déteste devoir pénétrer dans l'intimité des gens, madame Drury.

— Lieutenant Columbo, avez-vous vu le premier film sur Dracula, interprété par Bela Lugosi ?

— Oh ! je pense bien. Je l'ai vu six ou sept fois.

— Vous vous souvenez de la scène où Dracula affrontait le docteur van Helsing, qui venait d'acquérir la certitude que le comte était un vampire ? Dracula lui disait quelque chose dans le genre : « Maintenant que fous safez... ce que fous safez... que comptez-fous faire, docteur fan Helsing ? » Alors, Columbo ? Qu'allez-vous me faire, maintenant que vous savez ce que vous savez ?

— Oh, m'dame, ce que j'ai découvert, à supposer que

ce soit vrai, ne me semble pas concerner la mort de M. Drury. Je n'allais pas à Las Vegas pour espionner votre vie privée. Ces renseignements me sont parvenus accidentellement. Pour être sincère, m'dame, je suis navré que le hasard m'ait mis au courant. J'aurais préféré rester dans l'ignorance.

— Que d'autres que vous l'apprennent me porterait un grand tort.

— Oh oui ! Je m'efforcerai de l'éviter. D'autant que ces renseignements ne m'apportent rien.

— Désirez-vous une explication ?

— Vous n'avez pas à m'en donner, m'dame.

— Je tiens à vous informer. Je vous fais confiance, lieutenant Columbo.

— M'dame... vous ne devriez peut-être pas. Après tout je suis l'inspecteur chargé d'enquêter sur la mort de votre ancien époux. Je ne prétends pas n'avoir jamais envisagé que vous soyez liée à ce meurtre.

— Bien entendu. Depuis le début vous avez situé l'assassin parmi les personnes de son entourage possédant une carte magnétique et connaissant la maison. Je dois figurer en haut de votre liste. Alors écoutez, laissez-moi vous parler un peu de moi. Je suis une joueuse acharnée. Inutile de vous expliquer ce que ça veut dire. J'ai joué dès que j'ai eu l'âge d'entrer dans les casinos. J'ai commencé à fréquenter Las Vegas peu après mon arrivée à Los Angeles. J'ai pris assez vite l'habitude d'aller au Piping Rock et je n'ai plus joué ailleurs. Lieutenant... j'aime ça ! Le jeu m'inspire une passion dévorante ! Pour être à une table de blackjack à Las Vegas, je donnerais n'importe quoi, ou presque. J'ai gagné. J'ai perdu. Hélas ! sur une grande période aucun d'entre nous ne s'y retrouve jamais. J'ai perdu plus d'argent que je n'en possédais. Le casino s'est alors mis à comptabiliser mes dettes. Au bout de quelques mois, Philip Sclafani m'a convoquée dans son bureau et m'a montré à combien se montait le total. Lieutenant, je lui devais plus de soixante mille dollars !

— Ça fait beaucoup, m'dame.

— Mon divorce a constitué le problème principal aux yeux de M. Sclafani. Il aurait accepté de me faire crédit dans la mesure où Paul se serait porté garant. Lieutenant Columbo... Paul n'a jamais rien su de cette histoire ! Lors de notre séparation j'ai obtenu un bon accord, j'ai entre autres reçu cette maison. En fait, il se l'était achetée pour y recevoir une petite amie, avant notre mariage, et il la gardait comme nid d'amour. Enfin bref, j'ai remboursé à M. Sclafani la moitié de ma dette. Il a apprécié, mais il m'a dit que je devais continuer à payer, que s'il effaçait une somme aussi importante, d'autres clients s'accorderaient le droit d'envoyer promener le casino. Il me suggéra d'emprunter à Paul. Impossible. Paul m'en aurait trop voulu, il m'aurait peut-être tuée. Bon, m'a-t-il dit, réfléchissez et faites-moi savoir votre décision.

Alicia Drury marqua une pause. Columbo tenta de la meubler comme il put.

— Oui, je vois.

— J'arrivais à prendre sur mon salaire entre cinq et six cents dollars par mois. Il les acceptait en signe de bonne volonté, pour un début, mais il exigeait davantage. Il a bien voulu ne pas me compter d'intérêts, mais il m'aurait quand même fallu cinq ans pour tout lui rembourser. Evidemment... je recevais souvent des propositions autour des tables de jeu. Dès que la situation s'est présentée à nouveau, de la part d'un homme assez âgé, j'ai discuté argent avec lui.

— Je suis désolé de vous entendre parler de ça, m'dame. Dispensez-vous d'entrer dans les détails.

— D'accord. J'ai transmis l'argent à M. Sclafani, sans lui dire d'où je le tenais. Puis j'ai recommencé. Plusieurs fois. Vers le mois de février de cette année, je ne devais plus que quelque chose comme quinze mille dollars. J'avais ravalé le peu de dignité qui me restait, mais au moins j'arrivais progressivement à sortir d'embarras. Entre-temps Tim est tombé amoureux de moi et il m'a parlé mariage. Il ne savait rien de ma situation, bien sûr. Il était loin de porter le moindre soupçon. Je ne pouvais pas continuer à « faire des passes », comme on dit, tout en le fréquentant. Je lui ai avoué que je devais quinze mille dollars à M. Sclafani, et je lui ai expliqué pourquoi. Il me les a prêtés, contre ma promesse de ne plus aller à Las Vegas. Je me suis acquittée du reste de ma dette et je n'ai plus remis les pieds là-bas.

Columbo eut un sourire gêné.

— Tout ça, dit-il, n'a toujours rien à voir avec la mort de M. Drury. Et j'en suis heureux, m'dame, car voir la presse étaler ce genre de révélations m'aurait beaucoup embarrassé.

— Je voudrais que mon futur mari continue de l'ignorer.

— C'est terrible, ce que vous avez été obligée de faire !

— Votre compassion me réconforte.

— Pensez-vous que les Sclafani vous auraient brutalisée ?

— Je redoutais par-dessus tout qu'ils divulguent ce que je viens de vous dire, et ils en auraient été capables.

— Je vous comprends.

— Les scellés sur les bureaux ont rendu Tim furieux. Charles Bell aussi.

— Oui, m'dame. J'imagine aisément ce qu'ils doivent penser. Mais... euh... je crois qu'il vaut mieux que je vous laisse.

Il se leva.

— Ma femme, reprit-il, fait des spaghetti *carbonara* ce soir. Ça la mettrait en rogne si j'arrivais en retard à un festin pareil. Je vous en prie, restez assise, je connais le chemin. Je déposerai mon verre dans la cuisine au passage. Et, euh... ne vous inquiétez surtout pas, je ne raconterai rien à personne, je regrette trop d'être au courant moi-même.

Alicia posa les pieds par terre et se redressa dans sa chaise, mais elle ne se leva pas.

— J'ai traversé deux années bien pénibles.

— Oui. Vous avez toute ma sympathie.

— Je pensais rester l'épouse de Paul toute ma vie, quand...

— Oui, c'est dur. Je parie que vous demeuriez très attachée à lui.

— Bien entendu. Bon, bonne chance, lieutenant. J'espère que vous parviendrez bientôt à tout éclaircir.

— Moi aussi.

Sur le point d'atteindre la porte de la maison, Columbo s'arrêta brusquement pour se retourner.

— Euh... oh, dites...

Alicia s'était rallongée.

— Excusez, m'dame, vous pourriez peut-être m'aider à comprendre un point qui m'étonne. Il y a parfois des petites choses, des détails, qui me trottent tout d'un coup dans la tête, et je n'arrive plus à me concentrer sur l'essentiel. Ça n'a aucune importance, je m'en doute, mais...

— Oui ?

— Voilà, m'dame. M. Giuseppe Sclafani, le vieux monsieur, m'a parlé de votre rencontre, et de l'impression que lui a laissée votre regard. Il a dit aussi qu'il n'était pas descendu de son appartement depuis 1991. Alors vous l'avez vu là-haut, chez lui ?

— Vous me demandez si j'ai eu des rapports avec le vieux ?

— Oh non, pas du tout ! Cette idée ne m'a pas traversé l'esprit.

— Il ne manquerait plus que ça. Eh bien, la réponse serait non. Il n'en a même pas été question. Je l'ai rencontré dans l'appartement en présence de Philip Sclafani. Deux fois. Oui, j'ai vu ce vieillard, et à deux reprises. Un point c'est tout. Est-ce clair ? A vrai dire, il n'a pas manifesté une attitude très avenante.

Un sourire éclaira le visage de Columbo.

— Il s'est figuré que vous vouliez épouser son fils.

Alicia se radoucit et sourit à son tour.

— Il est gâteux, dit-elle. Mais il devait être redoutable quand il possédait tout son esprit.

— Je le pense aussi. Bon, merci encore. Et merci également pour le scotch.

Au moment où Columbo quitta la maison, il croisa Tim Edmonds, qui venait de la rue.

— Bonsoir, monsieur.

Tim se contenta d'un signe de tête.

— Lieutenant, combien de temps ça va durer ? Quand est-ce que je pourrai retrouver mon bureau ? Franchement, je trouve que votre enquête s'enlise. Vous-même, vous vous enlisez.

— Je suis désolé que les choses vous apparaissent ainsi, monsieur Edmonds. C'est dans la nature de mon travail, mon comportement ne peut pas plaire à tout le monde. Pourtant je préférerais. Je n'aime pas importuner les gens.

— Eh bien, sachez que vous m'importunez très sérieusement.

— Je vais accélérer l'examen du bureau, pour que vous puissiez y retourner dès que possible.

— Je vous en serais reconnaissant.

Tim se détourna sèchement pour continuer son chemin vers la maison.

2

Les bureaux des Paul Drury Productions étaient provisoirement sous la responsabilité de Martha Zimmer. Columbo lui avait dit de ne laisser pénétrer que Karen Bergman et Leslie Whistler, la secrétaire de Drury. Quand il y débarqua le lendemain matin, les trois femmes venaient de se faire du café.

— Je suis tombée sur une chose intéressante, lui annonça Karen Bergman. Dans les archives comptables de la société. Paul payait les frais de voyage des invités de ses émissions, mais il ne les rétribuait jamais pour leur participation. Et pourtant il a versé deux mille dollars par mois au professeur John Trabue depuis février. D'après ses talons de chèques, il mettait cette dépense au chapitre des consultations. Il y a même plus étrange. En mars il lui a envoyé un chèque de cent quatre-vingt-cinq dollars. Il n'a mentionné que le mot « frais ». Non pas frais de voyage. Cette somme n'aurait d'ailleurs pas suffi à rembourser un aller et retour entre le Texas et la Californie. Qui plus est, le professeur Trabue travaillait déjà à l'université de Los Angeles en mars. Rien ne suggère ce dont il peut s'agir.

— Il y a un moyen de le savoir, rétorqua Columbo. Le demander au professeur Trabue.

3

Columbo rencontra le petit professeur dans une pièce attenante à l'un des amphithéâtres. Eraflures et brûlures de cigarette souillaient le vieux bureau de chêne et les trois chaises en bois qui l'entouraient. Des livres, des dossiers et des papiers s'entassaient en vrac sur des étagères. Confortablement assis derrière son bureau, John Trabue ne portait pas la traditionnelle veste de tweed de ses collègues, mais un complet marron clair. Ses lunettes légèrement teintées de vert laissaient transparaître un regard dépourvu de toute condescendance envers l'inspecteur aux cheveux ébouriffés qui, assis face à lui, fouillait dans les poches de son vieil imperméable chiffonné. Bien au contraire, il étudiait son comportement avec un intérêt sincère.

— Puisque vous fumez la pipe, professeur, vous ne verrez sans doute pas d'inconvénient à ce que j'allume un cigare.

Le sourire figé de l'historien s'accentua soudain. Il répondit à Columbo avec la plus grande amabilité :

— Absolument aucun. J'espère qu'il ne s'agit pas d'un

cigare de premier choix, car je fume du tabac bon marché et on m'a dit qu'il sentait très mauvais.

— Vous savez, professeur, il y a une partie de ma vie que j'ai toujours regretté d'avoir ratée. Je ne suis pas allé à l'université. Ma femme y suit des cours du soir, et je crois qu'elle arrivera à décrocher un diplôme un jour ou l'autre. Deux de mes enfants ont bien réussi. Moi, après le lycée je suis allé en Corée, et à mon retour on m'a pris dans la police de New York. Tous ces trucs-là... le campus, les amphis, les bureaux des profs, ça m'intéresse beaucoup. Z'avez une allumette ?

Le professeur Trabue fit glisser dans sa direction une pochette d'allumettes en carton qui traînait sur le bureau.

— Il n'est jamais trop tard, lieutenant Columbo. Vous pourriez également assister à des cours.

— Oh... j'ai un emploi du temps bizarre, vous savez. J'ignore souvent où je serai le lendemain.

— A côté de ça, il faut reconnaître que les diplômes universitaires ne confèrent pas un pouvoir magique. Abraham Lincoln n'en possédait aucun. Harry Truman non plus.

— Ni Sherlock Holmes, ajouta Columbo tout en allumant son cigare.

— Vous voyez ! Bon... Lieutenant, si vous ne m'aviez pas appelé ce matin, c'est moi qui vous aurais joint. Mais j'ai craint que vos journées ne soient actuellement trop chargées pour vous laisser le temps de prendre connaissance de la modeste contribution que j'étais en mesure d'apporter à votre enquête sur la mort de Paul Drury.

— Quelle contribution, professeur ?

— Une aide très limitée, hélas ! Puisque vous venez me voir, vous devez avoir en tête des choses bien plus importantes.

— En décortiquant sa comptabilité professionnelle nous sommes tombés sur les talons de chèques qu'il vous adressait.

— Evidemment. Je me doutais que vous m'en parleriez. J'assurais une fonction de consultant auprès des Paul

Drury Productions. Il m'adressait ce que les avocats appellent des provisions.

— C'est-à-dire... ?

John Trabue répondit dans un demi-sourire :

— Que je travaille ou non, il me payait. En réalité, j'effectuais quelques recherches pour lui. Vous savez qu'il préparait une émission spéciale pour le trentième anniversaire de l'assassinat du président Kennedy ?

— J'ai cru le comprendre.

— Mon travail consistait à prouver que ce qu'il envisageait de révéler à l'antenne ne tenait pas debout.

— Il s'agissait de quoi ?

— Une nouvelle hypothèse au sujet de la fameuse butte gazonnée de Dealey Plaza. Paul possédait des photos montrant deux hommes sur la butte, dont un qui tenait un fusil. Il avait soumis ces photos à un lissage informatique. Vous connaissez ce procédé, lieutenant ?

— Bien entendu, mais... faites comme si j'avais oublié.

— Je ne prétends pas comprendre parfaitement moi-même. J'ai toutefois assisté à une spectaculaire démonstration de cette technique. Il existe des photos d'Abraham Lincoln lors de sa première allocution présidentielle. Deux photos prises d'assez loin. Parmi les présents on peut deviner qui est le Président, mais on ne parvient pas à reconnaître ses traits. Le traitement des clichés par ordinateur donne des portraits de Lincoln tout à fait fidèles à ce que décrivent les témoins de l'époque. On a également établi ainsi un portrait de John Wilkes Booth, qui se tenait à quelque distance de lui.

— Attendez..., demanda Columbo, si je me souviens bien, il s'agit de tabler sur les lois de la probabilité.

— Exactement. Comme ceci...

Le professeur prit un stylo et se mit à marquer des points sur une feuille de papier.

— Imaginons, continua-t-il, que chaque point représente un grain de nitrate d'argent sur un négatif, un point agrandi autant que le permettent les optiques d'un agrandisseur, soit des milliers de fois. Imaginons qu'ils soient disposés de cette façon :

•• •• •• ••

Une fois ses huit points alignés, il reprit :

— Il est aisé de supposer, grâce aux lois de la probabilité, que si nous possédions la trace de l'ensemble des points nous aboutirions à une ligne de points comme celle-ci :

••••••••••

ce qui serait la représentation photographique d'une ligne continue ayant cette allure :

_____

De même, des points disposés ainsi :

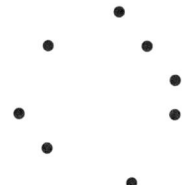

constitueraient très vraisemblablement la trace d'une courbe en forme d'œuf. Cette technique a été utilisée pour l'amélioration de photographies aériennes destinées à la reconnaissance d'un terrain.

— Et M. Drury, là-dedans ?

— Son ordinateur a appliqué le même procédé à certaines photos prises près d'Elm Street le jour de l'assassinat. Les clichés révèlent alors la silhouette de deux hommes sur la butte gazonnée. L'un d'eux tenait un fusil.

— Comment a-t-il trouvé ces photos ? s'enquit Columbo.

— La grande popularité que lui conférait son magazine poussait des téléspectateurs à lui envoyer des photos, des lettres, des notes, tout un assortiment de pièces inconnues de la police et du FBI. La plupart des documents reçus n'avaient pas une grande valeur, mais les deux photos dont je vous parle ont retenu son attention au point qu'il les a soumises au renforcement par lissage informatique.

— Et où sont-elles, monsieur ?

— Dans un coffre-fort. Paul y mettait en sûreté ses informations les plus importantes sur Kennedy. Il avait la ferme conviction qu'elles étaient de la dynamite.

— Vous me laissez entendre, monsieur, que quelqu'un peut l'avoir tué pour l'empêcher de réaliser son émission spéciale sur le trentième anniversaire, au cas où il y divulguerait ces photos ?

— Je présume que vous avez une meilleure théorie pour expliquer son meurtre, lieutenant. Ce n'est qu'une suggestion.

— Vous savez que les disques de ses ordinateurs ont été effacés. Toutes les données accumulées ont disparu.

— Ce qui concerne Kennedy, objecta le professeur, est dans le coffre, avec les photos. Du moins si j'en crois ce qu'il m'a dit.

— Des disquettes ?

— En effet. Il m'en a lu certaines ici même, sur son portable.

— Et le script de l'émission ? Il l'avait rédigé sur ordinateur ?

— Cela aurait été un peu prématuré. Mais nous avions commencé à prendre des notes.

— Possédez-vous une copie de ces notes, professeur ?

— Des miennes, mais pas des siennes.

— Bon, très bien. Ces deux hommes sur les photos... qui sont-ils ? Vous le savez ?

— Non. Le seul moyen d'obtenir éventuellement la réponse serait de piocher dans ce qu'il a enregistré. Nous aurons besoin des disquettes.

— Et elles sont dans le coffre.

John Trabue opina en signe de confirmation. Columbo haussa les épaules puis se leva de sa chaise.

— Très bien, professeur, j'imagine ce qu'il nous reste à faire. Je n'abuserai pas de votre temps. Je me permettrai toutefois de vous rappeler, je pense. Vos indications m'ont été extrêmement précieuses.

Le professeur se leva à son tour pour serrer la main de Columbo. Une préoccupation semblait tracasser le lieutenant, qui ne se résolvait pas à franchir le pas de la porte.

— Oh... autre chose, professeur. Les chèques que vous receviez chaque mois des Paul Drury Productions se montaient à deux mille dollars. Excepté l'un d'eux, qui n'était que de cent quatre-vingt-cinq dollars. A quoi correspondait-il? Vous pourriez me le dire?

— Bien sûr. Au loyer annuel du coffre. Selon les instructions de Paul, je le louais à mon nom. Il jugeait plus prudent que le sien ne figure pas.

Columbo passa les doigts dans sa chevelure ébouriffée et attrapa son cigare si précipitamment qu'il faillit se l'écraser dans la main.

— Vous louiez le coffre? A votre nom? Alors vous savez où il est?

— Evidemment. Je m'étonnais que vous ne me posiez pas la question.

4

— Moutarde et épices, expliqua Columbo à Martha Zimmer et à Geraldo Anselmo, l'informaticien. Mortimer s'y connaît. Il n'y a pas beaucoup de marchands de hot dogs à Los Angeles qui les réussissent comme lui. Regardez ça! Tenez, regardez.

Les yeux de Martha et de Geraldo oscillaient de leurs propres hot dogs à celui de Columbo. Ils étaient brûlés. La peau des saucisses était toute noire.

— Aujourd'hui ils font presque tous bouillir les saucisses, reprit le lieutenant. C'est incroyable ! D'accord, on n'en trouve nulle part d'aussi bons que sur Coney Island... ceux de Coney Island sont inimitables, mais ceux de Mortimer s'en approchent. Regardez-moi cette moutarde : jaune. Au moins ce n'est pas cette horrible mixture marron. Bon, la moutarde marron va bien avec le salami et des trucs comme ça, mais pour les hot dogs... Ecoutez ! Les trois lascars m'ont emmené déjeuner dans un club privé très huppé. Je vous assure que ce qu'on y mangeait n'arrivait pas à la cheville de ces hot dogs.

Ils avalaient tous trois leurs casse-croûte sur un banc de Pershing Square. Martha y avait attendu les deux hommes et gardé leurs places, tandis qu'ils étaient partis acheter hot dogs, frites et sodas orange chez Mortimer. A quelque distance un homme en guenilles haranguait les passants sur un sujet si quelconque que personne ne cherchait à suivre son discours.

— Geraldo, parlons des deux ordinateurs dans le bureau de M. Drury.

— Oui, monsieur..., balbutia l'informaticien effrayé par le ton péremptoire de Columbo.

— Bon, voilà. Ce que j'ai besoin de savoir, c'est si les appareils sont endommagés. Comment dire... est-ce qu'on peut leur faire le coup de Frankenstein, les ramener à la vie, les remettre en marche, quoi ?

— Je ne vois pas ce qui nous en empêcherait.

— Ce virus qui les a bousillés... il est toujours dedans ?

— Je ne crois pas. J'ai travaillé dessus jusqu'à ce que la police mette les scellés hier. Ils semblent en bon état. Le matériel est okay. La seule conséquence de l'intervention a été l'effacement des disques. J'ai essayé de mettre un logiciel qui fait parfois réapparaître les fichiers effacés, mais c'est peine perdue, ils sont redevenus complètement vierges.

— Donc vous les estimez toujours capables d'effectuer le travail pour lequel ils ont été conçus ?

— Très vraisemblablement.

— Parfait. On va vous laisser pénétrer dans le bureau. Remettez-les en ordre de telle sorte qu'ils soient en mesure de fonctionner comme avant.

— Je peux réinstaller tous les programmes. En fait j'ai déjà remis le traitement de texte. Il ne manquera plus que les données.

— Supposez que j'en aie de nouvelles à leur fournir. Ils parviendraient à les lire ?

— Bien sûr.

— Bon. Expliquez-moi comment les protéger, éviter qu'il leur arrive le même pépin qu'aux originaux.

— Elles sont sur disquettes ?

— D'après ce qu'on m'a dit.

— Copiez-les. Faites des disquettes de sauvegarde. Mais n'apportez pas une copie unique, faites deux sauvegardes, ne prenez aucun risque.

Columbo se tourna vers Martha Zimmer.

— L'ordinateur central de la police peut se charger de ça, non ?

Sa collègue acquiesça.

— Autre question, Geraldo. D'où est venu le virus, à votre avis ?

— Du téléphone, il me semble.

— Vous pouvez couper la ligne ?

— Facile, lieutenant. Il suffit de débrancher la prise.

Le sourire de Columbo montra combien il se sentait soulagé.

— En ce cas... je crois que nous ne sommes pas loin de déboucher sur quelque chose. Dès que le professeur aura fini ses cours, nous irons ouvrir le coffre.

— Sans mandat de perquisition ? demanda Martha.

— A quoi bon ? C'est le coffre du professeur. Il a la clef. Venez avec moi, Martha. Je peux avoir besoin d'un officier armé.

XIV

1

Le professeur Trabue admira la Peugeot. Après l'avoir qualifiée de voiture de collection, il assura qu'il aimerait en posséder une semblable.

— Elle exige beaucoup d'attention, avertit Columbo. Je l'ai achetée il y a longtemps, et j'ai beaucoup roulé avec. Je le dis toujours, si vous prenez soin d'une chose, elle prendra soin de vous.

— Comme votre revolver de service, lança malicieusement Martha depuis le siège arrière.

La société de location de coffres occupait un immeuble de verre et d'acier à un seul étage, encadré par quatre hauts palmiers resplendissants. Une fontaine miroitait au centre de la pelouse séparant le parking du bâtiment. Quelqu'un y avait sans doute déversé une boîte de détergent, car de petits nuages de mousse en provenance du bassin effleuraient le gazon en voletant au gré du vent.

Les arrivants s'avancèrent vers l'entrée principale. Les deux policiers charriaient chacun une grosse sacoche de cuir.

Aluminium brossé et bois verni recouvraient les murs du hall. L'éclairage fluorescent incrusté dans le plafond se reflétait sur le sol de marbre. Une cloison de verre séparait le hall de réception des cabines où les clients ouvraient leurs coffres en toute discrétion.

Le professeur Trabue déclina son identité à la réceptionniste tout en lui montrant sa clef. Il déposa sa signature sur un carton, afin que l'employée la compare à celle conservée dans ses archives. Columbo remarqua que la fiche de la société comportait deux signatures : celle du professeur et celle de Paul Drury. A la vue de ce second nom, la réceptionniste décrocha son téléphone et appela son directeur. Celui-ci surgit par la porte découpée dans la cloison de verre.

— D'habitude, quand un coffre est loué au nom d'une personne décédée...

Le professeur ne le laissa pas achever sa phrase.

— Ce coffre est loué à mon nom. C'est moi qui paie le loyer. J'ai autorisé M. Drury à l'ouvrir car je voulais qu'il ait accès à certains documents que j'y garde, mais ce coffre est le mien, pas le sien.

— Et ces deux personnes sont... ?

— Lieutenant Columbo, monsieur. Police de Los Angeles, brigade criminelle, précisa le lieutenant en montrant sa plaque. Et voici l'inspecteur Martha Zimmer.

Le directeur les escorta tous trois jusqu'à la porte de verre. La serrure s'ouvrit grâce à un signal, sans doute électrique, émis d'un local situé dans un lieu indiscernable du bâtiment. Après les avoir conduits dans une pièce de dimensions modestes, il les pria d'attendre son retour. Une à deux minutes plus tard, il revint en poussant un chariot sur lequel était juché le coffre. Il inséra sa propre clef dans l'une des fentes de la boîte. Le professeur glissa la sienne dans l'autre. Le directeur se retira et referma la porte derrière lui.

Les proportions du coffre évoquaient un tiroir latéral de bureau, en plus grand. Le professeur souleva le couvercle. Plusieurs rangées de disquettes d'ordinateur s'y alignaient. Sur le dessus s'entassaient des enveloppes de papier bulle, gonflées sous la pression de leur contenu.

— Le trésor de la Sierra Madre! s'exclama Martha.
— Excellente comparaison, commenta le professeur. Celui-ci est aussi précaire que de la poussière d'or balayée par le vent.

Trabue caressa du doigt les rangées de disquettes en ajoutant :
— Y retrouver une information exige une expertise technique approfondie...
— Je m'en doute, interrompit Columbo. Voyons les photos.

Les enveloppes en papier bulle contenaient peut-être une cinquantaine de clichés. Une vingtaine semblaient liées à l'assassinat de Kennedy. Les autres montraient différentes victimes de maladies ou d'accidents, parfois des corps sur une table d'autopsie, parfois des radios de poumons ravagés par le tabac, parfois des politiciens de renom visiblement en état d'ébriété, deux d'entre eux étant même ivres morts. La plupart ne présentaient pas d'intérêt évident sans le commentaire que les disquettes devaient contenir à leur sujet. Il y avait également une célèbre élue du Congrès en tenue d'Eve, photographiée apparemment au téléobjectif. Une autre montrait deux vedettes masculines de la chanson en train d'entretenir les rapports les plus intimes qui soient.

Le parfum de scandale qui se dégageait de ces vues pornographiques irrita le professeur :
— Et ces images étaient sous ma garde! Je propose de les brûler au plus vite.
— Ni Martha ni moi ne pourrions vous dire ce qu'il convient de faire, professeur. Nous n'étions pas venus pour voir ça, c'est vous qui nous les avez présentées.
— Voici les photos de Dallas qui fascinaient tant Drury. A la fois les originaux et le résultat de leur traitement informatique.

Les originaux ne comportaient rien d'extraordinaire. Ces agrandissements issus vraisemblablement d'un négatif 24 × 36 souffraient d'un grain assez gros et d'une mise au point imparfaite. On y voyait avant tout des gens entassés sur une pelouse en pente, parfois en plein soleil, parfois à l'ombre des arbres. Ils étaient si loin de l'appareil qu'on ne pouvait même pas dire s'ils souriaient ou avaient des mines renfrognées. Certains étaient en manches de chemise, d'autres portaient des vêtements sombres. Celui qui aurait ignoré l'événement dramatique de ce fameux jour n'aurait distingué qu'une vulgaire foule sur un talus, en train de regarder la rue passant entre l'appareil et elle. En revanche toute personne familiarisée avec les circonstances de l'assassinat de Kennedy pouvait remarquer aussitôt que les deux vues avaient été prises depuis l'espace triangulaire situé entre Elm Street et Main Street, et que la pelouse en pente n'était autre que ce qui allait rester dans l'histoire sous le nom de butte gazonnée.

La première photo montrait des motards au milieu de la chaussée. Sur la seconde on distinguait une vieille Cadillac découverte, avec des hommes sur les marchepieds. Dans les deux cas les visages de l'assistance étaient trop petits et trop flous pour qu'on parvienne à dire avec exactitude en quoi consistait la différence, mais, bizarrement, la foule n'y semblait pas animée du même sentiment.

— Est-ce que le gars a photographié la limousine présidentielle ? demanda Columbo.

— Ce qu'il a vécu tout à coup l'a peut-être impressionné au point de lui ôter l'envie de prendre une photo, suggéra le professeur Trabue. Ou peut-être était-il en train de rembobiner sa pellicule. Et puis... les gens envoyaient à Drury n'importe quels clichés, du moment qu'ils les avaient pris ce jour-là. Ceux où figurait le Président avaient probablement été transmis aux autorités des années auparavant. Drury ne recevait que les restes, on les lui adressait surtout dans l'espoir de recevoir une lettre de remerciements ou un simple autographe.

— M. Drury a-t-il passé à l'ordinateur l'ensemble des photos ?

— Non, lieutenant. Mais il avait suffisamment étudié les lieux pour reconnaître celles qui montraient la butte gazonnée. Beaucoup de témoins ont assuré qu'on avait tiré des coups de feu depuis cet endroit. Leurs déclarations l'ont incité à regarder de plus près.

— D'accord. J'aimerais jeter un coup d'œil sur les versions rehaussées par le... lissage, dit Martha.

Le professeur lui tendit deux épreuves 24 × 30 sur papier glacé, qui reconstituaient chacune un rectangle de l'original grand comme un timbre-poste. L'effet était étrange. Elles avaient l'allure de photos retouchées grossièrement par la plume d'un dessinateur. Les explications du professeur Trabue sur le lissage informatique prirent soudain un sens concret. L'ordinateur avait dissocié les traces laissées par la lumière sur chaque grain de nitrate d'argent, et appliqué ensuite la loi des probabilités pour ajouter les informations manquantes. Ce qui n'était sur le premier tirage que de vagues silhouettes, minuscules et impersonnelles, devenait ici de vrais personnages aux traits et aux vêtements identifiables, aux allures et aux expressions précises.

— Est-ce que ce système peut se tromper ? demanda Columbo. Mettons, est-ce qu'il peut donner à quelqu'un des traits qui ne soient pas les siens ?

— Dans la mesure où il travaille à partir de probabilités il n'est pas parfait. Mais je répondrai négativement à votre question. L'ordinateur ne peut inventer une image fausse, il ne risque que d'engendrer des lignes trop vagues. Les deux hommes qui figurent ici ressemblaient nécessairement à ce que vous voyez.

— Epoustouflant..., murmura Columbo.

La première image livrait le portrait de deux hommes debout près d'un arbre. Deux hommes jeunes, en chemises blanches. L'un d'eux avait les manches retroussées. Preuve de leur connivence, le bras de l'un était posé sur l'épaule de l'autre. Il parlait apparemment à son compagnon, avec calme mais dans le creux de l'oreille. Celui qui écoutait serrait un fusil : on identifiait l'objet sans aucune ambiguïté. S'ils se tenaient si près l'un de l'autre, de chaque côté de l'arme, ce pouvait être pour la masquer aux yeux de leurs voisins. L'opération ne semblait pas présenter trop de difficultés. Toute l'attention de la foule se concentrait en effet sur ce qui défilait en face d'elle : le cortège de voitures transportant non seulement le président des Etats-Unis mais aussi sa séduisante épouse.

La seconde image était différente. De toute évidence quelque chose hypnotisait la foule. Toutes les têtes se tournaient vers la droite, le regard figé en direction du pont de chemin de fer sous lequel s'engouffrait Elm Street. Dans la fébrilité de l'agitation générale, personne n'avait l'air de remarquer que l'homme au fusil remontait la pente à grandes enjambées vers la clôture. Il tenait le fusil collé contre sa jambe, le canon pointé vers le sol.

L'homme qui l'accompagnait sur la photo précédente n'était plus présent.

— C'en est fini de la théorie Lee Harvey Oswald! s'exclama Martha.

— Non, répondit le professeur. Les balles qui ont tué le Président ont très vraisemblablement été tirées par Oswald. Tout du moins l'une d'entre elles. La butte ne permettait pas de viser sous le bon angle. Mais si d'autres coups sont partis depuis cet endroit, comme l'affirment de nombreux témoins, en voici peut-être les auteurs.

— Ils sont deux sur le premier cliché, récapitula Columbo. Qu'est-il arrivé au complice de l'homme au fusil entre les deux photos ?

Le professeur Trabue hocha la tête.

— Chaque centimètre carré a subi l'épreuve du lissage. Il n'était plus sur la butte quand la photo a été prise. Autrement dit, entre le moment où les motards ont défilé et celui où est passée la voiture transportant le Président blessé, le deuxième homme s'est éclipsé. En l'espace d'une trentaine de secondes.

Le regard de nouveau posé sur la photo d'origine, Martha demanda :

— Pouvait-il être derrière un de ces arbres ?

— Je présume. Mais de toute évidence l'autre décampe en emportant son fusil.

— Impossible d'affirmer qu'il s'en soit effectivement servi, remarqua-t-elle.

— Je pense que non. S'il avait tiré, ne croyez-vous pas qu'au moins un de ses voisins se serait retourné dans sa direction ? Personne n'aurait entendu le coup de feu ?

— Il régnait une belle confusion, objecta Columbo. Un sacré boucan. J'ai lu quelque part que les motards avaient répondu en tirant des coups de feu en l'air. Et puis un fusil fait moins de bruit qu'un revolver... Les deux hypothèses restent plausibles.

Martha reprit la parole :

— Avez-vous une idée de l'identité de ces deux hommes, professeur ?

— Aucune.

— Pensez-vous que M. Drury l'ait trouvée ?

— Si c'était le cas, il ne m'a rien révélé.

— Bon... il faut qu'on sorte tout ce matériel d'ici et qu'on l'embarque à la direction générale, conclut Columbo.

— Il est indispensable d'en faire une copie, lieutenant.

— C'est bien notre intention. Espérons que nos sacoches sont assez grosses pour contenir le tout. Cela dit, si quelques disquettes ne rentrent pas, je peux les prendre dans les poches de mon imper.

2

— Qu'est-ce que vous transportez dans ces sacoches, Columbo ? demanda le capitaine Sczciegel.

Columbo sauta sur l'occasion pour poser enfin ses deux lourds bagages. Dans un grand numéro de galanterie il avait insisté auprès de sa collègue pour porter l'ensemble, sous prétexte que le récent accouchement de Martha lui interdisait tout effort. Il avait parcouru les couloirs de la direction générale en soufflant comme un bœuf, le visage écarlate.

— Ce sont les preuves, capitaine. Les preuves. Il faut en établir une copie et les mettre sous clef.
— Pour l'affaire Drury ?
— Oui, capitaine. Pour l'affaire Drury.
— Lieutenant, nos agents s'en occuperont.
Sczciegel s'interrompit le temps de regarder sa montre.
— Il est l'heure que vous filiez au stand de tir pour renouveler votre qualification. Je veux que vous y alliez aujourd'hui ! C'est un ordre.
— Capitaine, je... euh... il faut que je retourne chez moi pour prendre mon revolver. Je... je ne voudrais pas passer l'examen avec une arme que je ne connaîtrais pas.
— Columbo, je n'ai pas entendu ce que vous venez de me dire. Votre revolver, vous ne devez jamais vous en séparer ! Et... vous l'avez retrouvé, au moins ? La dernière fois que nous en avons parlé, vous m'avez dit que vous ne saviez plus où il était.
— Euh... en fait j'ai encore peur de l'avoir perdu. Je suis comme ça. Je n'ai pas... ce que ma femme appelle le sens du rangement.
— Columbo ! Tout de suite ! Au stand ils ont un grand nombre de pistolets en parfait état de marche. Foncez renouveler votre brevet. Ça commence à me courir, cette histoire. Passez votre examen, Columbo ! Martha, accompagnez-le. Ne le laissez pas trouver une nouvelle excuse.

3

Columbo regarda autour de lui. Ce serait plus dur, bien plus dur que d'abattre des boîtes de conserve au fond d'un ravin. Il se trouvait cette fois dans un véritable stand de tir, avec des cibles alignées à dix mètres, à vingt mètres et à cinquante mètres. Pour se qualifier il fallait atteindre des découpes de taille humaine à vingt mètres. Columbo s'attribuait beaucoup plus de chances de tirer sur la colline située à l'arrière-plan que sur les cibles elles-mêmes.

— Lieutenant... Columbo. Bien, lieutenant. Quand vous voudrez, lieutenant. Vous n'avez qu'à monter là-dessus et faire quelques trous dans la cible, l'affaire sera entendue. Je signerai votre papier et je l'enverrai à la direction générale.

Costaud, le teint rougeaud, le sergent Brittigan descendait en droite ligne des flics irlandais d'autrefois. Grièvement blessé en service commandé, il avait été affecté au stand de tir jusqu'à l'âge où il pourrait bénéficier d'une retraite à taux plein. Il conservait l'allure rigide qu'il avait contractée dans l'armée, et portait avec fierté un uniforme spécialement retouché à sa demande pour évoquer son passé de marine.

Columbo ralluma son cigare et tira quelques bouffées. Le vent s'engouffrait dans son imperméable.

— Le problème, sergent, c'est que je n'ai pas mon revolver de service sur moi. Il se trouve que... je crois que j'ai une fêlure dans le barillet. Il faudra que je le renvoie chez Colt pour qu'ils me remplacent la pièce.

— Aucun problème, lieutenant. Nous disposons d'un grand nombre d'armes de différents modèles, récemment révisées.

— Je pensais que quelque chose dans le règlement disait qu'on devait passer l'examen avec son arme personnelle.

— Ne craignez rien, vous avez le droit de renouveler votre brevet sur n'importe quel type de revolver.

Columbo jeta un nouveau coup d'œil à la ronde. Une demi-douzaine d'officiers en uniforme, les oreilles protégées par d'énormes casques, tiraient sur les cibles. Des éclats se détachaient à la périphérie des silhouettes de bois placées à vingt mètres d'eux : preuves dramatiques des progrès qu'il leur restait à accomplir.

— N'empêche qu'il faut que je revienne avec le mien. Il vaudrait mieux attendre qu'il soit en état de marche.

Le sergent Brittigan haussa les épaules.
— A vous de décider, lieutenant.
— Non, ce n'est pas à lui de décider, intervint Martha. Le capitaine lui a donné l'ordre de repasser son brevet aujourd'hui.
— Alors...
— Le capitaine ne se formalisera pas si je...
— Columbo!
— Mais sans le revolver auquel je suis habitué...
— Les textes prévoient d'accorder une exception dans votre cas, lieutenant.
— Vraiment?
— Oh! bien sûr. Regardez.

Le sergent Brittigan détacha d'un coup sec la courroie qui maintenait sa propre arme dans son étui. Il tendit à Columbo un automatique gris acier flambant neuf.
— Qu'est-ce que c'est?
— Un Beretta. C'est le modèle actuellement réglementaire dans l'armée américaine. Il remplace le vieux Colt 45. Très précis. Difficile de rater sa cible avec ça. Tenez, je vous mets un casque et vous tirez cinq coups. Juste pour vous roder. On arme ici...

Le sergent Brittigan et Martha reculèrent de quelques pas et regardèrent Columbo se mettre en position et pointer le Beretta. Le vent déviait les bouffées de fumée qui sortaient de son cigare. Il fit feu, adressa à la cible un regard en biais et prit à nouveau sa visée.
— Vous savez qui c'est, sergent? susurra Martha à Brittigan.
— Columbo... Je le connais de réputation.
— Vous vous rappelez l'affaire Morrow? L'enfant poignardé. Sa mère soutenait que l'assassin était entré chez elle par effraction, avait tenté de la violer, et avait tué son fils dans un accès de colère. Vous vous souvenez de qui a résolu l'énigme?
— Columbo?
— Columbo. Et vous vous rappelez l'officier McCarthy? Tué pour avoir répondu à un appel au secours lancé

par un homme qui se noyait suite à une attaque cardiaque. L'homme est mort, mais l'officier a succombé sous des coups de matraque, et...
— Columbo ?
— Columbo. Mais il n'est pas fichu de tirer.

Le sergent Brittigan tourna les yeux vers le lieutenant qui se préparait à envoyer sa quatrième balle.

— Evidemment..., remarqua le sergent, je ne suis pas censé admettre uniquement les as du tir. Mon boulot, c'est de m'assurer qu'ils s'y connaissent juste assez pour ne pas envoyer de balles perdues sur des innocents.

— Ça ne risque pas d'arriver avec Columbo : il n'emporte jamais son revolver de service. C'est l'un des plus fins limiers de Californie, mais il n'a pas d'arme sur lui et il ne sait pas nager.

Le sergent regarda Columbo tirer son cinquième coup, puis sortit ses jumelles et inspecta la cible. Il se retourna vers Martha avec une moue éloquente.

— Maintenant que j'y pense, dit-il, il y a un autre article du règlement qui autorise un officier à exiger de repasser son brevet avec son arme de service personnelle.

Columbo vint rejoindre ses collègues en désignant sa cible d'un coup d'œil oblique.

— Pas brillant, hein ? avoua-t-il.
— Disons que vous manquez d'entraînement avec le Beretta. Vous vous servez toujours de votre Colt, je crois ?
— Oui. Tous mes exercices, je les ai faits avec un Colt.

Le sergent Brittigan sortit de sa poche son carnet à souches puis se mit à griffonner dessus. Il expliqua :

— Voici mon rapport, lieutenant : « Le lieutenant Columbo n'était pas en mesure de passer l'épreuve avec son arme de service, car son barillet semblait en mauvais état. En utilisant un Beretta 9 mm dont il ne s'était jamais servi, il a presque réussi sa qualification. Quand son revolver personnel sera réparé, il aura le droit de se présenter à nouveau au stand de tir. » Je vous signe ça, et vous pourrez le remettre au capitaine Sczciegel.

— Ah, merci, sergent. Merci beaucoup. Euh... « presque réussi » ! Au moins ça montre que je ne me suis pas envoyé une balle dans le pied.

La remarque provoqua le sourire attendri de Brittigan.

— Oui, quelque chose comme ça. Revenez vous entraîner, lieutenant, je vous donnerai quelques leçons. Vous y arriverez, je vous le promets.

Columbo lui serra chaleureusement la main.

— Je n'y manquerai pas. Je repasserai dès que j'aurai l'occasion.

— Columbo, faisons un crochet par la maison d'Hollyridge Drive, demanda Martha. Je veux vous montrer ce que j'y ai trouvé hier.

4

Un policier en uniforme continuait de garder la grille, malgré les six jours écoulés depuis le meurtre de Paul Drury. Cette petite semaine avait suffi pour qu'une étrange odeur d'abandon emplît la maison. Les pièces n'évoquaient pas un domicile délaissé temporairement pour les vacances. Un phénomène indiscernable indiquait, de façon aussi évidente que subtile, que son propriétaire les avait désertées à titre définitif. Columbo était persuadé que même quelqu'un qui aurait ignoré la mort du maître des lieux s'en serait rendu compte.

Il se souvint d'une impression similaire ressentie quand il était retourné dans la maison de ses parents après leur décès. Il avait pénétré dans des pièces silencieuses dont l'air n'était plus brassé depuis plusieurs jours : une ambiance alourdie par le poids de la mort.

Consciente de l'émotion éprouvée par Columbo, Martha préféra se taire plusieurs minutes et attendre qu'il prît la parole de lui-même.

— Vouliez me montrer quoi, Martha ?

Elle se dirigea vers le fond du salon, en direction d'une

étagère pleine de livres. Elle en dégagea une brochure intitulée :

UNE VIE AMÉRICAINE :
BIOGRAPHIE D'UN PATRIOTE,
AUSTIN BELL
par Foster Cummings,
historien

Le livre n'avait pas été édité, mais simplement imprimé et relié à Dallas.

Une dédicace barrait la page de garde : « A Paul. Puisse cette biographie de mon défunt père t'inspirer autant que moi. Celui qui a été aimé par son père a de la chance. Si son père était un grand homme, il est deux fois plus chanceux. Charles Bell. »

Columbo feuilleta les pages suivantes. La rédaction du manuscrit datait du vivant d'Austin Bell. Dans la préface celui-ci remerciait même l'auteur pour son honnêteté et sa rigueur.

— Regardez les diverses sociétés dont il était membre, suggéra Martha.

Le livre commençait par une liste des organismes auxquels Austin Bell avait appartenu, ainsi qu'une énumération des causes auxquelles il s'était voué. Elle comprenait la John Birch Society, mouvement politique extrémiste violemment anticommuniste, et les Minutemen, descendants des milices insurrectionnelles durant la guerre d'Indépendance. Elle vantait également ses importantes contributions à la Croisade universitaire pour le Christ, au Mouvement des jeunes Américains pour la liberté, et au Fonds de défense Oliver North.

— Sautez en page 185.

Le lieutenant suivit le conseil de sa collègue et lut :

Le 17 novembre 1963, Austin Bell envoya à la Maison Blanche le télégramme ci-dessous :

SUPPLIE PRÉSIDENT ÉVITER DALLAS DANS CIRCUIT TEXAS. NOMBREUX HABITANTS DALLAS PRENNENT PRÉSIDENT

KENNEDY POUR TRAÎTRE ET COMMUNISTE. SA VISITE PEUT ENGENDRER VIOLENCES, ÉMEUTES, ETC. RISQUE CONSÉQUENCES FUNESTES POUR LUI, L'ÉTAT, LA VILLE. CITOYENS AMÉRICAINS ICI NE VEULENT PAS DE LUI.

AUSTIN BELL,
PRÉSIDENT DE
BELL EXPLORATIONS

Si le président Kennedy et son entourage avaient prêté attention à l'avertissement patriotique lancé par Austin Bell, on aurait évité la tragédie qui suivit moins d'une semaine plus tard. L'arrogance dont fit preuve l'administration Kennedy en envoyant néanmoins le chef de l'Etat à Dallas en ce mois de novembre fut la cause première de sa mort. Ce télégramme démontre qu'Austin Bell avait déployé tous les efforts possibles pour protéger le Président, mais que ce fut peine perdue.

— L'ensemble du livre mérite d'être lu, affirma Martha. Je me suis contentée de le survoler, mais cette seule page est édifiante.

— Sa lecture vaut le coup dans la mesure où nous pensons qu'on a tué M. Drury pour l'empêcher de révéler quelque chose au cours de son émission de novembre prochain. Une information en rapport avec l'assassinat de Kennedy. Vous suggérez que ce Bell... ?

— Je ne suggère rien du tout, Columbo. A vous de tirer les conclusions que vous voulez de ce livre, ou de n'en tirer aucune.

— Je vais l'emporter chez moi pour ce soir.

5

Van Nuys Airport possède deux pistes parallèles. La plus longue, qui mesure deux mille huit cents mètres, permet l'atterrissage d'avions à réaction. Mardi soir, au coucher du soleil, un Falcon perça la couverture de nuages formée en fin d'après-midi et se posa sur la piste principale. Charles Bell attendait dans sa Cadillac décapotable. Quand il vit le petit jet arrêté non loin de l'endroit où il s'était garé, il bondit hors de sa voiture et s'avança vers lui à grands pas. A peine l'escalier déployé, Bell s'engouffra dans le Falcon.

— *Compagno !* lança Phil Sclafani en lui tendant la main.

Bell ignorait le sens de ce *compagno,* mais il gagea qu'il s'agissait d'un terme amical et serra la main de son hôte.

Le copilote surgit du cockpit en poussant un chariot de hors-d'œuvre présentés sous emballage plastique. Il s'informa de ce que ces messieurs désiraient boire.

— Cela vous ferait sans doute du bien, à Bill et à toi, de vous détendre les jambes dans les environs, se contenta de répondre Sclafani. Je dois avoir une petite conversation avec mon invité.

Le copilote salua poliment, et quitta peu après le Falcon en compagnie de son collègue. Sclafani ouvrit le bar situé sous un des sièges avant. Il en sortit des bouteilles, des verres et des glaçons puis prépara deux cocktails à base de Martini.

— Alors, quel est le problème ? demanda-t-il.

— Le voici.

Bell fouilla dans la poche de son blazer bleu ciel pour en extraire une coupure de journal.

— J'avais cru comprendre que nous étions d'accord pour...

— Papa ne l'était pas, interrompit Sclafani. Il n'aime pas prendre de risques.

Bell fronça les sourcils tout en dépliant l'article. Il provenait du *Los Angeles Times* et racontait que le corps d'un Allemand de vingt-deux ans, du nom de Klaus Hunzeicker, avait été rejeté sur le rivage de Malaga Cove. L'autopsie du cadavre grignoté par les poissons avait permis de trouver une balle de revolver à la base de son crâne. Il s'agissait d'un meurtre.

— Personne n'a encore établi de lien, commenta Bell.

— Et personne n'en établira, sois tranquille. Personne n'arrivera jamais à remonter la piste.

Le journal disait ensuite que Hunzeicker, parti de Leipzig pour la Californie un an plus tôt, avait été analyste-programmateur de systèmes informatiques.

— Le gosse ne savait même pas...

— Qu'est-ce que tu as fait du virus ?

Bell hésita un moment avant de répondre :

— Je l'ai gardé. Caché en lieu sûr. Ce genre de chose est tellement précieux !

— Bon, un point partout. Je n'étais pas partisan de se débarrasser de lui, et, toi, tu avais promis de détruire le programme. Seulement... cet équilibre ne me convient pas.

— Tu veux que je détruise le virus ? Voyons ! Il mériterait de... c'est un chef-d'œuvre technologique !

— Tu n'as pas affaire à des idiots ! hurla Sclafani. Cet inspecteur de Los Angeles...

Bell se soumit en ronchonnant :

— D'accord. Je le détruirai.

— J'y compte. J'y compte bien !

Conscient de la menace, Bell acquiesça d'un signe de tête.

— Maintenant, reprit Sclafani, la question est de savoir si...

— Non !

— Il y a un risque. Si jamais elle parle...

— Elle n'oserait pas ! Après tout, c'est elle qui a appuyé sur la détente.

— Papa n'apprécie pas que nous devions passer le reste de nos vies à espérer qu'elle se tiendra tranquille. Si Columbo brûlait un peu moins, rien ne presserait, mais...

— Il ne brûle pas tant que ça.

— Plus que tu le crois. Il a repéré qu'elle se prosti-

tuait. Il veut savoir pourquoi. S'il lui vient l'idée de répandre cette histoire, s'il déclare à la presse qu'elle a été une putain... elle sombre dans la névrose.
— Phil! Mais où veux-tu en venir?
— Suppose qu'elle ait un accident, répondit Sclafani.

XV

1

Mercredi matin, dans les bureaux des Paul Drury Productions, Columbo réfléchissait tout en gardant les yeux rivés sur le café que préparait Martha.

— Vous savez, Martha, j'ai dans la tête que l'assassinat de Drury a bien un rapport avec celui du président Kennedy.

— Pour que son émission spéciale sur le trentième anniversaire ne voie pas le jour ?

— Exact. Quels renseignements apportent les deux photos qu'il s'est donné la peine d'agrandir à l'ordinateur ? Qui étaient les deux gars grimpés sur la butte ? A mon avis Drury possédait la réponse et projetait de la dévoiler en novembre. Vous revoyez la topographie de Dealey Plaza ?

— Désolée si cette révélation vous déçoit, Columbo, mais je n'étais pas née en 1963.

— Moi si. Je me rappelle très bien ce jour-là. Je me rappelle l'endroit où j'étais et ce que je faisais au moment où j'ai entendu la nouvelle. Il y a eu trois événements comme ça, dont le souvenir m'évoque encore l'endroit où j'étais et ce que je faisais quand je les ai appris. Le premier, ça a été Pearl Harbor. Le deuxième, la mort du président Roosevelt. Et le troisième, l'assassinat du président Kennedy. Enfin, bref... Je vais vous dire autre chose. A l'époque nous étions abonnés au *Livre du Mois*, avec ma femme. Elle avait commandé un exemplaire du rapport de la commission Warren. Je l'ai ressorti hier soir et je vous ai préparé un petit croquis des lieux de l'attentat, un dessin simplifié, bien sûr. Regardez :

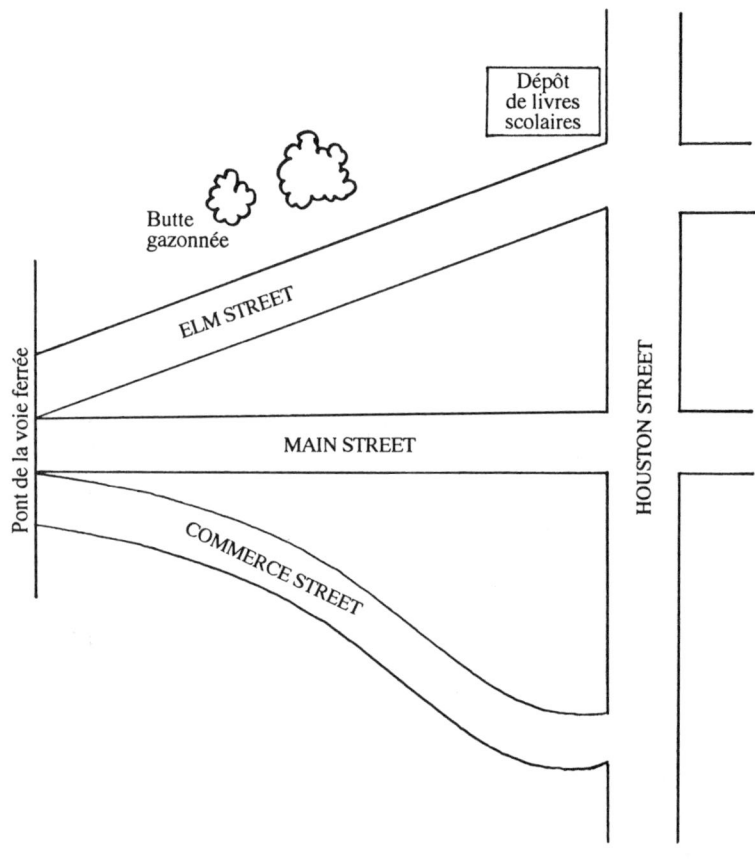

Martha examina le plan hâtivement tracé par Columbo. Des relevés de ce quartier de Dallas, ainsi qu'une photo aérienne, lui revinrent en mémoire. Columbo en avait situé l'essentiel.

— Je l'ai orienté de façon classique, exposa le lieutenant. Autrement dit, le nord est en haut, par là, le sud en bas, vers moi, l'ouest à gauche et l'est à droite. Le cortège a débouché sur Main Street en partant de l'ouest. Cette rue constitue l'itinéraire traditionnel des parades officielles à Dallas, parce qu'elle est bordée de bâtiments très hauts, qui permettent à beaucoup de gens d'assister au défilé depuis les fenêtres. Le cortège du président Roosevelt l'avait déjà empruntée pour traverser la ville en 1936. Suivre le chemin du président Roosevelt était une façon de rendre hommage au passé. Bon, enfin, les véhicules sont arrivés de l'ouest, se sont engagés sur Main Street, ont tourné vers le nord dans Houston Street, puis une nouvelle fois à gauche pour descendre Elm Street.

— Pourquoi ne sont-ils pas repartis vers l'ouest en reprenant Main Street ? demanda Martha. C'était le plus court chemin, il me semble.

Columbo illustra sa réponse en déplaçant son index sur la carte.

— Parce que après s'être engagés sous le pont de la voie ferrée, ici, ils devaient prendre la rampe qui montait vers l'accès nord à l'autoroute Stemmons, donc tourner à droite. Et on ne peut pas le faire à partir de Main Street, il y a un muret qui l'empêche. A cet endroit. Voyez-vous ?

— Pourquoi ?

— Si on tourne sur la droite en venant de Main Street, on croise la circulation engagée dans Elm Street. Regardez. C'est interdit, ce serait trop dangereux. Les voitures qui se dirigent vers l'autoroute doivent passer par Elm Street. Le barrage en béton est là pour tout le monde, même pour un cortège présidentiel.

— Imaginons un individu posté avec un appareil photo dans l'espace triangulaire entre Elm Street et Main Street.

Martha posa son doigt au centre du triangle en question. Columbo poursuivit le raisonnement à sa place :

— Si cet homme veut prendre des photos du cortège, il

a nécessairement la butte gazonnée dans son champ de vision. Il ne cherche pas à la photographier, l'arrière-plan ne l'intéresse pas, mais elle figure néanmoins sur sa pellicule. Ses clichés la montrent d'autant moins nettement qu'il s'agissait d'instantanés tirés en format traditionnel. Même un agrandissement classique ne permettait pas de distinguer le fusil. Il a fallu l'intervention de l'ordinateur pour faire apparaître ce qu'ils recelaient.

— Un coup de chance que Drury en ait eu l'idée!

— Un coup de chance que le photographe les lui ait envoyés! précisa Columbo. En revanche l'intérêt que Drury y a porté tient moins du hasard. Il s'est douté que si on avait effectivement tiré des coups de feu depuis la butte, ces photos risquaient de détenir un indice.

— Geraldo est en train de travailler sur les ordinateurs. Je lui ai donné des copies des disquettes, avec les photos.

— Il les met sur les disques durs?

— Oui. Il a dit que ça lui prendrait la matinée.

— J'en profiterai pour m'occuper d'autre chose en attendant. Je vais rappeler Jessica O'Neil.

2

— J'espère que je ne vous embête pas, m'dame.

— Pas du tout, lieutenant, répliqua Jessica O'Neil. Pas du tout. Que puis-je pour vous?

— Eh bien... j'aimerais vous montrer deux photos.

— Je prenais l'air sur la passerelle. Retournons-y. Tiens, pendant que j'y pense, je vais profiter de votre incursion, qui ne me dérange pas le moins du monde, je vous le répète, pour vous demander un service. Vous voulez bien?

— Que puis-je pour vous, m'dame?

— Tout d'abord, m'appeler Jessie. Quand vous me dites « m'dame », ça me donne l'impression d'être une tenancière de saloon. Deuxièmement, me laisser dessiner votre portrait au cours de notre conversation. Je trouve votre visage intéressant, lieutenant. Je voudrais essayer d'en faire un tableau.

— Oh, c'est très flatteur, m'dame... euh, Jessie. Bien sûr. Allez-y, dessinez.

Tandis qu'ils traversaient la maison, Jessica s'empara d'un bloc de papier et d'un assortiment de crayons. Le *smog* matinal bouchait la vue qu'on avait habituellement de la passerelle. Ce n'était pas la brume lourde et étouffante des après-midi d'été, mais elle empêchait néanmoins d'apercevoir les plages. Columbo s'assit. Jessica l'observa un bon moment avant de tracer ses premiers traits de crayon.

Columbo profita du silence de la jeune femme pour réexaminer sa silhouette. Cette deuxième rencontre lui confirmait le jugement porté sur elle de prime abord. Sa beauté n'avait rien d'extraordinaire, elle était tout simplement naturelle, loin de l'allure sophistiquée des femmes passant leur temps chez les esthéticiens. Le genre préféré du lieutenant. Très soucieuse des effets du soleil sur sa peau comme la plupart des Californiennes, elle portait un maillot deux-pièces, à fleurs.

— Je vous serais reconnaissant de bien vouloir regarder deux photos et de me dire si ce sont celles que M. Drury vous avait présentées.

Elle prit l'enveloppe que lui tendait Columbo, et qui contenait les agrandissements renforcés par ordinateur. Elle les étudia un instant avant de répondre :

— Il m'a montré celle-ci. Je suis pratiquement certaine de la reconnaître. L'autre, je ne l'ai jamais vue.

— Et il vous a raconté qu'elle résolvait le mystère de l'assassinat de Kennedy ?

— Plus exactement... il a dit que ces deux hommes, à côté du fusil, pouvaient avoir tué Kennedy.

— Le tout est de savoir qui ils sont. Vous a-t-il donné une idée sur la question ?

Jessica hocha la tête.

— J'ai l'impression qu'il l'ignorait lui-même. A mon avis il espérait qu'un téléspectateur arriverait à les identifier le jour où il passerait les documents à l'antenne. Tout reposait là-dessus : que sur des millions de personnes regardant l'émission, il s'en trouve au moins une capable de reconnaître ces visages.

La domestique déboucha de la cuisine en apportant deux Bloody Mary avec des tiges de céleri. Jessica O'Neil ne s'était pas souciée de savoir si Columbo en désirait également un, elle l'avait tenu pour évident. Qui est habitué à boire à longueur de journée ne laisse pas passer le milieu de la matinée sans un cocktail léger. La dose de vodka était heureusement si modeste que le lieutenant but plusieurs gorgées avant de se rendre compte que son verre ne contenait pas que du jus de tomate.

— Ces photos auront bientôt trente ans, commenta-t-il. Et une seule d'entre elles a été prise de face. En plus ce ne sont pas des chefs-d'œuvre. Ses hypothèses ne s'appuyaient sur rien d'autre ?

— Si, sur la masse des informations incluses dans ses ordinateurs.

— Ouais. Mais quand on cherche un renseignement, dans un ordinateur comme dans une bibliothèque, il faut un mot qui serve de point de départ, une référence pour les fichiers. Il faut bien un nom.

— Ou un élément de description..., suggéra-t-elle.

— En effet. Seulement regardez ces deux types. Comment leur trouver quelque chose qui les distingue de n'importe qui d'autre ? L'un est grand et a les cheveux clairs, l'autre est petit et a les cheveux sombres. Précis, comme description !

— Je suis désolée, lieutenant. J'ai peur de ne pas pouvoir vous aider davantage. Ce que vous me demandez dépasse mes compétences.

— Ouais. Eh bien, m'da... Jessie, il faut que je m'en aille. Merci de m'avoir reçu. Et merci pour le verre. Vous avez eu assez de temps pour faire un croquis ?

Jessica tourna son bloc pour montrer le résultat. En

quelques minutes l'habileté des traits avait abouti à une ressemblance stupéfiante : cette chevelure ébouriffée, ces rides malicieuses autour des yeux, ce sourire persistant au travers du scepticisme qui lui plissait les commissures des lèvres, c'était Columbo en personne, jusqu'au col et aux revers de son imperméable. L'auteur du portrait eut beau afficher une moue modeste, Columbo ne cacha pas son enthousiasme.

— Mon Dieu, mais c'est fantastique ! Vous avez un sacré talent. J'aimerais bien que ma femme voie ça.

— Tout à l'heure j'essaierai d'en faire un tableau, et je vous l'enverrai.

— C'est trop gentil.

— Je regrette tellement de ne pas vous avoir été d'un grand secours.

— En fait... en fait, vous m'avez aidé plus que vous ne le pensez, conclut-il. Vous m'avez donné une idée qui risque de se révéler géniale, et je vous en suis très reconnaissant.

3

Columbo se rendit chez une artiste peintre dont il avait déjà eu l'occasion d'apprécier la virtuosité. Le studio de Diana Williams occupait le dernier étage d'une vieille maison en brique. Une partie du toit était remplacée par une grande baie inclinée permettant à la lumière du nord, celle que préfèrent les artistes, de baigner la pièce.

La cinquantaine passée, une carrure imposante, les cheveux gris acier, du même gris que la monture de ses lunettes, Mme Williams donnait l'image d'une forte femme. Habillée d'un tee-shirt blanc et d'un blue-jean, elle marchait sans chaussures. En face d'elle, une adolescente posait nue sur une estrade exposée à la lumière du jour. Un chevalet supportait la toile que Mme Williams lui consacrait. La jeune fille garda imperturbablement la pose malgré la présence de l'inconnu qui pénétra dans le studio.

— Columbo, vitupéra l'artiste, je préférerais encore avaler mes tubes de peinture que manger une seule assiettée de ce maudit chili qui brûle les tripes et dont vous vantez la saveur délicate ! Si la police de Los Angeles est trop radine pour me payer un sandwich au thon dans un fast food...

— Madame Williams, je vous offrirai avec grand plaisir un sandwich au thon, et même avec de la salade.

— Et une demi-bouteille de champagne, ajouta-t-elle.

— Ça...

Diana Williams donna une petite tape sur le bras de Columbo et éclata de rire.

— Allez ! Quel service désintéressé vous allez me demander, cette fois ?

— Il ne sera pas du tout désintéressé. Il vous fournira la joie d'aider à démêler une des plus grandes intrigues criminelles du siècle.

— Dans la mesure où je n'aurai pas besoin d'en être le témoin...

— C'est promis, affirma Columbo.

— Alors je vous écoute.

Columbo extirpa de l'enveloppe en papier bulle l'agrandissement retouché montrant les deux hommes sur la butte. Quand il le lui eut tendu, elle le considéra avec attention pendant de longues secondes.

— Fais une pause, Cecilia. Et ne t'inquiète pas pour ce gars : ce n'est pas un clochard, c'est un flic.

La fille descendit enfiler une robe. Diana Williams se retourna vers sa toile, et y apporta quelques infimes retouches avant de s'adresser de nouveau à Columbo :

— Je suppose que vous vous attendez à me voir dessiner la tête de ces deux types.

— Le jeu est encore plus compliqué. D'accord, je veux savoir à quoi ils ressemblaient à l'époque de la photo, mais depuis trente ans ils ont changé. Il faut que je sache également de quoi ils peuvent avoir l'air aujourd'hui.

— Là, on donne dans la voyance !

— Vous ne vous étiez pas trompée quand je vous avais déjà demandé ce genre d'exercice. Les visages humains n'ont pas de secret pour vous, et vous connaissez mieux que tout le monde la façon dont le temps les déforme.

Diana Williams regarda fixement l'image au point de froncer les paupières.

— Celui-là tient un fusil. Qui a-t-il tué ?

— Peut-être John F. Kennedy.

— C'est une blague ?

Columbo nia vigoureusement de la tête.

— Sapristi ! Je suis prête à ingurgiter toute une ration de votre chili pour que vous me parliez de cette histoire. Cecilia ! On va déjeuner. Je te retrouve vers 13 h, 13 h 15, d'accord ?

4

— Merci d'avoir accepté de me voir, monsieur Bell, attaqua Columbo. Je sens que j'abuse de votre temps.

Ils se rencontraient sur le parking du Topanga Beach Club. Ayant téléphoné à tout hasard à cet établissement, Columbo avait eu la chance d'y trouver la personne qu'il cherchait. Charles Bell lui avait alors proposé une entrevue sur le parking, sous prétexte d'une réunion avec des partenaires financiers vis-à-vis desquels il préférait taire la présence de l'inspecteur chargé du meurtre de Drury.

— Je serai toujours disponible pour vous, lieutenant Columbo. J'espère que vous ne m'en voudrez pas d'avoir choisi ce lieu insolite, mais j'essaie actuellement de convaincre quelques personnes d'investir dans un de mes nouveaux projets et... ce sont des gars un peu naïfs, ils risqueraient de s'imaginer que vous me suspectez, ou des stupidités de cet ordre.

— Je comprends parfaitement, monsieur. Parfaitement. Je m'en voudrais de vous causer le moindre ennui. Ecoutez... si quelqu'un me pose la question, je répondrai volontiers que je ne vous suspecte pas.

— Très bien. Si nous allions nous asseoir dans ma voiture ? Elle est un peu plus spacieuse que la vôtre.

— D'accord. Le volume de la mienne est calculé avec un grand sens de la parcimonie. On n'y monte qu'à deux, mais on y tient à l'aise. Le seul inconvénient, c'est que je ne peux plus rabattre le toit, j'ai trop peur de le déchirer. Au moins votre décapotable permet de choisir entre l'ombre et le soleil.

Ils se dirigèrent à pied vers la Cadillac grise de Bell, un modèle hors série.

— Dites donc, elle est chouette, cette auto ! Vous savez, moi aussi, j'ai des cuirs véritables. Ma femme les lave au savon de selle. Vous utilisez également le savon de selle, monsieur ?

— Il est possible que le garagiste en utilise. Je sais qu'il applique des produits spéciaux pour le cuir.

— Le savon de selle, il n'y a rien de mieux, croyez-moi. Ma Peugeot ne date pas d'hier.

— Je m'en souviendrai, lieutenant. Bon, que désiriez-vous me demander ?

Ils s'installèrent sur le siège avant de la Cadillac.

— Bon Dieu, je risquerais de m'endormir au volant si je conduisais une voiture aussi confortable ! Euh... pour aller droit au but, vous m'aviez dit, autant que je me souvienne, que vous étiez sur Dealey Plaza le jour de l'assassinat de Kennedy. Où, précisément ? A quel endroit vous trouviez-vous ?

— Sur Elm Street, la rue empruntée par le cortège. Sur le trottoir nord.

— Avez-vous vu le Président quand il a été touché ?

Bell fit un signe négatif de la tête.

— Cela a eu lieu, expliqua-t-il, avant que sa limousine

arrive à ma hauteur. Je n'étais pas tourné dans sa direction quand on a tiré. Je regardais peut-être un des motards, je ne sais plus. J'ai entendu les détonations, mais je ne me suis pas rendu compte de ce qui se produisait. Vous savez, les pétarades des motos... Quand la limousine est passée devant moi, tout d'un coup j'ai compris qu'il y avait un drame. J'étais horrifié, pétrifié. Le Président gisait sur la banquette, je le voyais à peine. Mme Kennedy essayait de s'échapper en grimpant à l'arrière, sur le coffre. Après, je me suis douté de ce qu'elle faisait : elle essayait de ramasser un morceau du crâne du Président. J'étais tellement horrifié que je ne pouvais même pas... Lieutenant, je refusais d'en croire mes yeux. Ensuite la limousine a accéléré, elle a foncé vers le pont, et elle a disparu dessous.

— Où étiez-vous situé par rapport à ce qu'on appelle la butte gazonnée ?

— Juste devant.

— Avez-vous entendu des coups de feu tirés depuis cet endroit ?

— Non. Absolument aucun. La police et le FBI m'ont posé la question, puis les experts de la commission Warren. Des témoins ont certifié qu'ils en avaient entendu. Peut-être, mais pas moi.

Columbo ouvrit l'enveloppe dans laquelle il avait mis ses agrandissements et en sortit un autre jeu de tirages.

— Monsieur, j'aimerais vous demander de regarder deux photos. Vous savez ce que c'est ? Des photos recomposées par ordinateur pour les rendre plus lisibles.

Bell jeta un bref coup d'œil.

— Je les ai déjà vues. Paul avait demandé qu'on les soumette à cette opération. Il assurait que l'objet tenu par le plus grand des deux hommes était un fusil. Je ne crois pas. Cela m'évoque plutôt un parapluie. Ou une canne, par exemple. Pensez-vous que dans une pareille circonstance les gens seraient restés tranquillement autour d'un homme armé ?

— Mais vous étiez juste devant l'endroit où se tenaient

ces deux individus. Si l'un d'eux avait tiré, vous l'auriez entendu.

— Je devais me trouver à moins de vingt mètres, précisa Bell.

— Ouais. Intéressant. Très intéressant, monsieur. D'après vous, M. Drury envisageait-il de se servir de ces photos lors de son émission de novembre ?

— Oui. Du moins à ce qu'il m'a dit.

Columbo se gratta la tête.

— Elles auraient fait sensation, n'est-ce pas ?

— Certainement. Mais de là à déboucher sur un résultat positif... j'en doute. Sincèrement, je ne crois pas qu'il subsiste la moindre énigme à résoudre. Je suis convaincu que Lee Harvey Oswald a assassiné le président Kennedy, un point c'est tout.

— Oui, monsieur... Bon, je vous avais appelé juste pour cela. Merci de m'avoir reçu.

— Euh... pourrais-je me permettre de vous poser une question à mon tour ? Cela ne vous dérange pas ?

— Allez-y, je vous en prie. Après toutes celles dont je vous ai accablé !

— Où avez-vous trouvé ces photos, lieutenant ? Nous les avons cherchées partout. Tim, Alicia et moi projetons de présenter notre propre version de l'émission que préparait Paul. Nous voulions les utiliser. Nous le souhaitons toujours, d'ailleurs. Elles étaient chez lui ?

— Non, monsieur. En réalité M. Drury les gardait dans un coffre-fort, parmi certaines autres choses.

Columbo ouvrit la portière de la Cadillac et posa un pied à terre.

— Nous avons trouvé le coffre, reprit-il. Ça a nécessité un peu de travail, mais c'est le rôle de la police : trouver.

— Toutes mes félicitations, lieutenant, voilà du bon travail. Nous, les amis de Paul, nous essayons de mettre la main dessus, et vous, qui ne le connaissiez pas, vous y parvenez avant nous.

— La persévérance, c'est tout. Et un peu la chance,

je l'avoue. Eh bien, monsieur... merci encore. Il faut sans doute que vous alliez rejoindre vos invités.

Bell acquiesça, mais resta dans sa voiture à regarder le lieutenant s'éloigner, son imperméable claquant au vent. Il le vit soudain s'arrêter et revenir sur ses pas.

— Oh! une autre petite question, monsieur, si ça ne vous ennuie pas trop.

Il glissa un cigare entre ses lèvres et coinça l'enveloppe des photos entre ses genoux. Il tenta de griller une allumette tout en la protégeant du vent avec son autre main.

— Un détail qui me tarabuste, reprit-il. Voyons... si Mme Drury, M. Edmonds et vous-même désiriez tant retrouver ces photos, pourquoi ne pas nous l'avoir dit? Nous aurions pu les chercher ensemble.

Bell s'avança sur le bitume, un briquet à la main.

— J'ai honte de vous le dire, lieutenant.

— Ah, merci, murmura Columbo en présentant à la flamme l'extrémité de son cigare.

— Ces photos valent une fortune pour un producteur de télévision. Maintenant qu'elles sont entre les mains de la police, si vous jugez utile de les divulguer à l'ensemble de la presse elles perdront tout leur intérêt pour nous, nous ne disposerons plus de l'effet de surprise. C'est pourquoi... je suis confus de le reconnaître, mais... nous espérions bien les récupérer en premier. Comme elles ne présentent aucun intérêt dans l'enquête sur la mort de Paul, j'avoue que nous les aurions gardées par-devers nous.

Columbo loucha sur son cigare et rendit le briquet à Charles Bell.

— Je comprends parfaitement. Ceci explique cela, en effet. Bon... merci encore. J'espère ne plus avoir besoin de vous déranger.

XVI

1

Giuseppe Sclafani repoussa la chaise installée au pied de sa puissante longue-vue. Il passait plusieurs heures par jour à lorgner les filles qui fréquentaient la piscine de son hôtel, ainsi que celles du Caesar's Palace et du Flamingo, également visibles depuis sa terrasse.

— Le courage ! Voilà ce qui te manque. Le courage !

— Papa... Nous en avons parlé des milliers de fois. Les temps ont changé. Nous ne vivons pas en 1933, nous vivons en 1993. Les choses ne sont plus ce qu'elles étaient jadis.

— Jadis ! Jadis ! « Jadis », comme tu dis, tu en avais, du courage ! Tu as osé mettre sur pied cette foutue opération. Tu...

— Papa ! C'était une erreur.

— Une erreur ! Mon fils... mon orgueilleux fils... *un albergatore* ! « Oui, monsieur ! A votre service, monsieur ! » *Un maledetto albergatore !*

— Tout en n'étant qu'un maudit aubergiste, ton fils gagne de quoi te faire vivre dans un luxueux appartement surplombant Las Vegas, fulmina Philip Sclafani. Ton fils, le *maledetto albergatore*, s'arrange pour que les affaires continuent de tourner !

Le vieil homme cracha sur le plancher.

— Un luxueux appartement ! Dans un pénitencier je vivrais au moins en compagnie d'hommes d'honneur.

— Non, papa. Ils sont tous morts. L'un après l'autre. Gambino. Anastasia. Profaci. Charlie Lucky. Frankie Shots. Même le président du conseil d'administration, Meyer Lansky.

Pour toute réponse, Giuseppe Sclafani cracha de nouveau.

— Du « courage » ! Nous avons accompli notre devoir, papa. Tu oses prétendre que je n'ai pas eu le courage de m'y soumettre ? Comment peux-tu me dire ça ?

— Quel acte téméraire !

— Juste ce qu'il fallait.

— Nous ne devons pas nous arrêter en chemin, grommela Giuseppe Sclafani.

— Prendre un risque supplémentaire ?

— Les risques, justement, il faut les peser.

Le vieil homme illustra sa pensée par de lents mouvements verticaux de ses mains, chargées d'évoquer les plateaux d'une balance.

— Quel est le danger le plus grave ? reprit-il. La vraie question est là.

— Les deux autres n'apprécieront pas. Je crains qu'Edmonds craque.

— Edmonds doit croire à un accident.

2

— Il comporte des dispositions qui vous intéresseront sans doute, lieutenant, déclara Bill McCrory. Je peux vous offrir un verre ? La fumée est mauvaise pour mon poisson, mais boire un scotch sous ses yeux n'aura aucun effet néfaste sur lui, à part une éventuelle crise de jalousie.

— Mais... je suis en service. Une autre fois. Bon, vous allez me parler du testament.

— Dans un premier temps, j'ai été un peu contrarié. Etant son avocat et son ami depuis de nombreuses années, je pensais qu'il m'accordait une confiance suffisante pour me charger de la rédaction. Mais quand j'ai découvert le contenu, j'ai compris pourquoi il s'en était remis à un confrère.

— Pourquoi cela, maître ?

— Il me lègue une partie de ses biens. Si j'avais rédigé moi-même un acte qui me faisait son héritier, la situation aurait paru contestable. Intérêts personnels divergents. Problème déontologique.

— Je vois. Mais alors... qu'y a-t-il dans ce texte qui doive me concerner ?

— Il me laisse le quart d'un million de dollars, répondit McCrory. Il donne également le quart d'un million à Karen Bergman, et la même somme au professeur John Trabue. Puis dix mille dollars à sa gouvernante, et autant à sa secrétaire. Le reste de ses biens revient à une Société Paul Drury, chargée de rétribuer le professeur, Karen et moi en tant qu'administrateurs. Il peut vous intéresser d'apprendre qui ne figure pas sur la liste : Alicia. Il ne la mentionne même pas. Vous devinez sa fureur.

— C'est assez imaginable.

— La difficulté réside dans la mission de cette société. Le testament demande aux administrateurs de consacrer les millions de dollars disponibles à sauvegarder les informations accumulées par ses ordinateurs, à les mettre à la disposition des chercheurs universitaires, et à encourager des revues à les publier. Nous nous heurtons au problème de la disparition de ces données.

— Elles n'ont pas disparu, maître.

— Comment ?

— J'aimerais vous livrer une confidence. Etes-vous prêt à garder un secret quelque temps ?

— Oui, bien sûr, lieutenant.
— Les renseignements n'ont pas disparu. Ils sont en possession de la police, dans une chambre forte. Environ deux cent vingt disquettes. Des copies de ces disquettes ont été remises dans les deux ordinateurs de M. Drury. On va pouvoir les lire à nouveau, comme avant la mort de leur propriétaire.
— Alors Paul a été tué pour rien ?
— Si le meurtrier a commis son acte pour empêcher la divulgation de leur contenu, il s'est bien trompé, expliqua Columbo. M. Drury possédait des copies. Apparemment ces copies contiennent l'intégralité des données enregistrées, et pas seulement celles qui concernaient l'assassinat de Kennedy.
— Je vous remercie de votre confiance, lieutenant.
— Vous êtes totalement étranger au meurtre de M. Drury.
— Comment le savez-vous ?
— Si vous l'aviez tué vous ne m'auriez pas donné la cassette de votre répondeur, qui était de toute évidence un faux.
— Un faux ?
— Oui, maître. Un électro-acousticien l'a démontré en moins d'une heure. Je serais incapable de vous dire exactement la façon dont il s'y est pris, mais en gros... pendant que la bande défilait au ralenti il a regardé les courbes produites sur un oscilloscope, enfin des trucs comme ça. Quelqu'un s'est servi d'une cassette comportant déjà la voix de M. Drury, par exemple un message reçu chez lui, et l'a mise dans un petit lecteur genre Walkman. Puis cette personne a appelé votre bureau et a plaqué le haut-parleur devant le récepteur du téléphone pour que votre répondeur enregistre. Le résultat pouvait tromper n'importe qui, sauf des instruments d'analyse du son. Ils ont détecté la détérioration de certaines fréquences, due à deux enregistrements successifs. Ce que c'est que la technique, n'est-ce pas !
— Qui a fait cela ?

— Voilà toute la question, maître. Quand nous saurons y répondre, nous connaîtrons le nom de l'assassin de M. Drury.

3

Lorsque Columbo arriva au siège des Paul Drury Productions, Karen Bergman l'y attendait déjà.
— Félicitations pour votre héritage, m'dame. Je viens du bureau de maître McCrory, il m'a parlé du testament.
— Et en plus, lieutenant, on m'a proposé un travail. Je vais redevenir piailleuse, comme avant d'entrer dans l'émission de Paul.
— Vous allez redevenir quoi, m'dame ?
— Vous savez, les jeux du matin. La fille qui piaille quand un candidat gagne un prix. Celle qui saute sur place en se trémoussant. Cette fois je crois que je sauterai de joie pour de bon.

Une semaine après la mort de Paul Drury, elle portait toujours la tenue qu'il lui avait conseillée, chemisier blanc et étroite jupe noire, comme pour lui rendre hommage. Columbo avait regardé son dossier au service des identités : elle était âgée de vingt-sept ans. Il ne lui en aurait pourtant pas donné plus de vingt et un.

— Je vous ai demandé de venir parce que vous savez vous servir des programmes de recherche des ordinateurs de M. Drury, expliqua-t-il.

La jeune femme répondit dans un profond soupir :
— Oui, s'il y avait encore quelque chose à rechercher !
— Entre nous, m'dame, il y a effectivement quelque chose à rechercher. M. Drury sauvegardait toutes les informations qu'il recueillait. Les ordinateurs ont été rechargés. On y a inséré des disquettes, les deux cents et quelques disquettes dont vous avez trouvé trace dans ses achats.

— Ça alors !

— Mme Drury et M. Edmonds disent qu'ils envisagent de réaliser eux-mêmes la fameuse émission en préparation pour novembre. Je ne leur ai pas encore annoncé que les données avaient été copiées. Ne leur dites rien, je vous en prie. Je veux d'abord m'assurer qu'elles sortent bien. Je regretterais de leur avoir fait une fausse joie si nous nous apercevions que les disquettes ne fonctionnent pas.

— Je vous comprends, assura Karen tout en relevant les sourcils jusqu'au milieu du front.

— Oui, m'dame, il est vraisemblable que vous me comprenez. Euh... allons dans le bureau de M. Drury. D'après Geraldo, les disques tournent comme sur des roulettes.

La solennité des lieux continuait d'intimider Columbo. Cette fois il s'accorda pourtant l'audace de passer derrière le grand plateau de marbre, afin de se poster dans le dos de Karen Bergman et de suivre avec elle le résultat de ses manœuvres. Elle alluma l'écran du premier ordinateur.

Elle appuya sur quelques touches. Le menu principal s'afficha. Se rendant compte que cette liste n'évoquait rien à Columbo, elle leva les yeux vers lui.

— Si le disque contient effectivement tout cela, je dois pouvoir y accéder.

La jeune femme tapota encore sur le clavier, provoquant l'apparition d'un nouveau menu, plus stylisé.

— C'est un programme appelé FOLIO VIEWS, commenta-t-elle. Je vais commencer par appeler une base de données, à l'intérieur de laquelle nous pousserons les recherches. Par exemple...

Une des lignes indiquait URBANGANGS.NFO. Le curseur se promena sur l'écran jusqu'à s'arrêter sur cette mention. Karen appuya sur une touche, et une nouvelle image surgit : un article du *Los Angeles Times*.

— Ce fichier, lieutenant, contient une centaine d'extraits de presse, pris dans des quotidiens et des magazines, ainsi que dans trois ou quatre publications universitaires. Voyons si...

Elle tapa les lettres C.O.L.U.M.B.O. Quelques instants plus tard un second texte remplaça le précédent. Le nom du lieutenant apparut au centre de l'écran, rehaussé par un fond jaune. Il s'agissait d'une citation de journal, sur laquelle on pouvait lire :

Le lieutenant Columbo, inspecteur de la brigade criminelle de la police de Los Angeles, a déclaré que le meurtre semblait être l'œuvre d'un gang d'adolescents de la ville. Selon lui de tels crimes deviennent de plus en plus fréquents ; la plupart seraient commis par des mineurs équipés d'armes hautement sophistiquées et très onéreuses.

Columbo hocha longuement la tête.
— C'est vraiment époustouflant ! J'ai du mal à croire qu'une machine puisse faire ça.

Karen Bergman modifia la recherche en inscrivant trois mots au lieu d'un seul : COLUMBO, AGRESSION, FUSIL. L'écran afficha un article différent, sur lequel on pouvait lire :

Le lieutenant Columbo conclut que, lors de l'agression de Bates, on avait menacé celui-ci avec un fusil de fabrication étrangère, probablement chinoise.

— Tout ce que nous disons dans notre vie revient nous hanter un jour ou l'autre ! s'exclama Columbo. Ce que j'aimerais voir, m'dame, si vous pouvez les trouver, ce sont les notes qu'il avait prises pour l'émission du trentième anniversaire. Croyez-vous pouvoir dénicher ça ?

— Là, il faut passer sur un autre programme.

Pendant que Karen récapitulait les fichiers à mettre en jeu pour accéder éventuellement à ces documents, Columbo sortit son carnet de la poche de son imper, plongea de nouveau la main à la recherche d'un crayon, puis se résolut à utiliser le stylo bille posé sur le bureau.

— Je passe en revue tout ce qui touche à l'assassinat de Kennedy, expliqua l'ancienne assistante de Drury après un long silence. Je tombe sur un grand nombre de scripts, mais vu leurs dates ils concernent chaque fois des émissions anciennes, ce sont presque exclusivement des interviews.

— Avez-vous une idée de ce que M. Drury comptait révéler en novembre ?

— Non. Il était très secret sur ses projets, surtout quand il préparait une émission susceptible d'engendrer des retombées importantes. Je pense qu'il avait peur que l'un de nous laisse filtrer une information et qu'un magazine concurrent s'en empare pour nous griller.

Columbo s'éloigna du grand bureau et alla vers le divan où il avait posé l'enveloppe contenant les agrandissements. Il les tendit à Karen.

— Avez-vous déjà vu ces photos, m'dame ?

— Oui. Il les jugeait très importantes. Je les croyais perdues.

— Savez-vous qui étaient ces deux hommes ?

Karen se contenta de répondre par un signe de tête négatif.

— Et pensez-vous que lui le savait ?

Elle haussa les épaules.

— Cela m'étonnerait. Il avait sans doute l'intention de révéler ces photos à tout le pays au cours de l'émission, dans l'espoir que se manifesterait une personne capable de les identifier.

— Mademoiselle Bergman, il faut que je vous demande un service. Pourriez-vous repasser ici en fin d'après-midi ? Je dois aller recueillir un renseignement très précieux. De plus, j'aimerais que le professeur Trabue soit avec nous quand nous fouillerons plus avant dans ces fichiers.

— A quelle heure ?

— Disons 19 h. Cela vous donnera le temps de manger un morceau avant de revenir.

4

— Je pensais avoir jusqu'à demain, se récria Diana Williams.
— Les choses se sont précipitées, m'dame.
— Cecilia, tu ferais aussi bien de te rhabiller. Monsieur manque de patience.

Tandis que le jeune modèle renfilait sa robe et que Diana Williams nettoyait quelques pinceaux, Columbo examina la toile en cours. Il avait toujours éprouvé de l'admiration pour cette artiste, tout en restant quelque peu déconcerté par son travail. Le corps de la fille juchée sur l'estrade ne présentait aucune des ombres verdâtres qui modelaient sa transcription sur la toile. Mais, malgré cette anomalie, leur couleur insolite conférait à chaque courbe un relief infiniment plus saisissant que n'en possédaient les formes de l'adolescente. C'est sans doute ce qui fait qu'on est artiste ou qu'on ne l'est pas, supputa Columbo. Plus il comparait, et plus il trouvait le modèle moins réel que sa représentation sur la toile. Il se promit de demander à sa femme son opinion sur ce mystère, dès qu'il en aurait l'occasion.

Diana Williams s'assit devant sa table, où était déjà punaisé l'agrandissement traité par ordinateur montrant les deux inconnus juchés sur la butte gazonnée. Elle posa son index gauche sur l'homme au fusil et commença à croquer son visage. Ce que Columbo avait espéré se produisit. Les yeux de l'artiste percevaient l'invisible. Elle avait si bien étudié l'anatomie qu'elle savait spontanément reconnaître parmi les traits de l'ordinateur ceux qui, bien que probables, se révélaient impossibles. La présence d'un os sous la peau imposait tel contour, et la ligne que traçait cette femme était la seule autorisée par la nature.

— Je parierais que le porteur du fusil avait entre vingt et trente ans, assura-t-elle tout en dessinant. D'après la façon dont il se tient. Je parierais aussi qu'il a pris moins de dix kilos au cours des trente dernières années. Quand on a une silhouette aussi élancée que la sienne on n'a pas tendance à s'empâter.

— Qu'est-ce qui a changé en lui ?

— Ah... C'est vrai, vous le voulez tel qu'il est aujourd'hui et non pas tel qu'il était à l'époque ! D'accord. Supposons qu'il ait tout de même grossi de quelques kilos. Ceux-ci se manifestent vraisemblablement de cette manière.

L'artiste arrondit le contour de la joue, puis continua ses commentaires.

— Quelques rides se sont creusées autour de sa bouche, comme ceci. Avec l'âge les paupières se sont relâchées un peu. Voilà. Ses cheveux... ils étaient noirs sur la photo. Ils se sont forcément un peu éclaircis, et il ne doit plus les coiffer en brosse. Admettons qu'il ne les ait pas perdus, n'empêche qu'ils doivent être plus clairsemés. Ça commence à ressembler à une de vos connaissances, Columbo ?

— Mettez-lui des lunettes, m'dame. Genre lunettes d'aviateur, mais cerclées d'argent.

— Comme ça ?

— Par-fait ! Madame Williams, vous êtes une très grande artiste !

Elle afficha un sourire crispé et hocha la tête avec un air de fausse modestie.

— Voyons ce que nous pouvons tirer de votre deuxième gars. Il est beaucoup moins caractéristique, lui. Plus petit. Un visage plus rond. On peut lui donner également vingt et quelques années. Il était grassouillet pour son âge, il faut s'attendre à ce que ça ne se soit pas arrangé. Il a sans doute perdu son charme poupin, il est devenu un vrai pot à tabac. Des bajoues. Cheveux un peu rares, probablement grisonnants. Un sacré contraste avec l'autre.

Au fur et à mesure que le dessin prenait forme, Columbo fronçait les sourcils. Diana Williams avait raison de l'admettre, elle aboutissait à un visage moins typé. Il serait plus difficile d'arriver à une ressemblance frappante. Une éventualité lui traversa l'esprit. Il la repoussa en se promettant d'y réfléchir plus tard.

Le peintre recula de quelques pas pour contempler le résultat de son travail.

— J'espère vous avoir aidé un peu.

— Plus qu'un peu, m'dame. Beaucoup plus qu'un peu.

5

— Oui, oui. D'accord. Ça tombe bien que tu aies un cours ce soir, après dîner je dois rencontrer des gens pour l'affaire Drury. Oh, bien sûr, j'ai lu l'article. Si ce reporter se croit capable de porter une accusation qui tienne debout, laissons-le faire. Hein ? Oui, ça commence à se préciser, seulement je ne veux pas montrer le bout de l'oreille avant d'être sûr de mon coup. Ecoute, quand ça sera fini, je m'arrangerai pour que tu voies fonctionner ces ordinateurs. J'ai peur que tu perdes ton temps à apprendre le BASIC. Ouais, je sais bien qu'on vous le demande, mais personne ne s'en sert plus. Autre chose... est-ce que tu as acheté les comprimés pour Dog ? Bon, si tu en trouves chez le vétérinaire, tu sais, c'est dans des flacons, je les lui ferai avaler. Je connais une méthode. On les écrase dans un bol de fromage blanc, et ça passe comme une lettre à la poste. Moi ? Je vais prendre deux rouleaux de printemps et un poulet chop-suey. Ouais. Bon, toi aussi. Je ne rentrerai pas très tard. Je serai sans doute à la maison avant toi.

Columbo grimpa sur un des tabourets alignés devant le comptoir du restaurant chinois.

— Une bière chinoise, s'il vous plaît. Et deux rouleaux de printemps. Pour la suite, je regarderai la carte.

Il arriva aux bureaux de La Cienega Boulevard à 19 h. L'officier en uniforme qui gardait la porte le salua au passage. Il avait relevé Martha pour la soirée, afin qu'elle rentre s'occuper de son bébé.

Le professeur Trabue attendait dans le hall en fumant la pipe.

— Vous êtes sûrement venu ici plus souvent que moi, professeur. Il est chouette, son bureau, hein ?

— Je ne me sentirais pas à l'aise si je devais travailler dans ce genre d'endroit.

— Je vois ce que vous voulez dire. Votre bureau à vous... on voit tout de suite que c'est celui d'un homme qui aime son travail. Ils ont de la chance, les gens qui peuvent vivre du métier qu'ils ont choisi.

— C'est aussi votre cas, me semble-t-il, lieutenant.

— Ouais. Je ne me plains pas. Je me demande juste quelquefois ce qui se serait passé si j'avais été dans un autre secteur.

— Les disquettes fonctionnent ? demanda le professeur.

— On dirait. Mlle Bergman est arrivée à faire apparaître mon nom sur l'écran. M. Drury avait mis dans ses fichiers des articles où on parlait de moi.

— Mlle Bergman... ?

— L'assistante de M. Drury. Elle sera là d'une minute à l'autre. Ah, j'y pense, professeur, maître McCrory vous a contacté ?

— Oui. Incroyable !

— Félicitations.

— Je me demande où va nous emmener cette histoire ! Une société destinée à exploiter les données accumulées dans les fichiers de Drury !

— Z'avez une allumette ?

Karen Bergman surgit dix minutes plus tard, en s'excusant du temps qu'elle avait perdu à se garer. Ils pénétrèrent ensemble dans le bureau de Drury, où Geraldo s'affairait à charger le second ordinateur. L'informaticien céda sa place et quitta les lieux.

— Avant de commencer à interroger ces appareils, attaqua Columbo, j'aimerais vous montrer deux croquis réalisés par une grande artiste, une amie à moi. Elle s'est inspirée de la photo des deux hommes sur la butte pour dessiner leur portrait. Je lui ai demandé de les imaginer avec le visage qu'ils peuvent avoir aujourd'hui. Voici le premier. Un grand brun. L'un de vous a-t-il déjà vu cet homme ?

Karen et le professeur hochèrent la tête négativement.

— Voici l'autre. Un gars plus petit.

— Pas davantage.

— Moi non plus.

— Vous êtes sûrs ? Pour le second, surtout. Jamais vu ?

— La difficulté, lieutenant, fit remarquer le professeur Trabue, c'est qu'il pourrait presque s'agir de n'importe qui. Il existe des milliers d'hommes comme lui. Pourquoi pas moi ?

— Non, ne vous inquiétez pas, ce n'est pas vous. Mademoiselle Bergman ?

— Beaucoup d'hommes ressemblent à ce portrait. C'est délicat. L'autre visage possède des traits plus caractéristiques, mais je suis certaine de ne pas le connaître.

— Alors j'aimerais que ces ordinateurs nous sortent certains renseignements.

Columbo et le professeur s'installèrent derrière Karen Bergman tandis qu'elle appelait le programme FOLIO VIEWS.

— Première question ? demanda-t-elle.

— Est-ce que quelque chose là-dedans pourrait nous dire si on a retrouvé des armes sur le talus ? A moins que le professeur ne le sache déjà...

— Cela ne me rappelle rien, affirma le professeur Trabue.

— Attendez..., dit Karen. Paul classait certaines informations sur Kennedy par ordre chronologique, c'est-à-dire dans l'ordre où elles lui parvenaient, et d'autres par thème. Il devait estimer que la butte gazonnée constituait un sujet important, parce qu'il lui a consacré un fichier spécial. Que désirez-vous chercher ?

— Je voudrais savoir si le fusil a été abandonné à un moment ou à un autre.

Elle tapa le mot « fusil ». L'ordinateur indiqua qu'il disposait de cinquante-huit documents classés sous cette rubrique. Karen ajouta alors le mot « abandonné ».

— Aucune réponse, lieutenant.

— Essayez « trouver », ou « trouvé », suggéra le professeur.

Même résultat : aucune réponse.

— Bon, d'accord, intervint Columbo. Et si vous mettiez, à la place de « fusil », les mots « pistolet » ou « revolver » ?

Karen essaya les différentes combinaisons. En tapant à la fois « revolver » et « trouvé » elle obtint deux correspondances. Elle situa tout de suite la provenance du premier texte.

— Ça alors ! Le rapport de la commission Warren !

L'extrait disait :

Un revolver Iver-Johnson de calibre 38, numéro de série 38-1286-334, a été trouvé dans l'herbe, sous les arbres situés à l'est de la butte gazonnée. Il contenait six cartouches. Aucune n'avait été tirée. La police de Dallas puis des spécialistes du FBI recherchèrent les empreintes digitales éventuelles. Ni l'arme ni les cartouches n'en comportaient. En outre le canon ne révélait aucune trace de poudre : il n'avait pas servi depuis son dernier nettoyage.

Le numéro de série du revolver a permis de retracer son histoire. Fabriqué en 1934, acheté par un grossiste de l'Illinois, il était passé par la boutique d'un détaillant de Chicago, qui l'avait vendu à un client dont il avait conservé le nom. Ce nom a débouché sur une impasse : c'était ou bien un faux ou bien celui d'une personne sans casier judiciaire.

Au vu de ces circonstances, le revolver Iver-Johnson ne semble pas constituer une piste prometteuse. Le fait qu'on l'ait trouvé dépourvu d'empreintes digitales est suspect. Mais l'impossibilité de suivre son premier acquéreur depuis 1934 ôte presque tout espoir d'apprendre quelque chose grâce à lui.

Le deuxième texte envoyé par l'ordinateur était extrait d'un article paru dans le *Dallas Morning News*.

On a trouvé sur la butte gazonnée un revolver dont aucune balle n'avait été tirée et qui ne portait pas la moindre empreinte digitale.

— Une dizaine de personnes ont pu trimbaler des pistolets sur Dealey Plaza, fit remarquer Colombo. Dans des porte-documents, des sacs à provisions... le fusil, c'est autre chose.

— Sous le coup d'une forte émotion, intervint le professeur Trabue, les gens voient des événements qui n'ont pas lieu et négligent ceux qui se produisent effectivement.

Columbo opina avec insistance :

— Il y a dix, douze ans, dans un strip-tease de Sunset Boulevard, un homme a tiré sur un client. Il montait l'escalier juste derrière lui, il lui a logé une balle dans la nuque, il a fait demi-tour et il est ressorti. Trente à quarante témoins. Et vous savez quoi ? Autant de descriptions de l'assassin que de témoins. A les écouter, il était à la fois grand, petit, mince, gros, blond, brun, de race blanche, noire, vêtu d'un complet veston, d'un jean, d'un chandail, d'un polo ; il s'est servi d'un revolver, d'un automatique, d'une carabine à canon scié... Un témoin a même affirmé que c'était une femme. On n'a jamais élucidé l'affaire. Jamais.

Karen Bergman soupira.

— Ensuite, lieutenant ?

Columbo se passa la main sur le front, puis laissa errer ses doigts parmi ses cheveux en bataille. Après quoi il inclina lentement la tête de droite et de gauche tout en plissant les lèvres en une moue dubitative.

— Euh... on va chercher un nom propre. Sclafani. S.C.L.A.F.A.N.I. Peu importe le prénom. Mettez juste « Sclafani ».

— Dans le fichier « butte gazonnée » ?

— Sans doute pas. Dans ce que vous voulez.

— Je vais regarder parmi les données recueillies courant 1993.

Karen Bergman changea de fichier et tapa le nom demandé. L'ordinateur indiqua la présence de trente-huit textes à cette rubrique.

— Trente-huit ! C'est très intéressant, ça !

— Nous pouvons réduire le nombre en ajoutant un prénom.

— Commencez par Giuseppe, demanda Columbo.

Le premier document qui sortit fut un article du *New York Times Sunday Magazine,* daté de 1977. Il traitait de la disparition des grandes silhouettes historiques du crime, soit mortes, soit en prison, soit à la retraite. L'écran affichait :

Giuseppe (Joe) Sclafani, 70 ans, vit partiellement retiré du monde dans un luxueux appartement au dernier étage d'un hôtel-casino de Las Vegas. Il se satisfait apparemment de sa situation. Il n'a plus rien du menaçant parrain de la mafia, du patron redouté par les dockers de Brooklyn, et semble avoir acquis une certaine respectabilité. Peut-être n'ose-t-il plus se lancer à nouveau dans le racket maintenant qu'il se sait surveillé en permanence par plusieurs policiers locaux ou fédéraux.

Le bas de l'écran mentionnait que cet article provenait des vastes archives de l'agence de presse Nexis, de même que deux autres courts extraits signalant que, malgré sa semi-retraite, on soupçonnait encore Giuseppe Sclafani de certains rackets. Paul Drury avait acheté ces renseignements à l'agence pour les répertorier dans ses propres archives.

En appelant le nom de Philip Sclafani, Karen Bergman fit apparaître d'autres articles. Philip y était présenté comme le directeur général du Piping Rock Hotel. Le *San Francisco Chronicle* disait de lui :

Ce grand et beau célibataire grisonnant a passé sa vie dans l'ombre de son père, dont l'autorité continue de peser sur lui. Philip Sclafani ne s'est jamais marié. Bien que la notoriété publique en ait fait l'homme de main de Giuseppe quand il vivait à New York, son casier judiciaire vierge lui a permis d'obtenir sa licence de patron de casino au Nevada. Il a conservé une image d'homme « propre » en refusant d'accueillir au Piping Rock certains anciens amis de son père.

— Ce sont les seules informations que Paul ait ajoutées sous cette rubrique en 1993, expliqua Karen Bergman. Voyons ce qu'il y avait mis au cours des années précédentes.

Elle tapota à nouveau quelques touches, qui permirent de découvrir que peu d'éléments avaient été enregistrés dans ce fichier en 1992, et aucun auparavant. Pour 1991, 1990 et les années antérieures, appeler le nom de Sclafani n'aboutissait à aucun résultat.

Karen en revint donc aux informations recueillies en 1992, puis à celles de 1993 qu'ils n'avaient pas encore lues. Columbo demanda un tirage papier de certains extraits de presse.

— Ces textes ne manquent pas d'intérêt, déclara le professeur Trabue quand ils eurent terminé, mais hélas tout cela ne démontre rien.

— Je vous demande pardon, professeur, j'estime au contraire que nous venons d'apprendre une chose très importante.

— Vous pourriez préciser, lieutenant ?

— M. Drury se préoccupait beaucoup des Sclafani. Et en plus cette préoccupation était récente. A votre avis, par quoi était-elle justifiée ?

XVII

1

Bannie des locaux des Paul Drury Productions, sans projet particulier en tête, Alicia se prélassait sur sa terrasse en bikini noir, buvant du café et mangeant des gâteaux. Elle passa plusieurs coups de téléphone. Son intention d'épouser Tim dès la fin de l'enquête sur la mort de Paul ne l'empêchait pas de garder des contacts professionnels dans le monde de la télévision. Alicia avait confiance en son avenir avec Tim, mais elle ne voulait pas pour autant renoncer à sa carrière.

Un seul rendez-vous occupait sa journée du jeudi 10 juin. Elle devait se rendre au Topanga Beach Club à l'heure du déjeuner, au cas où Phil l'appellerait de Las Vegas. Elle avait prié Charles Bell de l'y rejoindre car, à court de liquidités, elle comptait sur lui pour régler l'addition. Les Paul Drury Productions lui devaient son salaire, mais Dieu seul savait quand elle verrait la couleur de son chèque. Elle envisageait de solliciter un petit crédit sur le compte de la société afin de couvrir les dépenses auxquelles elle aurait à faire face jusqu'à son mariage.

Devant s'acquitter de deux courses sur son chemin, elle quitta sa terrasse vers 10 h 30 et rentra s'habiller dans sa chambre. Elle y enfila sa tenue favorite : un pantalon serré vert pâle et un polo blanc. Au moment de sortir elle amassa un tas de vêtements sales à déposer à la teinturerie, le lieu de sa première halte avant de gagner le club.

Sa voiture provenait également de son mariage avec Paul Drury. Ce grand break Oldsmobile servait autrefois à transporter caméra et projecteurs sur les lieux de tournage. Lors de la discussion sur les conditions de leur divorce, Paul avait soutenu qu'il deviendrait un véhicule de collection et ne cesserait de prendre de la valeur. Elle ne l'avait pas refusé.

La veille au soir, Alicia s'était garée comme d'habitude sur le chemin menant à sa maison. Quand elle retrouva la voiture le matin, le soleil tapait déjà depuis plusieurs heures sur la carrosserie. La climatisation devrait fonctionner une dizaine de minutes pour devenir efficace. Alicia se dirigea vers la portière arrière gauche. Elle préférait mettre les vêtements sales sur le plancher plutôt que sur le siège à côté d'elle. Tout en glissant sa clef dans la serrure, elle songea qu'elle aurait intérêt à rouler d'abord toutes vitres ouvertes, le temps que la température descende et que la climatisation prenne le relais.

A l'instant où elle tourna la clef, un grand éclair jaune la fit sursauter. Puis la déflagration d'une puissante explosion la projeta contre la chaussée. Elle vit voler au-dessus d'elle des éclats d'acier et de verre.

2

Columbo avait suffisamment consumé son cigare pour consentir à s'en débarrasser avant de plonger sous le cordon tendu en travers du chemin. Un officier en uniforme souleva ce barrage symbolique, afin de permettre au lieutenant d'inspecter les restes de l'Oldsmobile.

Au moment où il rejoignit l'épave, il entendit une voix dans son dos :

— Lieutenant Columbo ! Doug Immelman.

— Salut, Doug. Il paraît que la dame a survécu ?

Jeune inspecteur de la police de Los Angeles, Doug Immelman accueillit chaleureusement son illustre collègue.

— La femme la plus veinarde de la terre. Elle a ouvert sa portière arrière en premier parce qu'elle avait des affaires à poser sur le plancher. Si elle avait d'abord ouvert celle du conducteur, elle aurait été tuée sur le coup. Vous la trouverez dans la maison. Elle s'est écorché les genoux en tombant par terre, mais elle est indemne, juste un peu choquée. Quand on a voulu l'emmener à l'hôpital, elle a assuré que tout allait bien.

L'index droit posé sur le coin de sa bouche, Columbo contempla en silence les débris du break. La portière avant gauche avait complètement disparu. Les morceaux de métal tordu fichés dans la chaussée en constituaient sans doute les seuls restes. Le pare-brise et les vitres avant avaient été soufflés. Des lambeaux d'acier tenaient lieu de pare-chocs avant et de portière arrière gauche. A l'intérieur, le siège du conducteur avait été déchiqueté et projeté contre la portière arrière droite. Le tableau de bord arraché pendait sur le capot. Columbo n'en finissait pas de hocher la tête en tous sens.

— Lieutenant, voici le sergent Sharkey, notre spécialiste des explosifs.

— Ouais, on se connaît. Bonjour, Sharkey, content de vous voir.

Columbo tendit brusquement la main à son collègue. Ce dernier la lui serra.

— Bonjour, Columbo.

— Quelle pagaille !

— Comme vous dites. Et ça aurait pu être pire !

— A votre avis ?

— Plastic. Une sacrée dose. A l'intérieur de la portière. Apparemment c'est l'allumage du plafonnier au moment de l'ouverture qui a déclenché l'explosion. Le circuit semble avoir été conçu de telle sorte qu'une seconde s'écoule avant la mise à feu. Si la dame était entrée par la bonne portière, ça lui aurait donné juste le temps de l'ouvrir à fond et de ne plus être protégée de la déflagration. Heureusement, elle a actionné le dispositif depuis un endroit où elle était moins exposée. Elle a reçu la portière arrière contre elle. Ça l'a projetée au sol et les éclats ont volé au-dessus de sa tête. Un vrai miracle.
— Un travail de pro? demanda Columbo.
— Hyper-pro. Le gars savait ce qu'il faisait. Il y avait plus de quatre-vingt-dix-neuf chances sur cent que la dame ouvre l'autre portière, et là... BOUM!
Columbo se tourna vers Doug Immelman.
— Et vous, Doug? Vous avez des idées?
— Non, lieutenant. Pas encore. Mais on s'en occupe.
— Ne gaspillez pas votre temps là-dessus, je sais qui a fait le coup. Rendez-moi un petit service, Doug. Appelez la direction générale, demandez que deux officiers aillent cueillir Charles Bell au Topanga Club Beach. S'il n'y est pas encore, il ne tardera pas. Inculpation de meurtre.

3

Assise dans son salon, Alicia Drury fumait une cigarette. A part son pantalon retroussé au-dessus des genoux et son polo maculé de poussière grisâtre, rien ne laissait supposer qu'elle venait d'échapper à un attentat qui avait failli lui coûter la vie.
— Comment vous sentez-vous, m'dame?
Pour toute réponse, elle hocha mollement la tête.
— Il recommencera, je pense, fit remarquer Columbo.
— Qui donc recommencera?

Le lieutenant jeta un coup d'œil autour de lui, repéra un grand cendrier en verre et y écrasa le mégot de son cigare.

— Madame Drury, vous connaissez l'auteur de cette opération. Moi aussi, je le connais. Nous savons tous deux qu'il remettra ça. Il s'obstinera jusqu'à ce qu'il réussisse. Cela ne vous inspire aucune réflexion ?

— Il y a déjà quelque temps que vous avez cessé d'être drôle. Pour clore votre dossier et recevoir l'éloge de vos supérieurs vous allez tenter de démontrer que j'ai tué Paul. Mais... même si c'était vrai vous n'auriez aucune preuve.

Columbo fit la moue.

— Parce que vous vous y êtes prise trop intelligemment ? Vous le croyez vraiment ? Vous pensez être aussi rusée que ça ?

— A quoi m'aurait servi de l'assassiner ? Vous connaissez son testament, je suppose.

— Oui, m'dame. Mais je sais aussi qui a essayé de vous supprimer ce matin, qui y parviendra tôt ou tard, d'une façon ou d'une autre, si nous ne réussissons pas à l'arrêter. Voulez-vous que je vous montre sa photo ?

Les yeux d'Alicia quittèrent le visage de Columbo pour aller contempler la fenêtre. Elle tira longuement sur sa cigarette pour l'écraser dans le cendrier où gisait le mégot de Columbo.

— S'il vous plaît, regardez ceci, m'dame.

Il ne s'était pas assis. Il extirpa un agrandissement d'une poche de son imper et le lui tendit.

— Je parie que vous l'avez déjà vu, reprit-il.

Il lui présentait l'image renforcée par ordinateur montrant les deux hommes debout sur la butte gazonnée.

— Charles Bell m'a dit que vous aviez trouvé l'endroit où Paul cachait ses documents. Si vous nous les remettiez, ils nous permettraient peut-être de réaliser l'émission à laquelle Paul tenait tant.

— Non, m'dame. M. Drury a été tué pour qu'elle

n'ait pas lieu. La personne qui a voulu sa mort s'attaquerait aussitôt à vous, à M. Edmonds, et même à M. Bell.

Alicia désigna de l'ongle les silhouettes des deux hommes.

— Paul ne savait pas de qui il s'agissait. Il comptait diffuser cette photo sur les ondes, auprès de chaque foyer américain, dans l'espoir que quelqu'un les identifierait au cours de l'émission.

— Faux, m'dame! Il connaissait l'un d'eux. En revanche il ignorait qui était l'autre, je pense. Mais vous et moi le savons.

— Vous dites n'importe quoi!

Columbo lui montra une photocopie du portrait que Diana Williams avait fait du plus grand des deux hommes.

— Il existe plusieurs façons de rehausser une photo. Voici le travail d'une artiste avec laquelle j'ai déjà collaboré. Ces traits sont ceux du même individu trente ans plus tard. Il ressemble à peu près à cela.

— Pure conjecture! s'exclama Alicia.

— Pas du tout. La femme qui a réalisé ce croquis est prodigieusement douée. Elle n'a jamais vu le modèle, seulement le lissage informatique de sa photo. Une ressemblance étonnante, vous ne trouvez pas?

— Ça pourrait correspondre à des milliers d'hommes, lieutenant.

Jusqu'ici Columbo était resté face à son interlocutrice. Il se détourna pour marcher de long en large. Il n'arpentait pas l'ensemble du salon, il se contentait d'effectuer deux ou trois pas dans un sens, puis dans l'autre.

— Ça pourrait, admettons. Ça pourrait être une coïncidence que ce portrait évoque si bien Phil Sclafani. Comme ça pourrait être une coïncidence que M. Drury se soit acharné au cours des six derniers mois à collectionner dans son ordinateur plein de renseignements sur la famille Sclafani. Deux coïncidences qui se recoupent étrangement. Ça pourrait aussi être une coïncidence que vous ayez contracté une dette importante auprès des Sclafani.

Et que la hâte de la rembourser vous ait poussée à vous prostituer pour récupérer de l'argent. Oh oui, ça pourrait également être une coïncidence que ce matin vous ayez failli succomber à un attentat réalisé par un grand professionnel. Tant de coïncidences les unes à côté des autres, c'est tout à fait stupéfiant!

Alicia sortit une nouvelle cigarette de son paquet. Ses mains tremblèrent quand elle l'alluma.

— L'ensemble de ces coïncidences ne démontre pas la thèse que vous soutenez.

— Soit. Mais j'ai également une preuve.

— Voulez-vous dire que vous allez m'arrêter pour meurtre?

— En fait, je préférerais que ce soit une femme qui s'en charge, une de mes collègues. Mme Zimmer sera là d'une minute à l'autre.

— Vous comptez m'arrêter? Je veux passer un coup de fil.

— Allez-y. Tout ce que vous voudrez sauf quitter cette maison.

Alicia Drury était encore au téléphone quand Martha Zimmer arriva. De retour au salon, elle demanda aux deux policiers qui l'attendaient :

— Alors ça y est... je suis en état d'arrestation?

— Asseyez-vous, m'dame. J'ai encore des choses à récapituler avec vous. Vous avez commis certaines erreurs. Vous avez été très intelligente, mais vous avez commis des erreurs. Voyons... Vous vous souvenez du jour où vous étiez attablée avec M. Edmonds et M. Bell et où je vous ai fait écouter la cassette extraite du répondeur de maître McCrory ? Vous vous souvenez?

— Oui.

— Vous rappelez-vous votre réaction en découvrant cet enregistrement?

Le silence d'Alicia laissa penser qu'elle n'avait pas gardé cet instant en mémoire.

— Moi, je n'ai pas oublié. Vous avez dit : « C'est la cassette de McCrory. » Mais, madame Drury, personne ne vous avait informée qu'elle sortait du répondeur téléphonique de maître McCrory. Il ne vous en avait pas parlé, je lui avais demandé de se taire. Vous saviez que cette voix provenait de la cassette du répondeur de maître McCrory parce que vous l'y aviez enregistrée vous-même, madame Drury. Vous aviez téléphoné au bureau de maître McCrory à 23 h 47, alors que M. Drury était déjà mort depuis plus d'une demi-heure. Cela vous donnait un alibi.

— Une hypothèse comme une autre !

— N'empêche que votre alibi ne tient pas. Vous avez envoyé sur l'appareil de maître McCrory un enregistrement prélevé sur votre propre répondeur... ou, mettons, sur celui de M. Edmonds. Un électro-acousticien a repéré très aisément qu'il s'agissait d'un réenregistrement.

— Même si c'était vrai...

Martha Zimmer suivait avec une vive curiosité les gesticulations qui accompagnaient la démonstration de Columbo, debout devant la suspecte. Il farfouilla dans ses poches à la recherche d'un cigare, en trouva un, ainsi que des allumettes. Mais son raisonnement semblait trop l'accaparer pour qu'il pensât à allumer son cigare.

— M. Drury, continua-t-il, est mort peu avant ou peu après 23 h, le médecin légiste l'a attesté formellement. Vous avez tenté de vous confectionner un alibi qui vous couvrirait après 23 h 47, en vous montrant dans un restaurant entre 23 h 30 et minuit, au moment où vous avez laissé le message sur le répondeur de maître McCrory. Vous étiez si sûre de l'efficacité de votre coup que vous n'avez même pas cherché d'alibi pour l'heure précédente. M. Edmonds a dit que vous étiez allés ensemble à Blocker Beach pour trouver un peu d'intimité dans sa voiture et... faire ce que vous aimez faire dans l'intimité. Mais je me suis rendu à Blocker Beach quelques soirs plus tard pour connaître l'ambiance des lieux au début de la nuit. Blocker Beach est le dernier endroit où on trouve de l'intimité à cette heure-là, que ce soit sur la plage ou dans une voiture.

— Vous n'apportez toujours aucune preuve.
— Je n'ai pas terminé. L'assassin de M. Drury possédait une carte magnétique susceptible d'ouvrir la maison. Le fait que vous ayez rendu la vôtre au moment de votre divorce ne signifie pas que vous n'en possédiez pas une deuxième. L'assassin de M. Drury connaissait l'endroit où il rangeait ses outils, comme le pied-de-biche. Il savait qu'il cachait son ordinateur portable sous le siège de sa voiture. Il était approximativement de la même taille que vous. Et pour couronner le tout vous m'avez menti.
— En quoi je vous ai menti ?
— Vous m'avez dit devoir aux Sclafini quelque chose comme soixante mille dollars, et vous être vendue à des hommes à Las Vegas pour rembourser votre dette. M'dame... Il n'y a qu'une femme au bord du désespoir qui consent à un tel sacrifice. Vous m'avez également déclaré que suite à votre divorce cette maison-ci était à votre nom. Exact, mes renseignements me l'ont confirmé. Une hypothèque vous aurait aisément permis d'emprunter soixante mille dollars, cela aurait été moins pénible que de vous prostituer. La vérité, madame Drury, c'est que vous deviez aux Sclafani une somme nettement plus importante. Beaucoup plus importante. Phil Sclafani vous avait ouvert un crédit illimité, parce qu'il s'imaginait que M. Drury se porterait garant, ou bien, situation encore plus intéressante, deviendrait un obligé qu'il pourrait utiliser le moment venu. Seulement M. Drury a demandé le divorce, et vous a lâchée au Piping Rock avec... avec combien exactement, madame Drury ?
— Je ne dois pas un seul dollar aux Sclafani !
— En effet. Ils ont passé l'éponge suite au grand service que vous leur avez rendu. Un service inestimable. Aujourd'hui ils essaient de vous tuer pour effacer les traces. Où croyez-vous être le plus à l'abri, madame Drury : ici, jusqu'au prochain attentat, ou bien en prison ?

Alicia éclata en sanglots.
— Vous vous trompez... vous vous trompez...

— Inspecteur Zimmer, veuillez arrêter Mme Drury pour le meurtre de M. Drury. Lisez-lui ses droits.

Avant de sortir de sa poche le texte réglementaire à lire, Martha s'approcha d'Alicia Drury, lui fit mettre les mains derrière le dos et lui enfila les menottes.

— Je suis désolée, madame, nous n'avons pas le choix. Nous respectons les instructions en vigueur.

XVIII

1

Alicia Drury garda son calme. Elle pleura trente secondes puis se redressa dans son fauteuil. Son visage trahissait son accablement, son désespoir. Sur ses pommettes luisaient des larmes qu'elle ne parvenait pas à essuyer, à cause des menottes qui lui coinçaient les mains derrière le dos.

Martha essuya doucement ses joues avec un Kleenex, puis alla chercher un petit magnétophone dans sa voiture.

— Rien ne vous oblige à parler, madame Drury, expliqua Columbo. Mais vous montrer coopérative peut vous rendre un grand service. Vous êtes le témoin autour duquel s'imbriquent toutes les données de l'affaire. C'est pour cette raison qu'on a essayé de vous tuer. Voulez-vous faire une déposition ?

— Je crois que j'y ai intérêt. Si je me tais... vous avez raison, les Sclafani essaieront à nouveau de m'avoir.

— Ils s'acharneront sur vous, m'dame. Vous serez beaucoup mieux là où on va vous emmener. Enfin, plus en sécurité.

Martha mit son magnéto en marche. Une fois assurée que la bande tournait, elle recommença à lire ses droits à

Alicia. Elle lui demanda ensuite de confirmer au micro qu'elle parlait sans aucune contrainte. Alicia en convint.

— Bon, attaqua Columbo. Quelle somme deviez-vous réellement au casino du Piping Rock?

— Plus de deux cent mille dollars. Ils m'ont accordé ce crédit en pensant que Paul rembourserait. Il aurait pu. Il en avait les moyens. Mais il a justement demandé le divorce le jour où il a appris que j'étais une joueuse invétérée. Après la séparation, un collecteur s'est présenté au bureau. Paul lui a refusé tout net de payer le moindre dollar et il a failli me virer dans l'heure qui a suivi.

— Connaissait-il le montant de votre dette?

— Il n'en avait aucune idée. Il se serait agi de cinq cents dollars, il s'y serait opposé tout autant. Vous savez, Paul pouvait entrer dans un casino, jouer au blackjack ou à la roulette pendant une heure, gagner cent dollars, en perdre cent, et quitter les tables satisfait d'avoir passé un bon moment. Cette faculté m'a toujours manqué. J'avais l'intime conviction de parvenir un jour ou l'autre à gagner gros. Je n'étais pas comme les autres joueurs. Oh non! pas moi. Je connaissais le jeu, les lois du hasard. Je savais réellement jouer. J'étais sur le point de faire sauter la banque. Je savais que c'était dans mes cordes. J'y serais peut-être arrivée.

— Vous voyant incapable de vous acquitter de votre dette, Sclafani a exercé des pressions sur vous.

— Il m'a dit que je paierais, d'une façon ou d'une autre. Il a exigé la moitié de mon salaire, ce qui me laissait à peine de quoi vivre, pas assez par exemple pour retaper les plâtres de cette maison. Ensuite il a trouvé autre chose : il m'a obligée à poser pour un album de photos porno. Ça lui a donné un moyen de me faire chanter, de me pousser à me prostituer. C'était une affaire qui lui rapportait beaucoup. Il m'envoyait auprès de gros joueurs, pour les garder au Piping Rock. Ma mission consistait à dire à mes victimes : « Non, n'allons pas au Caesar's Palace. Je préfère rester ici, je sais que les croupiers sont honnêtes. » Une fois assurée qu'ils ne partiraient pas, je les incitais à jouer, et donc à perdre. Bien sûr après il fallait que je me soumette à ce qu'ils attendaient de moi, que j'accepte ce pour quoi ils m'avaient payée.

— Vous avez découragé M. Drury de réaliser une émission sur les combines des casinos de Las Vegas.

— Ça m'a même valu une prime de cinq mille dollars de la part de Sclafani.

— Bon. Voulez-vous nous parler de M. Drury ?

— Pourquoi ? Là-dessus vous avez tous les éléments.

— Où est le revolver ?

— Disparu. Vous ne le trouverez pas.

Columbo s'approcha de la fenêtre, écarta le rideau de tulle, et laissa traîner son regard sur les hommes qui continuaient à trier les débris de l'explosion.

— Avouez-vous le meurtre de Paul Drury ?

— Autant que je le fasse.

— C'est oui ou c'est non ? intervint Martha.

— C'est oui.

— M. Edmonds... ? demanda Columbo.

Alicia hocha la tête.

— Il n'a rien à voir avec tout ça.

— J'en doute, madame Drury. Il a menti au sujet de la plage, afin de vous donner un alibi pour l'heure du crime. Trente minutes après la mort de M. Drury, il a dîné avec vous à la Cocina Roberto. Vous voulez me persuader qu'il vous a déposée devant la maison, qu'il est allé se dégourdir les jambes pendant que vous tuiez M. Drury et que vous dévalisiez son bureau, puis qu'il est passé vous reprendre pour vous emmener au restaurant ?

— Il est amoureux de moi, soupira Alicia. C'est à lui que j'ai téléphoné il y a quelques minutes. Je l'ai averti. Franchement, j'espère qu'il réussira à s'enfuir.

Columbo afficha une moue teintée d'un sourire ironique.

— C'est peu vraisemblable, m'dame. Bon, et Charles Bell ?

— Je ne prétendrai pas qu'il soit étranger à l'affaire.

— En fait, le deuxième homme sur la photo...
— Oui.
— Que faisaient-ils sur la butte gazonnée le 22 novembre 1963 ?
— Ils s'apprêtaient à assassiner le président Kennedy.

2

Deux agents en uniforme introduisirent Charles Bell dans le salon d'Alicia Drury. Ecarlate, son visage ruisselait de sueur. Il se débattait si fort que les policiers devaient lui agripper les coudes pour le pousser. Il portait la même tenue que lors de chacune de ses visites au Topanga Beach Club : pantalon jaune citron et polo bleu ciel. Une paire de menottes lui maintenait les poignets derrière le dos.

— En voilà un qui n'apprécie pas les arrestations, commenta un des officiers. Il a pas l'air prêt à se calmer.

— Vous le regretterez, Columbo ! hurla Bell.

— Non, monsieur, lui répondit le lieutenant. Mme Drury est passée aux aveux. Voulez-vous parier que M. Edmonds ne tardera pas à suivre son exemple ? De plus j'ai un certain nombre de preuves, vous vous en doutez.

Alicia intervint :

— Tu sais qu'il a essayé de me tuer ?

— Qui a essayé de te tuer ?

— Arrête de jouer, Charles. Qu'est-ce qui te dit que tu ne seras pas le suivant ? Ou bien le troisième, juste après Tim ?

— Si vous vous asseyiez, monsieur Bell, lança Columbo. Il y a quelques petits détails sur lesquels j'aimerais voir plus clair. Je crois vous avoir expliqué que j'avais l'habitude — appelez ça une manie si vous préférez — de ne rien laisser dans le flou. Vous n'êtes pas obligé de nous faire une déposition, mais j'apprécierais que vous répondiez à une ou deux questions.

Bell braqua un regard menaçant sur Alicia.

— Tu la fermes, hein ?

— Phil a tenté de me tuer ce matin.

— C'est ton interprétation. Si c'est vraiment lui, il t'aura un jour ou l'autre. Tu n'arriveras jamais à te cacher.

— Personne n'aura plus besoin de se cacher des Sclafani, intervint Columbo. J'ai une déposition qui permettra de les arrêter pour meurtre. Je pense en avoir bientôt deux. Peut-être trois. Mais une seule suffirait à leur ôter tout espoir de se voir accorder la liberté provisoire.

— Je n'ai pas l'intention d'avouer quoi que ce soit, affirma Bell.

Alicia tenta de le convaincre :

— Tu peux refuser. Mais, moi, j'ai accepté, et je ne t'ai pas mis hors de cause. Ni toi ni Tim. Ni Phil Sclafani. Quand tu parlais de l'*omertà*, tu oubliais qu'elle ne s'appliquait qu'entre Siciliens. En admettant que Phil la respecte, nous ne sommes pas concernés.

— Je présume que le lieutenant Columbo est un expert en la matière, ironisa Bell.

— Non, monsieur, je ne connais pas l'*omertà*. Je ne suis pas sicilien. Ma famille est originaire de Pérouse.

— D'accord.

Un profond soupir fit retomber les épaules de Bell. Il réprima une quinte de toux puis vacilla un long moment, comme s'il allait s'évanouir. Il tenta de se débarrasser de ses menottes et recommença à soupirer.

— D'accord, répéta-t-il. Au diable tout ça ! Ramenez-moi les mains devant, et je fais une déposition.

Columbo admit sa requête.

— Ouais, c'est dans nos possibilités. La dame aussi, mettez-lui les menottes devant.

Dès qu'il put remuer les bras, Bell se frotta les

yeux. On eût dit qu'il allait se mettre à pleurer. Un troisième soupir, aussi profond que les précédents, et il reprit :
— D'accord. D'accord...
— Nous aimerions enregistrer votre déclaration, monsieur Bell.
— Pourquoi pas ? Aujourd'hui toute cette histoire m'échappe.

Martha posa les questions traditionnelles et obtint les réponses attestant qu'il avait bien entendu ses droits. Assise face à son magnéto, elle gardait les yeux rivés sur la bande qui défilait, comme pour s'assurer que l'appareil tournait rond et ne perdait pas un mot de la déposition.
— Allons-y, monsieur. Les photographies montrent deux hommes postés sur la butte gazonnée le 22 novembre 1963. L'un d'eux était Philip Sclafani. L'autre, c'était vous. Exact ?
— Oui.
— Très bien. Que faisiez-vous là-bas ?
— Nous avons tué Paul Drury pour que personne ne l'apprenne. Je vois que vous l'avez néanmoins découvert. D'accord. Phil et moi voulions assassiner le président Kennedy.

Une voiture de la police de Dallas roulait en tête, près de cinq cents mètres avant le gros du cortège. Les officiers municipaux montés à bord scrutaient la foule et les bâtiments environnants, à la recherche de tout signe anormal. Cette voiture était suivie de six motos chargées de « dégager les virages », c'est-à-dire de repousser les curieux qui se seraient avancés sur la chaussée. Ensuite venait la voiture de liaison, un véhicule banalisé appartenant à la police de Dallas. Le chef de la police était au volant, à côté du shérif du comté. Deux agents du Service secret montés à l'arrière scrutaient également la foule.

A trois longueurs environ suivait la limousine présidentielle, une Lincoln décapotable 1961, cadeau de la Ford Motor Company à la Maison Blanche pour remplacer la vieille Cadillac utilisée par les présidents Truman et Eisenhower. Le drapeau et la bannière présidentielle claquaient sur les petits mâts fichés à l'extrémité des ailes avant. Le soleil se réverbérait sur les carrosseries étincelantes. La limousine possédait une capote en plastique transparent destinée uniquement à protéger les passagers des intempéries, et non à arrêter une balle d'arme à feu. Ce jour-là on l'avait retirée à cause du beau temps. Des marchepieds et des poignées métalliques latérales permettaient aux agents du Service secret de s'agripper aux portières de part et d'autre du Président. John F. Kennedy avait cependant exigé de les laisser libres, afin que la Première Dame et lui-même ne soient pas soustraits à la vue du public.

Suivaient quatre motards, deux de chaque côté. Leur mission consistait à empêcher la foule d'affluer sur la chaussée après le passage de la limousine.

Ensuite venait la voiture du Service secret, une Cadillac décapotable 1955 qui contenait huit agents puissamment armés.

Puis c'était la limousine du vice-président, une autre Lincoln décapotable, mais mise à la disposition de la Maison Blanche par les autorités locales. La voiture suivante, qui avait une mission équivalente à celle du Service secret, appartenait à la police de Dallas. Occupés par des dignitaires locaux et des membres du Congrès, plusieurs autres véhicules prolongeaient le cortège, que fermait une ultime voiture de police et plusieurs motards.

L'ensemble parcourut lentement toute la longueur de Main Street, au milieu d'une foule dense et enthousiaste.

La voiture de tête tourna à droite pour s'engager dans Houston Street. Sur cet espace découvert, connu sous le nom de Dealey Plaza, l'affluence était un peu moins grande, et le cortège gagna de la vitesse. Il allait ensuite prendre un nouveau virage à gauche, plus sec, et parcourir Elm Street, la rue qui descendait en douceur pour passer sous les voies ferrées situées à l'ouest de la Plaza. Il continuerait à accélérer tout au long de cette artère, jusqu'au moment de s'engager sous le pont. C'était là que la parade devait s'achever.

Pour l'instant le cortège se dirigeait face à l'immeuble bâti à l'intersection de Houston Street et d'Elm Street, le dépôt de livres scolaires.

— Tiens, une nouvelle très intéressante ! s'exclama Columbo. Ça me semblait assez évident en regardant la photo traitée par ordinateur. Bon, Sclafani avait un fusil. Mais vous, monsieur Bell? Etiez-vous armé?

— Non.

— Vous n'aviez pas un revolver Iver-Johnson?

— Non, mais je sais qui l'avait.

Columbo s'assit enfin. Il se pencha en avant, les mains sur les genoux. Son imperméable lui pendait entre les jambes.

— Si nous commencions par le commencement, monsieur? C'est peut-être le meilleur moyen d'arriver à suivre cette histoire, non?

Bell acquiesça, accablé.

— J'ai essayé de protéger le nom de mon père, de même que j'ai voulu éviter qu'on l'arrête pour complot en vue d'assassiner le président des Etats-Unis. Mon père... Mon père s'appelait Austin Bell. C'était un homme d'affaires très puissant au Texas. Il a gagné beaucoup d'argent grâce au pétrole, entre autres. Il détestait Franklin D. Roosevelt. Il détestait Harry S. Truman. Et il détestait John F. Kennedy. Il ne supportait pas qu'ils se servent du pouvoir présidentiel pour s'ingérer dans la façon dont les hommes d'affaires dirigeaient leurs entreprises, c'est-à-dire amassaient le plus d'argent possible.

— Oui, j'ai lu la biographie de votre père.

— Vous?

— Oui, monsieur. L'exemplaire que détenait M. Drury.

— Il haïssait Kennedy encore plus que les autres, continua Bell. Il estimait que Kennedy était un... il ne manquait pas de qualificatifs à son sujet : radical-socialiste, sympathisant communiste, laxiste, négrophile et... traître. Oui, traître. Il l'accusait souvent de forfaiture.

— Ton père était un imbécile, intervint Alicia.

Bell ne prêta pas attention à sa remarque.

— Des rumeurs disaient qu'on allait suspendre les autorisations d'extraction du pétrole, et ça mettait mon père dans une rage folle.

— Monsieur, votre père avait-il investi dans le Riviera Hotel, à La Havane ?
— Avec Meyer Lansky. Le gouvernement de Castro a confisqué l'établissement. Mon père a versé plus d'un million de dollars pour l'entraînement des Cubains qui s'apprêtaient à retourner dans l'île et à renverser Castro.
— La baie des Cochons, précisa Alicia.
Elle ne cessait de faire glisser ses menottes le long de ses poignets, comme si elle n'acceptait pas l'idée qu'il était impossible de s'en débarrasser.
— Kennedy n'a pas..., commençait-elle au moment où Bell lui coupa la parole.
— Kennedy n'a pas envoyé la couverture aérienne promise. Mon père y a vu la confirmation de ses opinions : le Président était bel et bien un sympathisant communiste et un traître. Il faut comprendre, il ne lisait que la presse de droite ou d'extrême droite, rien d'autre. Il était convaincu que Kennedy braderait le pays.
Alicia profita d'un silence de Bell pour reprendre :
— Alors il a engagé les Sclafani.
— Quand il a appris que Kennedy devait venir à Dallas, continua Bell, il est allé trouver Meyer Lansky. Lansky a refusé de se mouiller dans un projet aussi fou. Mais mon père possédait d'autres relations. Il a contacté Sam Giancana. Giancana a réagi de la même façon, seulement il a branché mon père sur Giuseppe Sclafani. Les Sclafani avaient perdu des millions le jour où Castro avait réquisitionné leur hôtel, ils se trouvaient dans une situation identique à celle de Lansky et de mon père avec le Riviera. Giuseppe Sclafani espérait récupérer son hôtel quand les Cubains « combattants de la liberté », comme on les appelait, prendraient le pouvoir à La Havane. Mais... la baie des Cochons. Il en a voulu à Kennedy presque autant que mon père.
Bell se frotta les yeux et les joues avec le dos de ses mains.
— Trente ans que je garde ce secret ! avoua-t-il.
— Ouais, je me doutais que vous trimbaliez un fardeau

de ce genre. On sait flairer ces choses-là quand on est dans le métier depuis autant d'années que moi. Un secret gardé si longtemps laisse forcément des traces. Enfin... quelqu'un a du feu ?

Columbo alluma son cigare sous l'œil envieux d'Alicia.

— Je pourrais avoir une cigarette ? demanda-t-elle. Les miennes sont sur la table de la cuisine. Euh... on a le droit de fumer en prison ?

Bell la toisa du regard comme si elle venait de donner la preuve évidente de sa folie.

— Continuez, monsieur Bell.

— Giuseppe Sclafani et mon père se rencontrèrent à Las Vegas. Les Sclafani ne s'y étant pas encore établis, ils s'estimèrent tous deux suffisamment inconnus dans cette ville. Je n'étais pas sur place. Philip Sclafani non plus. Les deux pères seuls conclurent le marché. Le mien consentit à payer quatre millions de dollars pour l'assassinat de John F. Kennedy, un million pour organiser l'opération, puis trois autres si Kennedy était effectivement tué. Un engagement sur l'honneur. Phil serait le tireur, moi, je resterais à proximité pour m'assurer qu'il accomplirait sa mission.

Il marqua une pause de quelques secondes, que personne n'osa interrompre.

— C'est Phil qui a décidé de tirer depuis la butte, reprit-il. Une inspection des lieux l'avait convaincu qu'il s'enfuirait aisément, et que l'émotion créée au sein de la foule empêcherait qu'on lui mette la main dessus. Pour parer à tout imprévu, trois soldats de Sclafani prirent position à ses côtés. Ils portaient des revolvers. En cas de besoin ils abattraient ceux qui tenteraient d'intervenir. Mais on leur avait demandé de tirer d'abord en l'air et contre le sol, pour accroître la panique. Phil ne doutait pas que les gens resteraient pétrifiés.

— Et les flics ? demanda Columbo.

— Phil assurait que ses hommes de main sauraient le couvrir en brouillant les pistes.

— Continuez.

— La photo. J'étais en train de lui tendre les clefs d'une Ford. Il la connaissait et savait où je l'avais mise deux heures plus tôt, avec un million de dollars dans le coffre. Au parking derrière la butte. Cet endroit était réservé aux employés du train, mais j'avais donné cinq dollars au gardien, en lui racontant que je voulais me garer là pour voir passer le Président et rejoindre mon travail le plus vite possible. Bref, j'ai remis à Phil les clefs de la Ford. Mon père m'avait dit d'attendre qu'il s'installe sur la butte avec son fusil pour les lui donner. Je l'ai fait juste avant que la limousine présidentielle s'engage dans Elm Street. Puis je me suis écarté de lui d'une vingtaine de mètres. Il fallait que je ne le perde pas de vue.

— Personne n'a remarqué que Sclafani tenait un fusil ? demanda Martha.

— Il en avait détaché la monture. Un tissu rouge et blanc enveloppait le canon et les mécanismes de détente, ça ressemblait à un parapluie de golf refermé. Un des soldats de Sclafani lui a passé la monture juste avant que je le rejoigne. C'était au moment où les premiers motards sont passés devant nous, tout le monde guettait la limousine qui allait déboucher dans la rue.

— De quel type de fusil s'agissait-il, monsieur ?

— Un Weatherby Magnum, un fusil de chasse de calibre 11,68. Il pouvait tirer deux coups. De quoi tuer un éléphant ! On était sûr de déchiqueter sa victime, quel que soit l'endroit où la balle l'atteignait.

— Alors que s'est-il passé ?

— J'avais pris mes distances, j'étais en hauteur, au niveau des arbres. De là je voyais moins bien le Président, mais je pouvais observer Phil Sclafani. Il était prêt. Il attendait le dernier instant pour porter le fusil à son épaule, il ne fallait pas qu'on ait le temps de se demander ce qu'il faisait. Mais il était prêt. Et alors... c'est là que tout s'est gâté. Je... nom de nom !

L'anxiété commençait à s'atténuer parmi tous les participants au cortège. Le Service secret qualifiait Dallas de ville « chaude », c'est-à-dire de ville susceptible de connaître des désordres intempestifs, mais on venait de traverser une foule estimée à deux cent cinquante mille personnes qui, en dépit de quelques banderoles de protestation, manifestait une ferveur réconfortante. Dallas réservait jusqu'ici au président Kennedy un accueil enthousiaste.

Un agent du Service secret du nom de William Geer tenait le volant de la limousine présidentielle. Habitué à conduire le président des Etats-Unis lors des défilés, il connaissait son métier. Roy Kellerman, l'officier responsable de l'opération, était assis à côté de lui.

Sur les strapontins situés entre les sièges avant et la banquette arrière se tenaient le gouverneur du Texas, John Connally, et sa femme, Nelly Connally. Le Président était venu au Texas en partie pour faire pression sur le gouverneur, suite à une scission apparue au sein des instances locales du parti démocrate. Le succès remporté par le Président tout au long du chemin provoquait le sourire forcé de John Connally.

John F. Kennedy était assis à droite de la banquette arrière. Même ses détracteurs reconnaissaient un grand pouvoir de séduction à ce bel homme de quarante-six ans. Sa présidence excitait l'imagination du peuple américain, au point que les éditorialistes et les pontifes de la politique qui jugeaient sévèrement son administration devaient unanimement admettre qu'il obtiendrait un raz de marée en sa faveur à l'élection de 1964. Soutenu par une confortable majorité au Congrès et à la Maison Blanche, il pouvait se permettre d'offrir à la foule un sourire à la fois franc et serein.

L'élégante Jacqueline Kennedy était à sa gauche. Valeur sûre pour son mari, elle était la Première Dame la plus populaire que la nation ait jamais connue, plus encore qu'Eleanor Roosevelt. Le voyage à Dallas lui avait provoqué un certain malaise, comme à tous les membres de la délégation présidentielle. Mais pour l'instant c'était surtout la chaleur qui l'incommodait, et elle se réjouissait de penser que le cortège reprendrait bientôt de la vitesse pour filer vers les locaux climatisés du Trade Mart, où son mari prononcerait une allocution avant le déjeuner.

Les passagers de la limousine ne s'étaient pas adressé la parole depuis un long moment. Les acclamations de la foule les auraient empêchés de s'entendre. Nelly Connally se tourna néanmoins vers

John F. Kennedy pour lui lancer : « Monsieur le Président, vous ne pouvez pas dire que Dallas ne vous aime pas. »

Bell se mit à bafouiller, puis enfouit longuement dans ses mains son visage soudain empourpré. Quand il le releva, il garda les yeux braqués sur ses menottes.

— Nous avons entendu des coups de feu, reprit-il enfin. Je n'ai pas pu les compter. Les motards ont répondu en tirant à leur tour, impossible de dire combien de fois. Les gens hurlaient. Jamais je n'ai entendu de tels cris de panique. C'était comme...

— Où étiez-vous à ce moment-là ? demanda Columbo.

— Sous les arbres qui bordent le chemin de la pergola. Devant moi un homme a brandi un pistolet, une arme à long canon, il a assuré son bras contre un arbre et il a tiré. J'étais juste au-dessus, j'ai vu que sa balle avait raté la voiture présidentielle et faisait éclater une pierre en bordure du trottoir sud d'Elm Street. Il a recommencé à viser, mais la limousine s'est arrêtée, le Président était affalé sur la banquette. L'homme a enfoui son pistolet dans sa veste et a remonté le sentier en courant, dans ma direction. J'ai eu peur qu'il me tue, il devait m'avoir vu le regarder. Mais il a continué son chemin.

— Et Sclafani pendant ce temps ?

— Sur la chaussée, la limousine ne bougeait toujours pas, continua Bell sans remarquer la question de Columbo. En réalité... elle n'était pas tout à fait arrêtée, elle avançait très lentement. Je distinguais le Président. Il était allongé. Je ne voyais que son visage ensanglanté. Les gens criaient. J'ai dévalé le sentier pour mieux me rendre compte. Du sang ! Le corps du Président était tout couvert de sang. Mme Kennedy essayait de ramper sur le capot arrière. Un agent l'a attrapée pour la retenir. Enfin... vous avez vu le film de Zapruder. Je crois que nous l'avons tous vu.

L'agent Geer exécuta alors une manœuvre à laquelle il s'entraînait régulièrement. Elle portait officiellement plusieurs noms, mais il l'appelait volontiers le « Tirons-nous-en-vitesse ». La Lincoln était une voiture si puissante que quand il écrasa l'accélérateur le bond en avant précipita les passagers contre les dossiers des sièges.

L'agent Clinton Hill, attaché à la sécurité de Mme Kennedy, surveillait la Présidente depuis la Cadillac qui roulait derrière elle. Il sauta à terre pour courir jusqu'à la limousine. Parvenu à agripper une des poignées latérales, il bondit sur le marchepied ordinairement occupé par les hommes du Service secret. Il repoussa Mme Kennedy à l'intérieur de la voiture et la réinstalla sur la banquette avant de s'y glisser lui-même.

Dans la décapotable du vice-président, l'agent Rufus Youngblood plaqua Lyndon Johnson sur le plancher, sauta par-dessus le dossier du siège avant puis bondit sur lui afin de faire un rempart de son propre corps.

Sur Dealey Plaza des centaines de personnes s'allongèrent face contre terre. Certaines d'entre elles tentèrent d'abriter l'être cher qui les accompagnait en se jetant sur lui.

Abraham Zapruder demeurait imperturbablement debout pour continuer de filmer les événements avec sa caméra 8 mm.

La limousine du Président, suivie par celle du vice-président, doubla la voiture de liaison et s'engouffra sous le pont du chemin de fer.

Le silence s'abattit sur Dealey Plaza. Les gens commencèrent à se relever un à un.

Les agents du Service secret, hurlant d'une voiture à l'autre, s'attachaient déjà à assurer prioritairement la sécurité du président Lyndon Johnson.

— Et Sclafani ?
— Je me suis tourné vers le bas du chemin, dans sa direction. Il restait planté sur place, bouche bée.
— Vous voulez dire qu'il n'a pas tiré une seule balle ? demanda Columbo.
— Sur quoi ? On avait déjà abattu le Président. Il s'était effondré sur sa banquette, on l'apercevait à peine.
— La deuxième photo le montre en train de fuir.
Bell approuva.
— En effet, dit-il. Je l'ai vu sauter par-dessus la

barrière, pour rejoindre le parking. Quand j'ai découvert les photos, j'ai compris ce qui s'était passé exactement. Phil était remonté vers le haut du terrain, suivi par ses soldats.

— Alors Phil Sclafani n'a pas abattu le président Kennedy, commenta Martha, pour la seule raison que quelqu'un d'autre s'en était chargé avant lui.

— Oui. J'ai lu ensuite des témoignages selon lesquels on aurait repéré plusieurs hommes armés dans les alentours, peut-être sur le pont qui enjambe les trois rues. On a aussi prétendu que d'autres coups de feu étaient partis de la butte. Il y a une chose que je peux vous certifier, c'est que le président Kennedy était mortellement blessé avant que Phil Sclafani ait pu lui tirer dessus. Phil l'aurait peut-être fait, si les circonstances l'avaient permis, mais il n'en a pas eu l'opportunité.

— Et le revolver Iver-Johnson ? demanda Martha. Vous disiez savoir des choses à son sujet.

— Il appartenait à un des nervis de Sclafani, qui a jugé imprudent de s'échapper avec une arme. En revanche Phil a dû remporter son fusil parce que ses empreintes étaient dessus. Il n'y en avait pas sur le revolver, ces gars-là prennent toujours leurs précautions.

Alicia se glissa soudain dans la conversation.

— Donc les Sclafani ont touché leur million de dollars ?

— Ils ont touché quatre millions, répondit Bell. Mon père et Giuseppe Sclafani s'étaient terrés dans une suite du Rice Hotel de Houston, avec une demi-douzaine de dingues d'extrême droite. Trois postes de télé fonctionnaient sous leurs yeux, un pour ABC, un pour CBS, un pour NBC. Ils mangeaient des huîtres et buvaient du bourbon, voyez le tableau ! Mon père avait choisi ce menu par dérision, parce que c'était le repas préféré d'Harry Hopkins, un collaborateur de Roosevelt contre lequel il avait une dent. Bref, quand un flash spécial d'information a parlé de l'attentat, ça a été le délire. Dès l'annonce de la mort de Kennedy, mon père a emmené Giuseppe Sclafani dans une chambre de la suite pour lui remettre une valise contenant trois millions de dollars. Il n'a appris que deux jours plus tard l'identité de l'assassin probable. Lee Harvey Oswald ou pas, de toute évidence Phil Sclafani n'y était pour rien. Mon père a demandé la restitution de ses trois millions. Rien à faire. Les Sclafani se sont servis de cette somme pour construire le Piping Rock. Comment déclarer à la police qu'on a versé quatre millions de dollars pour tuer le président des Etats-Unis, et qu'on s'est fait rouler parce qu'un autre tueur vous a doublé ?

— Depuis trente ans..., commença à commenter Columbo.

— Depuis trente ans. Aucune prescription ne s'applique à un complot en vue d'assassiner un président des Etats-Unis, mais tout semblait se calmer. Jusqu'au jour où Paul Drury a réveillé le passé avec ce satané traitement informatique de deux vieilles photos. Je les ai découvertes dans son bureau. Je suis allé en parler à Phil. Nous sommes tombés d'accord. Nous n'avions jamais tué personne mais maintenant nous y étions obligés.

— Et vous vous êtes servis de Mme Drury pour appuyer sur la détente.

— Phil ne pouvait pas, le FBI le surveille constamment. Moi, j'ai pensé que je n'avais pas le cran de m'en charger. Mais Alicia... Elle devait encore cent vingt-quatre mille dollars aux Sclafani. J'ai accepté d'en payer la moitié, et Phil s'est dit prêt à laisser tomber le reste de sa dette. Elle était toute désignée. De plus elle possédait une carte magnétique. Nous lui avons bâti un alibi. Tim a marché facilement, c'est une marionnette. Il ne sait même pas qu'Alicia avait remboursé ses premiers soixante mille dollars en faisant des passes. Ni Phil ni moi n'étions chauds pour le mettre dans le coup, mais il n'était pas du genre à rompre le contrat.

— C'est Phil qui l'a rompu, intervint Alicia. S'il n'avait pas essayé de me tuer, l'accusation aurait été difficile à établir.

— Non, m'dame. Nous y étions parvenus.

Alicia essuya ses larmes avec le dos de sa main droite.

— D'après vous, Columbo, je reverrai le soleil dans combien de temps ?

Une grimace creusa le visage du lieutenant.

— Ce n'est pas à moi de le dire, m'dame, et je n'en sais rien. Mais si vous projetez de partir en vacances, ne retenez pas de places d'avion pour ce siècle-ci.

*Cet ouvrage a été composé
par l'Imprimerie BUSSIÈRE
et imprimé sur presse CAMERON
dans les ateliers de la S.E.P.C.
à Saint-Amand-Montrond (Cher)
en août 1993*

N° d'édition : 3040. N° d'impression : 1818-1791.
Dépôt légal : août 1993.
Imprimé en France